U0140296

黑暗中的真相

Turn a Blind Eye

傑佛瑞・亞契 著
吳育旻 譯

1

一九八七年五月十九日

偵緝巡佐威廉．華威克先是眨了眨眼。

他語氣堅定地說：「請給我一個好理由，為什麼我不該辭職？」

霍克斯比大隊長回答：「我可以給你四個！」他的語氣使威廉大吃一驚。

威廉知道獵鷹能想出慰留他的理由，或許是一個、兩個、甚至是三個。但是四個？看來獵鷹把他困到牆角了。不過，威廉依然有自信能掙脫掉。他從暗袋掏出辭職信擺在獵鷹的桌上。雖然威廉並不打算在獵鷹說出那四個理由之前遞出信件，他還是做出了這般挑釁的舉動。不過，威廉還不曉得父親早上撥了通電話給獵鷹，事先通知了辭職的事，因此獵鷹也早有時間思考該如何應對。

獵鷹聽了朱利安爵士一番睿智的言詞過後，終於明白了華威克偵緝巡佐辭職的原因。但事實上，這個原因完全在獵鷹意料之中，即使威廉早已準備好和他對峙，但他打算先將威廉一軍。

獵鷹先發制人地開口：「邁爾斯・福克納、阿塞姆・拉希迪、還有拉蒙特警司。」不過，獵鷹還留著一手。

威廉沒有回應。

「你也知道，邁爾斯・福克納仍逍遙法外，而且就算我們已經要所有港口密切注意，他還是有如人間蒸發似的。無論他躲到天涯海角，我要你把他找出來，將他關回他原本應該待的地方。」

威廉見招拆招回答：「阿達加偵緝巡佐大可以勝任這個任務。」

「不過如果你們倆一起行動，成功率會大幅提升，就像你們在特洛伊木馬行動時一樣。」

威廉試圖重新主導話語權，於是又說：「那麼，如果阿塞姆・拉希迪是您想用來說服我的第二個原因，我可以保證，拉蒙特警司早已掌握了充足證據；未來好幾年他肯定都會在監獄裡，無法見到外面的太陽。」

不料獵鷹再次反擊：「如果拉蒙特警司今天早上沒有辭職的話，倒有可能是這麼回事。」

威廉又大吃了一驚，他甚至還來不及思考這番話代表的含意，獵鷹就繼續說：「他已經選擇放棄全部的退休金，所以之後就算他上法庭作證，也不全然會配合我們。」

威廉毫不留掩飾地挖苦拉蒙特警司：「他在拉希迪的製毒工廠找到的那袋現金絕對夠補

貼他了。」

「不夠的。多虧了你，袋子裡的每一毛錢都已經歸還。我只確定一件事，那就是我不需要一天收到兩封辭職信。」

「好吧，十五比〇[1]。」威廉終於退縮，並嘆了口氣。

「到時候審判拉希迪的案子時，你也是接替拉蒙特警司，代表皇家檢控署作證的最佳人選。」

三十比〇。

威廉仍一頭霧水，不曉得獵鷹手裡還藏著什麼樣的招數。在大隊長第三球發球之前，他決定保持沉默。

獵鷹停頓了半晌後再度開口：「我今天早上見了廳長一面，他要我成立一個新的小組，負責調查警察貪污。」

威廉回答：「但倫敦警察廳已經有肅貪單位了。」

「這個小組會比較強硬，而且你得從事臥底工作。廳長要我自行挑選小組成員，這個小組的唯一目的，就揪出警廳裡的害群之馬——他是這麼說的。他要你擔任組長，並且直接向我回報每天的調查結果。」

1　十五比〇（thirty love）：網球術語。

「廳長根本不認識我。」威廉從底線把球回擊給獵鷹。

「我和他說你是特洛伊木馬行動的幕後功臣。」

四十比〇。

獵鷹繼續說：「坦白說，這差事確實吃力不討好。你以後或許會花大把時間調查那些只犯了輕微罪行的同事上。」大隊長在發出下一球前，停頓了一會兒，「不過在拉蒙特警司那件事過後，廳長再也無法睜一隻眼閉一隻眼，這也是我推薦你的原因。」

威廉無法截擊來球，第一局失利。

「如果你決定好要擔這份工作的話，這是你的第一項任務。」獵鷹把桌上的一份文件推向前，上面還寫著機密的字樣。

威廉遲疑了一下，知道這是個陷阱，但還是選擇打開了那份文件。文件裡的第一頁印有大寫粗體字：傑利・理查・桑默斯偵緝巡佐。

威廉終於輪到了發球的機會。

「我曾和傑利在亨頓共事過，他當初在大學時就非常聰明。他升等為偵緝巡佐我一點也不驚訝，早有人說過他很快就能升職。」

「那是有隱情的。我們首先要做的就是找個可信的理由，讓你再次和他接觸，這樣你就能讓他放鬆戒心，然後調查某個資深長官對他的指控是否屬實。」

威廉發球失誤。

「但他如果知道我是肅貪小組的人，我想他不大可能會把我當成舊識，對我放鬆戒心。」

「目前廳裡所有人都還認為你是緝毒小組的成員，大家會認為你還在準備拉希迪的案件審判。」

威廉第二次發球。

「這個差事一點也不吸引人，暗中調查自己的朋友和同事，說穿了就只是做個告密仔。」

獵鷹回答：「我也說不出什麼更冠冕堂皇的話來說服你，如果有幫助的話，目前阿達加偵緝巡佐和羅伊克羅夫特偵緝巡佐都已經加入了，我可以再讓你挑兩個警員來組成你的的團隊。」

十五比〇。

「大隊長，您好像忘了一件事。當時拉蒙特警司在特洛伊木馬突擊過後，把那袋錢弄到手裡時，羅伊克羅夫特偵緝巡佐也對這件事視而不見。」

獵鷹回說：「並不是這樣的。羅伊克羅夫特偵緝巡佐後來針對這件事寫了份完整的報告，這報告只有我看到。這也是為什麼我又把她升回了巡佐。」

三十比〇。

威廉說：「那報告應該要讓大家都看到的。」

「不對，只有我看到的話，我才能說服拉蒙特警司把錢如數歸還，然後辭職。」

四十比○。

威廉緩了緩心情，然後開口：「我得和貝絲、還有我父母討論過後再決定。」

然而獵鷹馬上接著說：「恐怕沒辦法。如果你打算肩負起這個高度機密的任務，就不能讓這間辦公室外的任何人知道，包括你的家人。你得讓他們認為你還在緝毒小組，而且正準備著拉希迪案的審判工作。這倒是實話，因為直到拉希迪的案子結束前，你確實兩邊的工作都得兼顧。」

威廉不禁問：「說吧，還有沒有什麼更糟的事？」

獵鷹回說：「有。彭頓維爾有位資深的探訪官告訴我，阿塞姆．拉希迪今早安排了和我們的一位老朋友會面，這人正是布斯．華生御用大律師。所以，雖然先前拉希迪的案子看似已經一翻兩瞪眼，但目前看來是會有些變數了。你說是吧，威廉．華威克偵緝『督察』。」

過了好一會兒，威廉才瞭解到獵鷹大隊長終於祭出了他的王牌。他拿起桌上的辭職信，然後收進口袋內。

＊　＊　＊

「艾迪，幾天後見。」邁爾斯．福克納一面說著，一面跳出一輛無法識別的廂型車。雖然一切沒有經過縝密的計畫，但邁爾斯已經得展開他的逃亡。

他小心翼翼地沿著一條許多人踩踏過的小徑走向海灘，走了約莫一百碼後，他便發現了一根隱隱燃燒著的菸蒂，有如燈塔般地引領他脫出石子路。

一個穿著全身黑的男人朝他走了過來，他們握了握手，但彼此都沒有說話。那男人便是他的船長，邁爾斯則是他唯一的乘客。他們穿過沙灘，來到一艘在淺灘上載浮載沉的汽艇前。兩人上了船後，駕駛便發動引擎，駛向遠方正待命著的遊艇。

直到船長拉起船錨啟航之前，邁爾斯絲毫不敢鬆懈；船隻終於駛離了領海後，他才高喊著哈利路亞。他知道假如自己落網，刑期不僅會加倍，他也不會再有第二次逃亡的機會。

2

布斯．華生御用大律師拉開椅子。坐在眼前的，就是他即將要辯護的對象。他從皮革提袋中拿出一疊厚厚的文件，放在胸前的玻璃桌上。

他開口說：「拉希迪先生，我相當仔細地研究了你的案件，我想先簡單說明一下你面臨的指控，以及我大致能為你做的辯護。」

拉希迪點了點頭，目不轉睛地盯著坐在他眼前的律師。他還沒決定是否要聘請「布華」替他辯護——福克納是這麼叫他的。這項決定會關乎他是否會面臨無期徒刑。他的律師想討好陪審團，他需的是要一隻能夠吸引討好陪審團的查爾斯國王小獵犬，同時還要混有羅威那犬的兇猛血統，把皇家檢控署的證人撕成碎片。布斯．華生會是這頭猛獸嗎？

「首先，皇家檢控署會著手證實你經營著規模龐大的販毒版圖。他們會指控你進口大量海洛因、古柯鹼、其他非法毒品等等，然後指稱你藉此賺取數百萬英鎊，控制由特定人員、毒販、運毒者組成的犯罪集團。辯護時，我會主張你只是無辜平民，不過是在倫敦警察廳突擊搜查時，意外被捲入了麻煩之中；你和其他人一樣，沒想到那座工廠竟會被當成毒窟。」

拉希迪問道：「陪審團你也說服得了嗎？」

布斯．華生語氣堅定地回答：「在英國這樣的國家，我不敢打包票。」。

「法官呢？能收買他嗎？還是勒索？」

「沒辦法。不過，我最近抓到了惠特克法官的一個小辮子，如果能加以利用的話倒能刁難他一下，這對我們有好處。但是這點我得再確認確認。」

拉希迪繼續追問：「什麼樣的小辮子？」

「在我決定好要替你辯護前，恐怕沒辦法告訴你。」

拉希迪從未想過的是，自己竟然沒辦法收買布斯．華生。他總是認為律師與街頭上的妓女無異：只要有錢，一切好談。

「現在，我們也利用有限的時間說明一下更多的細節、還有一些你或許能派上用場的辯詞。」

兩個小時過去。這時拉希迪終於下了決定，布斯．華生不僅懂得利用細節辯論，也知道如何在不犯法的前提之下玩弄法律，這也難怪邁爾斯如此看好這名律師。不過，即使他提供不了什麼暫得住腳的證據，又或是鐵證如山的說詞，布斯．華生也願意替他辯護嗎？

布斯．華生說：「如你所知道的，皇家檢控署已經臨時定案，你的案件會在九月十五日於老貝利街的中央刑事法院審判。」

「那麼我會時常需要和你會面。」

「我一小時的收費是一百英鎊。」

「我可以預先支付一萬英鎊。」

「你的案件可能得花上數天、甚至數週，光是延聘費用應該就會非常高。」

拉希迪又說：「那麼就兩萬英鎊吧。」

布斯．華生默默地點了頭，以示同意，然後再度開口：「還有一件事要讓你知道：代表皇家檢控署出庭的會是御用大律師朱利安．華威克爵士、還有他的女兒葛蕾絲擔任他的事務律師。」

「他兒子可定也會想要出庭作證。」

布斯．華生又堅定地說：「要不是還有他來作證，你可能早在案件審判前就輸了。」

「那麼處理他的事就得先緩緩，至少得先讓他坐上證人席，好讓你把他痛宰一番。」

「我要交互詰問的人不是那個唱詩班乖乖牌；反倒是那名不太安分的拉蒙特前警司，才是我想要陪審團留意的對象。」布斯．華生說著時，一旁的門突然打開，監獄的負責人員走了進來。

「先生，再給你五分鐘。你已經超時了。」

布斯．華生點點頭。門關上後，他再次開口：「拉希迪先生，你還有其他問題嗎？」

「你有邁爾斯的消息嗎？」

「福克納先生已經不是我的客戶了。」然而布斯．華生語畢遲疑了半晌後又問道：「為什麼這麼問呢？」

「我這裡有個生意，他可能會感興趣。」

「或許你可以先和我說明一下。」布斯．華生一邊說著，沒有意識到自己這麼一說，便意味著和邁爾斯其實還有聯絡。

「我遭到逮捕後，媒體報導了一大堆負面新聞，於是在我手上的馬塞爾奈夫公司股價便一落千丈。我需要有人能用目前市場上的股價，買下公司百分之五十一的股份，畢竟我現在人在監獄，也沒辦法由我來操盤。等他們把我放了後，我願意用兩倍的價錢償還這個人。」

「釋放你恐怕還要一陣子。」

「如果你能把我弄出去，我就付你兩倍的律師費。」

布斯．華生又點了點頭。他的確和妓女無異，不過他可比妓女昂貴多了。

＊＊＊

威廉不得不搭公車回布里克斯頓一趟。不過，這次和他同行的，已經不再是四十名武裝警力，目的也不再是擒拿倫敦最大的販毒集團；車上的乘客只不過是一群家庭主婦，各個看起來都只是要去購物。

沿途上他往下看了看一些標的物。昨天進行特洛伊木馬行動時，他才看過這些標誌。不同的是，這輛公車已一如往常地停靠每個站牌，讓乘客們上下車；公車的上層也沒有了同仁坐鎮指揮、也沒有獵鷹在現場監督這起警察廳史上規模規大的毒品突擊搜查。

映入威廉眼簾的，是兩棟高層的公寓大樓。公車到了下一站後，威廉便走下公車階梯，縱身跳出車外。他看見潔琪．羅伊克羅夫特偵緝巡佐已經坐在一個隱蔽處等待。這次，公寓大樓旁已不再有其他同仁戒備、示意他們何時進入建築。

他們接近B棟大樓時，一位老婦人和他們擦身而過，她手上推著一輛推車，上頭還裝了幾個沉甸甸的袋子。威廉看了十分於心不忍，但不知為何，他又莫名地轉頭瞄了那老婦人一眼，才又接著朝大樓走去。同樣地，這一切過程毫無任何保全人員攔阻。他們倆就這樣踏進電梯，潔琪按了電梯按鈕：二十三樓。

潔琪對威廉說：「犯罪現場的調查人員已經檢查過了，不過並沒有得到什麼結果。獵鷹要我們來仔細瞧瞧，以防調查人員有遺漏掉什麼。他們快清晨時才離開的。」

威廉拉長音說：「『有件糟糕的事，我不知道什麼時候會發生，但我能確定那很糟糕。』」

潔琪回答：「說吧，什麼事？」

「那是《倫敦保證》裡，哈考特．克特利先生對蓋伊．斯班克女士說的一句話。」威廉見潔琪一臉狐疑的樣子，才又說：「我是指布西科[2]的那齣喜劇。」

2 狄翁．布西科（Dion Boucicault）：愛爾蘭演員與劇作家，《倫敦保證》（London Assurance）為其知名作品。

「還真是謝謝你這有趣的故事。」潔琪一邊說著，一邊和威廉踏出電梯，來到了走廊。他們發現一扇看上去相當重的門，這扇門正靠著一面牆。

先前幫忙開門的雜工顯然沒有耗費心力開鎖，而是直接把門拆了，讓門大大方方地敞開。眼前這扇門內，究竟會不會是個寶庫？

「幹得好，吉姆。」威廉進入門內，裡頭各個房間都擺放了現代的家具，看上去頗有格調；地毯相當厚實，踩上去便彷彿跟著陷了下去；四周的牆上，還掛了當代的畫作當成裝飾，有布里奇特．萊利的畫、大衛．霍克尼、艾倫．瓊斯。如此高貴的房子，如果是位在梅費爾[3]這樣的地區，那就一點也不突兀。威廉看見法國藝品品牌「萊儷」的玻璃器皿四散在各處，不禁想起了拉希迪的身世：他分明是這樣一個富有文化的人，究竟是如何誤入歧途？

潔琪開始搜索客廳，試圖找出藏有毒品的證據，威廉則負責搜查主臥室。然而威廉很快便瞭解到，能搜查的東西，確實都已經被犯罪現場的調查人員搜查完了。不過仍讓他感到困惑的是：在這樣一個有人居住的公寓內，現場竟沒有任何他預期應該找到的日常用品，像是梳子、刷子、牙刷、肥皂。現場唯一留下的，只有幾套掛在衣架上、看起來是從薩佛街[4]買來的西裝；除此之外，還有好幾件手工襯衫，看上去是來自於傑明街上的那間「賓克」服飾店。這些衣服似乎才從乾洗店取回不久。布斯．華生看見這些衣物，絕對隨口就能否認是他的客戶所擁有。不過，威廉接著便看見了其中一件西裝外套的暗袋上，繡著「A.R.」的字樣。這個證物也會被布斯．華生輕易駁回嗎？威廉一面想，一面將西裝整齊地折起，然後收進證物袋裡。

他下一個注意到的是一張照片。這張照片被裝在床頭櫃上的銀製相框內，做工十分華麗，框邊還刻有A的字樣，感覺不像是來自布里克斯頓本地，而是來自龐德街的商店。威廉拿起相框，仔細端詳著照片中的女人。

「逮到你了。」他自言自語著，然後將這個他認為鐵證如山的相框收進另一個證物袋內。

他接著又到了床頭另一邊抄下一些電話號碼，然後便開始盯著牆上的畫。這些畫除了名貴、看起來十分現代以外，絲毫不能當作證據，除非拉希迪是從某個有名的畫商買來這些畫，而這個商人又有意願出庭替皇家檢控署作證，供出拉希迪的名字。不過一般來說，要商人作證指控自己的客戶，也不太符合他們的利益。目前最有利的證據，恐怕還是那銀製相框裡的照片。

犯罪現場的調查人員特意在地板上放了一幅安迪．沃荷的瑪麗蓮．夢露畫像，以暗示底下還有個未解開的保險箱。威廉先是欣賞了這幅畫作一番，才找來了雜工吉姆。吉姆拿出一串鑰匙時，威廉心想，要是《孤雛淚》中的犯罪首腦費金能看見這些鑰匙，肯定也要讚嘆不

---

3 梅費爾（Mayfair）為倫敦市中心內的黃金地區，為財富與地位的象徵。
4 薩佛街（Savile Row）以量身定製的男士服裝業聞名。

已。不到幾分鐘，吉姆便把保險箱的鎖解開；威廉將保險箱門打開，只見裡頭空無一物。

「可惡的傢伙，他早了我們一步。」霎那間，威廉想起了方才和他擦身而過、推車裡裝滿袋子的婦人。他總覺得她身上似乎有什麼不對勁。過了一會兒，他終於意識到那婦人是偽裝的，而且裝得毫無破綻——除了她腳上的那雙鞋子。那是一雙最新款的耐吉運動鞋。

「可惡。」他不斷碎語著，這時潔琪突然出現在房門。

她問威廉：「你找到什麼有趣的東西了嗎？我是沒有。」

威廉一副洋洋得意地拿起了裝有證物的塑膠袋，裡頭的是那張用銀製相框裝著的照片。

「大獲全勝。」潔琪一面開玩笑，一面作勢對他上司敬禮。

威廉回說：「確實贏了，不過可能只是小勝一盤。有布斯．華生在法庭上替拉希迪辯護，能不能大獲全勝還說不準。」

＊　＊　＊

沒有人願意坐到邁爾斯的位置上，除非他們確定他已經不會回來。

那是邁爾斯逃跑後的第三天。早上，拉希迪來到了餐廳吃早餐。他坐了先前總是由邁爾斯坐的主位，然後要兩名同夥一起入坐，一個是圖利普，另一個是洛斯。

「邁爾斯這時也差不多離開英國了。」拉希迪一邊說著的時候，獄警在他前面放了一個餐盤，上面有著培根和雞蛋。在所有犯人當中，拉希迪是唯一一個吃不帶皮培根的。還有另外一個監獄人員給了他一份《金融時報》。監獄內的人員，都很快就認命地瞭解到邁爾斯這獄中的老大已經逃之夭夭，現在有了新的領班頂替他的位置。底下的跟班們倒一點也不緊張，畢竟由拉希迪來接班再適合不過，而且他們能嚐到的甜頭一點也不會少。

拉希迪掃視著報紙上的股市新聞，皺了皺眉頭。只不過在一夕之間，馬塞爾奈夫的股價又跌了十便士，這會讓他的公司面臨收購的危機。即使他所處的監獄距離證交所不過數英里，他依然束手無策。

圖利普叉起一根香腸塞進嘴，然後問道：「老大，沒有好消息嗎？」。

拉希迪說：「有人想搞垮我的生意。不過，一切都在我律師的控制之中。」

「萬寶路」點了點頭。他話不多，只會偶爾問些問題。這是因為獵鷹曾體醒過他，身為臥底，如果問太多問題反倒會讓拉希迪起疑心；只要靜靜地聽，他自然能蒐集到足夠的證據，到時才能確保法院不會太早放走拉希迪。

拉希迪問道：「供應方面的問題最近如何？」

圖利普回答：「在掌控之中，一週能賺超過一千英鎊。」

「波以耳呢？他好像還是只把東西賣給他的老客人，這會吃掉我的利潤。」

「老大，沒問題的。他已經被轉到懷特島的監獄了。」

「你怎麼辦到的？」

圖利普回答：「負責移監的官員欠了好幾個月的房屋貸款。」他顯然不需要再繼續解釋。

拉希迪繼續說：「那就連他下個月的貸款也預付吧，畢竟我希望能到別的監獄去的不只有波以耳，而且這樣風險較低。洛斯，那你呢？你什麼時候走？」

「老大，我大概下週就會到福特低戒備監獄，還是你要我留在這？」

「不了，我需要你到外面去，越快越好。你在外頭對我來說更有用處。」

3

在監獄裡，只有猶太人和穆斯林仍在乎自己的宗教。然而在各種宗教儀式上，最熱衷參與的往往是基督徒。

每週日早晨，監獄的小教堂總是擠滿懺悔的人，但這些人不只不信上帝，甚至可能從未上過教堂。不過上教堂意味著能有超過一小時的時間不必待在牢房，因此他們都非常樂意前往，加入那天早上或許是全倫敦最大型的禮拜聚會。

監獄幾乎出動員所有人員，陪同這七百個突然皈依的囚犯，從牢房移動到地下室的小教堂。牧師一面畫出十字聖號的手勢，一面歡迎這群毫不虔誠的信徒，並且直到最後一名成員終於就定位後，才會開始他的禱告。

這間教堂是監獄中最大的空間：半圓格局、左右共二十一排木製長椅、前方聖壇上掛著一個巨大的木製十字架。多數來到這裡的囚犯都有自己的座位，最前方兩排是留給最虔誠、認真前來教堂禱告的信徒。他們禱告時會雙膝跪地，每每牧師提到上帝兩字，便會喊著「哈利路亞」，牧師布道時他們也總是專心聆聽。其他的大多數人則並非如此。但對於誰尊誰卑，他們倒也有自己的一套遊戲規則；對他們來說，這間教堂有著和其他教堂不同的一點，那就是後排座位才是最搶手的位置。

地位最高的人總會坐在後排，和前排的人商談生意。拉希迪就坐在後排的中間位置。事實上，這個位置直到好幾天前都還是邁爾斯．福克納的，不過現在輪到了拉希迪坐這個位置，在他左邊的是圖利普，右邊則是洛斯。

紙條不斷傳到了後排座位，裡面寫著的都是罪犯們想在這幾週弄到手的玩意兒：毒品、酒、色情雜誌，這些往往是最熱門的選項；除此之外只有其中一個人要了一罐馬麥醬。

牧師宣布：「我們今天早上的第一首聖詩，是〈勇敢堅固信徒〉，你們可以在書上的兩百一十一頁找到。」

前兩排的信徒站了起來，精神抖擻、相當投入地大聲唱著；後排的生意人們則繼續盤算著交易。上帝如果看見這番景貌，肯定把這一群人趕出教堂。

圖利普打開一張紙條，然後說：「三塊古柯鹼、四十四號牢房。」接著又說：「三十英鎊。」

只要能在每週末交出錢，沒有什麼東西是拉希迪無法弄到手的。監獄裡的規則是，沒有人能欠款超過一週。有三名獄警會負責送貨，一天賺到的錢甚至遠比他們的週薪還要多。其中的兩名獄警負責把物品弄進監獄裡，另一名最受信任的獄警，則負責幫忙收集由他們的妻子、女友、兄弟、姐妹、甚至是母親所送來的錢。

「……立志走天路。」

前兩排的信徒坐了下來，這時一個來自西印度的青年走上前，唸出了第一句箴言。

「我見到了光……」

圖利普又遞給了拉希迪另一張紙條，這次要的是一捲海洛因。他說：「那混帳已經兩週沒給錢了。要給他點顏色瞧瞧嗎？」

拉希迪語氣堅定地回答：「不必了。我們不繼續提供東西給他就好，這樣一來我們也能知道他在外頭是不是有錢。」

圖利普一臉失望的樣貌。

他開口說：「我認為應該有其中一個獄警從中撈了些油水，因為我們上週的利潤少了超過兩百英鎊。老大，你想要我怎麼做？」

「和那個獄警說清楚，如果他膽敢再試一遍，我就會讓匿名的舉報文件出現在典獄長桌上，他所有收入來源也會一夕間全數消失。」

圖利普收到命令後又問了一遍：「老大，還有沒有什麼要吩咐的？」

「有，我上週的晚餐送到房裡時已經不熱了，所以也把供餐給監獄的單位給換了。」

圖利普說：「收到。」同時間，信徒們又坐了下來。

牧師莊重地說：「這週要布道的內容，是《出埃及記》第三十四章。摩西從西奈山上下來時……」

「華威克偵緝巡佐的情況怎麼樣？」

圖利普回答：「他的時日不多了。真希望是由我來動手。」

「得等到案件審判結束才行，到時候你就能親自了結華威克偵緝巡佐。你動手的時候可得慢慢來，讓他死得痛苦點，這樣一來他的同夥下次就不敢再輕易和我作對。」

洛斯感到一陣不快。

牧師說：「不可殺人。」

洛斯輕聲說：「阿們。」

牧師繼續說了下去：「現在讓我們來禱告吧。」這時前兩排的信徒又雙膝跪地喊道：「萬能的神……」

拉希迪這時開口：「他的時日到了之後，就送幾束玫瑰花給他的妻子，記得讓她毫無疑問是誰送的。」

洛斯仔細聽著他們交談的字字句句。他得盡快將這些資訊轉達給獵鷹，以便提前告知華威克。事實上他和拉希迪一樣，也有個信得過的獄警能幫他把訊息傳到監獄外頭——差別就在於這個人不像拉希迪的獄警一樣能得到好處。不過要辦到這件事，洛斯得想個辦法，好讓自己明天吃完早餐後能到獄警羅斯的辦公室外清掃走廊。

這時拉希迪突然說話，打亂了他的思緒：「下週他們把你送到福特低戒備監獄後，就馬上和班森接觸，他是那裡負責掌管毒品的。你警告警告他，要是我沒分到我該拿的錢，我不會再讓任何一個毒蟲移監到福特那裡去。」

洛斯點點頭。

圖利普又問：「老大，還有什麼要吩咐的嗎？」

拉希迪又轉向了圖利普，然後開口問道：「有。你解決了那另外那件事了嗎？」

「那是當然的，老大。不過可能得花一大筆錢，因為還得賄賂其中幾個獄警。」

「那就付吧。女人是我唯一不願犧牲掉的奢侈品。」

「那麼今晚熄燈後，他們就會把一個妓女帶到你房裡。」

這時洛斯突然開口問了一句：「有福克納的消息嗎？」這時他知道獵鷹那裡的線索顯然沒有進展了。

「他們已經準備讓我搬到他原本的牢房了，所以我想他這時應該已經逃到了國外。明天早上我會再和他的律師會面，到時應該會有更多消息。」

洛斯已經問了一個問題了，他得再安分一陣子，聽聽他們說些什麼。

圖利普問：「他們定好開庭的日子了嗎？」

「九月十五日。明天我會問問，條子們突擊搜查我的公寓後找到多少證據。」

警方掌握了多少證據，洛斯知道得一清二楚，就連那銀色相框中的照片屬於誰，他也清清楚楚。

圖利普問道：「老大，等你搬進福克納的房間後，我有機會搬進你目前的牢房嗎？」

「這件事用不著你操心。」拉希迪是個賞罰分明的人。他對一名獄警點頭示意，要他在教堂的儀式結束後來找他。

「萬能的神、聖父、聖子、聖靈的祝福。」

拉希迪、圖利普、洛斯異口同聲地說了一聲：「阿們。」。

※ ※ ※

克里斯蒂娜問：「雙胞胎還好嗎？」

貝絲坦承說：「我最近睡得可差了。」她一面推著嬰兒車，和克里斯蒂娜一起繞著海德公園散步。「每次他們倆想要什麼的時候，簡直像是說好了似的，一個哭完另一個便接著哭。我總是被搞得筋疲力盡，突然佩服起我爸媽了。」

「真羨慕你。」克里斯蒂娜一邊說著，一臉惆悵地往下看著雙胞胎。「威廉呢？現在多了寶寶得照顧，覺得如何？」

「他在家的話倒一切安好，但如果我要繼續工作的話，就得請個全職的保母，但這筆開銷幾乎都和我賺的一樣多了。」

克里斯蒂娜回說：「不過滿值得的，尤其這樣一來，威廉也有更多時間抓我先生，他都不知道逃到多遠的地方去了。」

「他目前還得準備拉希迪開庭的事，能對邁爾斯做的也不多。」

「那個傢伙。假如新聞報的是真的，那真恨不得他下地獄去。」

「他和邁爾斯肯定會在地獄相見的。」

「你覺得他們倆是在彭頓維爾監獄搭上線的嗎？」

「威廉是這麼認為，尤其現在替拉希迪辯護的又同樣是布斯・華生。就連拉希迪他母親，明明人還老當益壯，也早早聲明了不讓在監獄的兒子參加她的葬禮。威廉也和我說拉希迪的母親從沒到監獄探訪他過。」

「要是他想出其他方法逃跑呢？」

「不可能的。在讓邁爾斯給逃了之後，到時肯定會有一整支小部隊沿路陪同拉希迪從監獄前去老貝利。」

「邁爾斯總是搶先警方好幾步，他的逃跑肯定經過了精心策畫，就像軍事行動一樣，而且他肯定不會留給警方一絲逮到他的機會。」

貝絲沒有回答。雖然她把克里斯蒂娜當成朋友，但也非常清楚威廉不相信她。早上威廉準備去工作的時候也說過，克里斯蒂娜的話聽聽就好，因為她說的話可能不久後自己都會後悔。

克里斯蒂娜繼續說：「邁爾斯從他母親葬禮上逃跑的前一天，他的遊艇正好悄悄駛離了蒙地卡羅，然後往英國的海岸航行，這肯定不是巧合。」

「妳怎麼知道這件事的？」

「邁爾斯的遊艇在紐約靠岸後，其中一名船上的人員返回了蒙地卡羅，然後向我通報這件事。我的猜測是，妳大概不會再聽到邁爾斯的消息了。」

這時貝絲想到，邁爾斯似乎的確在紐約還有一棟公寓。她接著又向克里斯蒂娜問道：「那麼他的藝術收藏品呢？」

「理論上其中有一半都歸我。但要我猜的話，恐怕我再也看不到那些珍藏品了。我已經尋遍了所有最出名的拍賣行的每一份目錄，就怕會有其中一樣收藏品出現在目錄上，不過目前沒有任何發現。」

貝絲又問道：「那麼你們在伊頓廣場的那層公寓呢？」這時兩人已經來到了公園內的蛇形藝廊。

「租約再過幾個月就到期了，不過我打算繼續租下去。」

「可是邁爾斯已經帶著所有東西逃跑了，妳怎麼負擔得起這筆費用？」

「因為我那親愛的丈夫燒掉鄉間莊園時忘了一件小事，他以為能讓我身無分文。」

「我不懂妳的意思。」貝絲說的同時，克里斯蒂娜接過了嬰兒車，沿公園的騎馬道推著。

「我的房屋仲介上週撥了通電話給我，說當地的政府已經通過了建築許可，能在我們那房子的土地上蓋幾棟新房。那塊地都還沒登錄到市場上，他已經收到五十萬英鎊的報價了。」

「看來這應該能解決妳目前的問題。」

「也許吧，不過除非邁爾斯再次被抓回獄裡，最好還被單獨禁，而且有一半的畫都掛在我的公寓裡，直到這之前都不值得慶祝。」

「更別說他還從菲茲墨林偷了維梅爾的畫。」貝絲瞥了一眼手錶，這時他們已經走到了亞伯特親王彎道。

克里斯蒂娜和貝絲分開時說了一句：「記得告訴威廉，別再浪費時間找邁爾斯了。認真找畫吧，只要找得到畫，就能確定不會離他太遠。」

貝絲推著嬰兒車，然後突然停下腳步，使得阿爾特米西亞嚎啕大哭了起來；不一會兒，彼得也跟著哭了。難道克里斯蒂娜最後說的，就是威廉早上那句話的意思？克里斯蒂娜最後肯定會為自己所說的話而後悔嗎？

※ ※ ※

「威廉？」

威廉抬起頭，發現桑默斯偵緝巡佐推開了餐廳的彈簧門。

他明知故問地問道：「傑利？你怎麼在這裡？」

「大概和你一樣吧，來這裡演講的，就是來說說為什麼我不是在警察廳總部做高官，而是在一個破地方當不起眼的警察。」

「我倒不是。我的講題是毒品，廳裡新來了許多菜鳥，他們都才剛從大學出來，不知道毒品長什麼樣子。」

威廉拿起一個公事包放在前方的桌上。他打開公事包，裡面有好幾個小塑膠盒，各個都裝著非法毒品的樣本，從海洛因到搖頭丸藥片通通都有。

「真了不起。」桑默斯替自己倒了杯茶，然後繼續說：「不過，最了不起的是把拉希迪那惡棍繩之以法，讓他成為階下囚。希望你已經有了充足的證據，畢竟我有聽說他像狐狸一樣狡詐，肯定會用錢買到實力最強的御用大律師來替他辯護。」

威廉問道：「你也知道他？」

「他的大名我是略有耳聞。他手下有幾個敗類到羅姆福德和巴金去幹他們的骯髒事了，我們也發現他們的供應鏈最近似乎有中斷，都得託你和拉蒙特警司的福。」

「你怎麼認識拉蒙特警司的？」

「我一開始在羅姆福德巡邏時，他是我的第一個上級，過幾年後他被調到了總部，在那之後我就沒再遇過他。那老傢伙現在如何？」

「他提前退休了，我最近沒見到他。」

「他為什麼要退休？」桑默斯幾乎是自言自語，「他再幹不到一年，就夠格領全額的退休金了。」他丟了幾塊方糖到茶裡，接著又問：「那麼，你做這些苦差事的感覺怎麼樣？」

「我老是得花大半天時間填各種表格，抓一些應該躺在醫院、而不是監獄的毒蟲。不過，如果你有在羅姆福德找到新的毒品上游是誰，請務必告訴我。」

桑默斯偵緝巡佐回答：「你得留意佩恩家族那夥人，他們在我轄區內掌控毒品供應，不過聲勢還不夠大，不足以取代掉拉希迪的版圖。事實上，他們還比較希望拉希迪逃過一劫，畢竟如果沒有了拉希迪這條大魚，他們身為跟在一旁的小魚，也沒有利益可圖。」

這件事威廉早已知道，但他依然假裝做著筆記；然後，他又在心裡惦記著一件事：桑默斯為什麼沒提到透納家族呢？

桑默斯拿了一片巧克力餅乾，然後又開口：「恭喜你。我聽說你是我們這批人中第一個升上督察的。大家倒不太意外就是了。」

「升職也是有壞處的。」威廉一面嘆氣，一面故作鎮定。

「什麼樣的壞處？」桑默斯上了威廉的鉤。

「督察的加班費可不多，不過加的班也不多就是了。」

桑默斯回說：「如果想升上高層，這就是得妥協的一部分，所以我很樂意繼續留在我現在這個位置。對了，你結婚了嗎？」

「結了。我們有一對雙胞胎，所以即使升了遷，也只不過能收支打平罷了。」威廉一邊說著，一邊希望能讓對方放鬆戒心。

桑默斯回說：「這就是為什麼我還單身。」他說完便喝光了茶，然後拿了最後一片巧克力餅乾，說了一句：「再五分鐘就換我上場，我得走了。如果我有打聽到新的毒品上游是誰，我再告訴你吧。」

他們握了握手，然後傑利便走向教室。威廉其實不確定自己和他見上這看似突如其來的一面，是否有任何作用。獵鷹刻意安排了他們倆到亨頓，對新來的成員們演講，這麼一來，即使他們撞見也不會顯得太過奇怪。不過即便是這樣，威廉依然在餐廳坐了一個多小時，只能不斷喝著早已冷掉的茶，靜靜等待桑默斯出現；而且，他根本不確定以後還會不會有他的消息。

另一方面，獵鷹也早已吩咐保羅．阿達加偵緝巡佐和最近新來的警員妮基．貝莉，要他們全天候監視著桑默斯。貝莉警員負責在羅姆福德的街道巡邏，阿達加則繼續臥底。在總部方面，潔琪．羅伊克羅夫特偵緝巡佐也繼續和威廉聯手行動，除此之外，還有另外一名生力軍加入。這名成員是蕾貝卡．潘克斯特偵緝警員，負責隨時幫他們留意整體情況。

獵鷹想知道桑默斯的朋友有誰、他下班後會見哪些人、逮捕紀錄是否有不尋常的地方。他有線人嗎？他的上一任女友是誰？有的話是不是廳裡的女警員？

阿達加和貝莉花不到幾天，就找到了其中幾個問題的解答，不過其他問題仍是謎團。

桑默斯或許是單身，但威廉在餐廳和他交談前，貝莉警員就曾向他報告過，似乎有不少女警員都臣服在傑利的魅力之下。她也告訴過威廉，桑默斯的逮捕紀錄似乎表明了他十分擅長捉拿小偷，而且他的紀錄總是無人能敵。這樣的人真的會是他們要調查的對象嗎？

威廉搭著地鐵回到維多利亞時，在車上寫著和桑默斯的談話報告；他打算回家前先去一趟警察廳，把報告留在大隊長的桌上。

獵鷹要他先丟下魚餌。他曾說：「要是桑默斯認為你出了什麼錢的問題，自然會上鉤找你聯絡，而且可能比你想的還快。」

威廉倒不這麼認為，畢竟「唱詩班男孩」這個綽號，正是傑利・桑默斯先前和他在亨頓共事時取的。

＊＊＊

「拉蒙特偵緝警司？」

「是誰？」

「警司，我是傑利・桑默斯偵緝巡佐。您可能不記得我，但……」

「是那個狡猾的桑默斯啊。」拉蒙特說著時笑了出來。「我怎麼會不記得呢？幸虧了有你臥底，我們才解決了佩恩那幫人。你打來有什麼事？」

「警司，我聽說您提前退休了。」

「誰告訴你的？」

「華威克偵緝督察。上週我們一起到亨頓對新來的成員們演講。」

「有這回事？那小兔崽子還對你說了什麼？」

「不多。我和他說您是第一個提拔我的上級時，他似乎變得有點沉默不語。」

「你沒回答到我的問題。」

「我只是想問，您是不是有找到其他工作了，因為您一直以來都不像是會這麼早退休的人。」

拉蒙特回說：「我能幹的事可多著，不過你有什麼工作想介紹給我的話，我也樂意聽聽。」

「警司，很高興您這麼說，因為我這邊確實有件您可能會感興趣的事，但最好別在電話裡談，我們能私下約個地方見面嗎？」

4

獵鷹眼前的年輕女子禮貌地問道：「先生，需要我讓位給您嗎？」

「不用了，謝謝。」獵鷹邊說邊摸著紳士帽的帽沿，心中一股蒼老之感油然而生。「可惡。」他心想自己明明六十歲都不到，但又不得不承認女兒的年紀的確早已大於眼前這名體貼的年輕女性。

許多乘客在下一站下了車，獵鷹終於有了位置坐。他翻開早報，上面的標題寫著：警方調派警力至沃平區控制罷工封鎖線。他開始讀起標題下方的新聞，但思緒不斷盤旋在等會兒的會面上。他派去臥底的洛斯・侯甘正要從福特低戒備監獄出來，因此，他不斷思忖著那些他想得到解答的問題。他感覺自己像個小孩，彷彿正準備打開期待許久的聖誕禮物。車子到了下一站後，他起身讓位給一名年長的女性。她滿是感激地坐了下來。這時他才感覺到，自己果然還算年輕。

地鐵駛近了維多利亞，獵鷹率先下了車廂，和人群一同急忙地蜂擁至手扶梯上。他把車票出示給剪票口的人員，然後出站走向那耀眼的晨光。

獵鷹一面整理思緒，然後沿著維多利亞街，緩緩地朝警察廳總部的方向走去。但他在半途中拐了右彎，偏離了擁擠的人行道，向一個小型廣場走去；那裡相當僻靜，而且矗立著一座壯觀的大教堂。他沒有理會那些前去禱告的信徒、還有那些單純受這個教堂吸引才來到這裡的人，畢竟這裡確實是全英格蘭和威爾斯最多天主教徒禱告的地方。人們紛紛走向教堂入口。教堂是棟紅白磚瓦砌成的巨大建築，獵鷹就沿著建築的右側慢慢走去，絲毫沒有停下，直到最後，他終於來到了一個不顯眼的入口，看上去似乎只有神職人員或唱詩班會從這裡進入。

他把門打開，直接走了進去；他相信只要自己裝得像是這裡的人，絕對不會有人去在意他。他走向儲藏聖器的房間時，有個清潔婦正跪在地上擦拭著石面的地板，她抬頭看了獵鷹，獵鷹對她說：「早安，孩子。」

那女人也回答：「早安，神父。」然而獵鷹只是匆忙地繼續向前走。

獵鷹進了那房間，然後走向擺放在房間最底部的櫥櫃，把櫃子打了開來。他脫掉外套、卸下領帶，然後換上長身的黑法衣、白外罩，接著戴上牧師的羅馬領、披上講道帶，活生生地把自己從一位大隊長變成了牧師。不過，事實上他也確實是名天主教徒；偶爾的欺騙偽裝如果沒有獲得上帝認可，但至少獲得了西敏寺大主教的許可。

他在牆面上的長鏡前迅速地瞧了瞧自己的模樣，才又踏出房間，走向教堂大廳。他移動到教堂內附設的小聖堂，動作十分緩慢，因為他知道牧師和警察不同，動作不能顯得過於俐落。接著，他又走到教堂的中殿，最後來到一個銅製的浮雕下方。他抬頭往上看時，發現聖本篤正直直地盯著他。他發現告解室空無一人，於是十分慶幸地走了進去，然後拉起那紅色的小簾子，表示已經準備好聆聽告解了。一切萬事俱備。現在獵鷹就等待著他期待的那名信徒前來向他尋求寬恕，而且他知道，那名信徒不會讓他等太久。

不一會兒，他便聽見有人進到了告解室的另一側。一個熟悉的聲音透過隔板傳了過來：「神父，我有罪，希望能尋求上帝的寬恕。」

「孩子，你上一次告解是什麼時候？」

「神父，那已經是超過六個月前的事了。這段期間，我犯下了不可饒恕的罪，每週日早上總是參加英格蘭教會的禱告儀式[5]。」

獵鷹很高興到監獄臥底的洛斯還沒有失去他的幽默感。

「孩子，那麼在如此不幸的事情中，你學到了些什麼？」

「我學到了一件事：阿塞姆．拉希迪下個月出庭時，會有個魔鬼的化身來替他辯護。」

獵鷹回答：「孩子，這件事我早就知道了，畢竟你是無法參透上帝的。那麼，布斯．華生大律師有多大機會能幫他的客戶擺脫多項指控？」

「他有自信能替他擺脫最重的那項指控，也就是涉嫌掌控販毒集團，因為他認為您沒有充足的證據來說服陪審團。」

---

5 英格蘭教會即英國國教，主導官方監獄的禮拜儀式。

獵鷹回說：「我們的證據可多著了，等他親眼看到我們要給陪審團參考的證物後，他會認同我的。」

「不過拉希迪對我打包票，早在我們的人到他的公寓搜查前，所有可疑的東西都已經被清理掉了。」

「但他的衣櫃掛滿了定製西裝，還有一些手工襯衫，尺寸碰巧和他的身形完全吻合。」

「但布斯・華生肯定會說，也有成千上萬人的身形吻合。他還提到，您沒有證據能證明拉希迪持有或住在那層公寓。」

「那麼，他至少該解釋解釋那張擺在主臥室床頭櫃上的照片。」

「他會說沒有證據能表明那相框上的A代表的就是阿塞姆。」

「或許是這樣，不過，他還是得解釋為什麼拉希迪母親的照片會出現在那床頭櫃上。」洛斯吹了聲口哨，接著說：「哎呀！這下子清理他房間的人會後悔莫及，竟然把那東西留在那裡。拉希迪可能會因此被判二十年也說不定。」

獵鷹說了聲「阿們」，然後又問道：「孩子，你在那個異端的教會裡還知道了些什麼？」

「監獄裡謠傳福克納似乎逃到美國去了。他幫自己弄了新的名字、新的護照、新的身分。不過，他在藝術圈裡肯定還很活躍，因為他蒙地卡羅的房子還在房市上，而且那房子裡原本掛在牆上的畫也都不見了。」

獵鷹說：「福克納肯定是把畫作一同帶到了船上，不過目前公開的藝術拍賣市場上還沒有這些畫的消息。」

「福克納很聰明，不大可能會犯那種錯誤。他會先低調一陣子，就算要把畫賣出去，一定也會賣給私人買家。」

「你查出他的新名字了嗎？還是有線索知道他人在哪兒？」

「神父，我不知道。不過拉希迪認為他大概不會在紐約，因為那裡一定是美國聯邦調查局盯最緊的地方。況且邁爾斯逃亡的幾週前，他在第五大道的公寓也刊登上架，而且是以空屋販售，驚不驚喜？」

「我想那些畫肯定都藏到某個地方去了，不過究竟是哪兒？」

「大隊長，我毫無頭緒。」

「這件事交給我辦吧。你的下一個任務，是找出拉希迪不在時，究竟是誰在負責控制他的貿易版圖，這個人不久也要和拉希迪一起吃牢飯。」

「我已經有了答案了。但您也明白，我並不會在這提及他的名字，但我把這個情報留在老地方了。不過我得先提醒，這當中有一件您不會喜歡的巧合。」

「有意思。」

「大隊長，還有什麼想知道的嗎？」

「有的。之後我們會再見上一面，到時候會用的理由，就是你在獄裡犯下了更不可饒恕的罪行。等到那時候，我會再和你說說關於桑默斯偵緝巡佐的事。」

「這位又是誰？」

「現在不是說這個的時候。孩子，祝你好運。務必遠離罪孽。祝你平安。」

獵鷹等了一會兒，一面翻查筆記本，確認想問的問題都已經得到回答了；一面祈禱沒有其他罪人前來尋求赦免。

獵鷹終於確認完畢後，把筆記本塞回法衣的口袋內，然後悄悄地溜出告解室；他走向教堂的濟貧箱，發現箱子周圍還擺滿了蠟燭，但許多都已熄滅了。他向四周瞄了幾眼後，從褲子口袋拿出一小把鑰匙，熟練地打開箱子；箱子裡有幾枚硬幣，但多數都是些沒什麼價值的銅板，除此之外，還有個空的萬寶路菸盒被塞在箱子角落。

他抬頭一看，聖母瑪利亞正向下盯著他。他露出了奇怪的微笑，然後拿出個那紅白色菸盒，偷偷收進另外一邊的口袋內；他接著鎖上濟貧箱，緩慢地走回了儲藏室。沒有任何人拆穿他精湛的偽裝術，獵鷹因此感到非常滿意。

幾分鐘過後，霍克斯比大隊長便溜出了大教堂的側門，朝警察廳總部的方向走去。這時他心裡正盤算著兩件事：究竟是誰代替了拉希迪，成為了新的毒品大亨？洛斯口中那個不會讓他感到太開心的巧合，又究竟是什麼意思？然而，這得等他把那空菸盒交給總部地下室的人研究後，才能揭曉其中的謎底。

＊＊＊

貝絲一手拿著嬰兒奶瓶，一手握著話筒說：「威廉去工作了。要我幫忙轉達訊息給他嗎？」

克里斯蒂娜回答：「不用了，我希望能親自告訴你們這個好消息。」

「是什麼線索嗎？」

「妳可真是比威廉還不會猜。」

「還是妳晚上來這裡喝一杯？今天換威廉替孩子們洗澡了，沒意外的話他七點前就會到家。」

克里斯蒂娜回說：「好吧，我等不及了。我大約七點多到。」

＊＊＊

獵鷹到了總部後，並沒有直接上樓，而是走下樓梯來到了地下室。他快步走向走廊底部的辦公室，沒有敲門便直接走進那個「幽靈部門」。

身穿白色實驗衣、原先正盯著顯微鏡的實驗室助理抬起了頭，對他說：「大隊長，早安。您親自來到這裡，肯定是有什麼重要的事。」

「沒錯。」獵鷹回答，然後把那空的萬寶路菸盒交到那名助理的手中。

「我現在馬上處理，如果我發現了什麼再把結果送到您的辦公室。」

「我就在這裡等吧。」獵鷹嘴裡說著，到一旁坐了下來。

助理點了點頭，然後回到了自己的桌子上。他用一把鑷子抽出了菸盒內部一層薄薄的錫紙，然後把這層錫紙放到一個銅盤上。獵鷹心想，自己實在對亞伯拉罕教授過於虧欠；有了他，他才知道有靜電檢測儀這個玩意兒。這個東西現在已經是總部主要用來調查的儀器了，而且比多數證人的證詞要可靠得多——至少當時為了證明貝絲的父親亞瑟．雷恩斯福德沒有犯下謀殺時，這東西的幫助可不小。

那名年輕的研究人員在錫紙上放了一層麥拉絕緣片，然後從頭上的櫃子拿下一根小小的棍子，緩緩地沿絕緣片的表面來回滾動，直到排空裡頭所有的空氣。

接著他先是戴上了一副暗色的護目鏡，再打開紅外線燈的開關。他把紅外線的光源移至離銅盤上方幾英吋左右的距離，然後前後左右地移動，想看出物品表面是否有任何不平整的地方。之後，他拿起了一個看起來像胡椒罐的容器，並在錫紙的四處撒上碳粉，直到錫紙上都覆蓋了一層粉末。他等了好一陣子，才小心翼翼地把多餘的碳粉吹散；最後，他撕下了那薄薄的一層麥拉絕緣片，彎下腰檢查是否得到了些有用處的東西。這時他能感覺到獵鷹已經站到了他的身邊，有些不耐煩地等著。

他讓到一邊，表示自己已經分析完畢了。獵鷹往下盯著那浮現在錫紙表面的小小文字；

他很快就明白了洛斯口中的巧合是什麼，同時，他也料到了到時候布斯．華生替拉希迪辯護時，會採用什麼樣的說詞。

獵鷹終於說出了第一句話：「真佩服。」不過拉希迪依然得解釋那銀色相框中的照片。這個證物布斯．華生肯定沒辦法輕易地駁回。

※※※

「他還沒從總部回來。」貝絲一邊說著，手仍握著大門門把，門前站著的是克里斯蒂娜，她的手裡拿著一瓶香檳。

「那麼，這東西得等到他回來再享用，我們正好能先幫孩子們洗澡。」貝絲高聲喊道：「但我想先聽聽妳的消息！可不能期待威廉會準時回來，套一句他自己說的話：案件說發生就發生，管不著他有沒有時間替孩子們洗澡的。我猜，妳的好消息是妳找到新歡了？」

「不是，但我找到了那個舊愛。」克里斯蒂娜說著的時候，貝絲一邊把香檳放進冰箱裡。克里斯蒂娜繼續說：「我知道妳有其他問題想問，但等到威廉回來以前，我暫時都不會回答妳。」

「那麼看來妳今天得在這裡過夜了。」她們抱起孩子，把雙胞胎帶到樓上的浴室。阿爾特米西亞和彼得有了克里斯蒂娜和貝絲兩人的關愛，變得格外開心了起來，滿心歡喜地咯咯叫。不久後，她們聽見了關門的聲音，之後威廉便走進了浴室。

貝絲說：「你正好能去把那兩個小頑皮的身體擦乾，哄他們睡覺，我和克里斯蒂娜現在要下樓去享用享用香檳。」

「發生了什麼好事嗎？」威廉一面問著，手裡正忙著用浴巾包住彼得。

「等你把孩子們哄入睡了，克里斯蒂娜才會告訴我們。」

威廉欣然地回說：「好吧。」於是，貝絲和克里斯蒂娜就這麼拋下了他，讓他獨自哄孩子們入睡。這是威廉一天當中最喜愛的時刻。事實上，他還唸了一章警察故事，讓雙胞胎進入夢鄉後，他才終於下樓。

他悠悠哉哉地走到客廳，貝絲正把香檳倒入克里斯蒂娜的玻璃杯。

貝絲開口說：「來得正好，不然我們都快把這瓶香檳給喝光了，克里斯蒂娜都還沒說倒底是發生了什麼好事呢。」

威廉試圖裝出好奇的樣子，然後問說：「是不是找到新歡了？」

「不是。」貝絲代克里斯蒂娜回答，然後把酒杯給了威廉。「你和我問了一樣的問題，不過我還是不明白發生了什麼事，就安靜聽她說吧。」

「還是妳把林普頓那塊地給賣了個好價錢？」

貝絲又插了話：「這件事大家早就都知道了。安靜！」

威廉和貝絲都一臉期待地盯著克里斯蒂娜，但她忍不住又喝了一小口香檳後，才終於開口：「邁爾斯死了。」

5

威廉還沒坐下，獵鷹便直接問：「葬禮是什麼時候、在哪舉行？」

「大隊長，在日內瓦，時間是明天早上十點。」

「人怎麼死的？」

威廉打開筆記本，然後回答：「當地警方表示他是晚上心臟病發死的。隔天早上女傭發現了他的屍體，他的床頭櫃還有古柯鹼和一張信用卡。」

「真是太可惜了，我倒希望他能死得慢點。不過，為什麼是在日內瓦？」

「我猜是因為他在瑞士有不記名的銀行帳戶。」

「或許他的銀行家也不會雞婆地問他先前的住家地址。」獵鷹說完後停頓了一會兒，然後繼續說：「這樣吧，你飛去日內瓦一趟，好確保這條情報沒有把我們誤導到死巷。除非你親眼看見福克納的屍體被埋進土裡、聽見牧師唸出最後的禱詞，否則，我不會就這樣相信他翹辮子了，最好的話甚至等挖墳的人把土都蓋上後再離開。」

「大隊長，我想他們會火葬的。」

「那就把他的骨灰帶回來。我們要把它展示在總部的犯罪博物館，讓那傢伙和其他罪犯的骨灰擺在一塊，這樣大家才能知道他有多麼聲名狼藉。」

「需要我帶上其他人幫忙支援嗎？」

「帶上潔琪．羅伊克羅夫特偵緝巡佐吧。親耳從你們倆口中確認邁爾斯的死訊，倒能較安心一些。」

＊＊＊

他們約好晚上九點至九點十五分在地鐵的環狀線碰面，到時候他們會各自在不同車站上車，然後在同一列地鐵的後面車廂會合。交談的時間不會超過五個車站，因為他們不能冒著風險被看到聚在一塊。只要能把該說的話都說完，那就已經足夠。兩人把事說完後，會分別在不同站下車，然後分道揚鑣。

傑利．桑默斯偵緝巡佐在巴比肯上車時，十分慶幸後面車廂的座位幾乎沒有任何人。這是因為他們甚至連碰面的時間都精心挑選過，這個時間本來就稱不上是尖峰時段。

桑默斯很快就摸了清楚，為何拉蒙特警司明明成功完成了特洛伊木馬行動，卻依然選擇提早退休。警察局的餐廳裡盛傳著拉蒙特警司「監守自盜」，而他過不久後，也發現了拉蒙特警司有著賭博的嗜好。他不過是下班後上酒館時隨意打聽了幾句，就把蒐集到的資訊在腦中都串連了起來：由於拉蒙特把汙來的錢如數奉還，作為交換，大隊長選擇了睜一隻眼閉一隻眼。他心想，照這樣看來，應該不難說服拉蒙特。

地鐵駛近阿爾德門，這時拉蒙特早已在月台最尾端等待。拉蒙特準備上車，和桑默斯面。他上車後，選了桑默斯身旁的座位坐下，不過兩人並沒有打招呼。拉蒙特出於習慣，先是掃視了車廂，他發現唯一一個和他在同一站上車的乘客，是一名年輕的女性；她坐在車廂最後面的位置，上車後便直接看起了自己的書。雖然那名女性不可能聽見他們說話，但他們依然窸窸窣窣地輕聲交談著。

拉蒙特先開了口：「傑利，能再和你見上一面真是太好了。恭喜你升官，這是你應得的。」

「警司，謝謝您。」

「直接叫我布魯斯吧，別忘了，我現在已經不是警察了。」

傑利繼續說：「都是那個唱詩班乖乖牌幹的好事。」

「再和我說一次吧，你們怎麼認識的？」

「我們一起在亨頓出勤，他表現很出色，滴酒不沾，女人也不碰，所以我和他的交情自然不會好到哪去。」

拉蒙特回說：「很開心聽到你這麼說。」

「您如果想挫挫他的銳氣，我倒是能幫上忙。」

「怎麼說？」

「您有沒有時間能額外兼點差呢？收入非常不錯。」桑默斯說到「不錯」時，還刻意加重了語氣。接著他繼續說：「不過，您如果已經找到其他工作的話就另當別論。」

「事實上，現在退休的警員太多了，他們總說自己是諮詢專家，每個人都找同樣的工作來幹。我是想過開一間酒吧，也在布萊克希斯找到了不錯的地點，但可惜實在掏不出錢付那店面的押金。」

「實際數字是多少？」

「兩萬英鎊。我能湊到一萬，不過還有兩個前妻要養、房子的貸款得繳，無論怎麼湊都無法湊齊剩下的錢。」

桑默斯說：「有個人會很樂意幫您解決這個問題。」

「該怎麼做？」

「不會太苛刻的，而且，沒有誰比您更適合這個工作了。」

「說來聽聽。」

桑默斯不慌不忙地詳細解釋了一番，告訴拉蒙特究竟是什麼樣的工作能替他換來一萬英鎊。

桑默斯偵緝巡佐說完後，拉蒙特終於開了口：「我得思考一下。」

「沒問題，布魯斯。不過這件差事還是有個期限。」

車子停了。車門打開後，桑默斯偵緝巡佐連是哪個車站都沒看一眼，便直接跳下車廂。

拉蒙特則繼續坐車到維多利亞，然後轉乘地鐵的區域線。

那個讀著書的年輕女子並沒有跟著下車，不過她，蕾貝卡・潘克斯特偵緝警員，非常清楚拉蒙特警司究竟打算前往何處。

❊ ❊ ❊

威廉說：「我想看看他的遺體。」

一位年長的牧師客氣地回覆：「您是他的親屬嗎？」

威廉很清楚自己出了英國便沒有實質的警察權力，但還是對牧師說：「神父，我並不是，但是我有福克納先生的搜索令。」

牧師端詳了搜索令一番後，不為所動地說：「孩子，現在恐怕只有上帝能審判他了。」

「神父，您說得對，但我還是得親眼見到他的遺體後才能回到倫敦。」

「督察，我很抱歉，但我說過了，只有他的親屬才能……」

「我是他的親屬。」克里斯蒂娜突然插話，然後往前站了一步。她打開手提包，拿出自己的護照，上面寫著的名字還是：克里斯蒂娜・福克納，已婚。

牧師仔細地看著克里斯蒂娜的護照，然後低頭致意。

「福克納太太，請您節哀。麻煩跟我來吧。」

威廉問道：「我能跟著福克納太太一塊走嗎？」

牧師堅定地回答：「督察，這可不行。」

威廉和潔琪別無選擇，只好待在原地，牧師則帶著克里斯蒂娜來到了小教堂的側門，門上還寫著請勿進入四字。牧師把身子側到一旁，讓克里斯蒂娜進門。

威廉說：「我原先是希望能親眼看看遺體的。」

潔琪附和：「我也是。不過如果有人比我們更樂於親眼驗證他的死亡，肯定還是那位悲傷的寡婦。」

威廉點了點頭。不久後，那扇門便又打開，克里斯蒂娜走了出來，臉上難掩不合時宜的微笑。她走向威廉和潔琪，牧師則跟在她身後，與她相隔一步距離。

「是邁爾斯沒錯。我還拿回了他生前最喜歡的手錶。」克里斯蒂娜正拿著那只卡地亞的坦克腕錶，錶的背面還刻著「M.H.F.」的縮寫字樣。她把手錶放進手提袋裡，然後輕聲說：「我們去看他火葬吧，瞧瞧他是怎麼下地獄的。」

「福克納太太，您願意的話可以跟我來，我們特別在教堂留了給親屬的座位。」牧師說完便帶著三人來到了教堂前方，然後擱下了他們，於是三人便靜靜地等待著等會的火葬儀式。

潔琪小小聲地說：「你們有發現誰來了嗎？他坐在後面的座位。」

威廉轉頭看了一眼。絕不會錯，那是布斯．華生御用大律師。他正低著頭禱告，感覺十分真誠的樣子。

威廉開了口：「看來我能確信邁爾斯死了。布斯．華生是就我所知，唯一一個連參加葬禮都收鐘點費，接著收取遺產諮詢費的人。對了，坐在他後面幾排的那男人是誰？」

潔琪回說：「我不曉得。看起來像個蘇黎世的侏儒[6]，大概是福克納手下的銀行家吧。」

克里斯蒂娜突然問了一句：「你們覺得布斯．華生知道我的畫作在哪兒嗎？」

威廉回答：「他肯定知道，但這不代表他會願意讓妳知道這個秘密。」

潔琪又說：「不過，如果他是福克納的遺囑執行人，勢必也別無他法，肯定要讓人知道的。」

威廉回說：「這種小問題，他大有能力來解決。」

克里斯蒂娜說：「你這唱詩班乖乖牌今天是怎麼回事？」

這時牧師莊嚴地宣布：「讓我們來禱告吧。」他放眼望去，教堂只有寥寥幾數人。「我們的天父……」

克里斯蒂娜低聲說：「天上可是邁爾斯到不了的地方。」

牧師繼續進行著儀式，中途對了幾個沒有跪下的哀悼者唸著禱詞。

6 英國政客對瑞士銀行業者的貶抑詞，瑞士銀行家常被認為行事隱密，相當守財，形象與童話故事中的侏儒相近。

之後牧師說：「進行火葬儀式前，有個人希望能夠說幾句話，向他逝去的朋友致意。」

威廉不敢相信，眼前緩緩走到教堂前頭，轉過頭來面對群眾的，竟是布斯．華生。

布斯．華生開口：「我很榮幸能夠認識邁爾斯超過二十年，我既是他在法律上的諮詢對象，也是他的摯友。」

克里斯蒂娜輕聲地說：「還不是因為他付你錢。」

「他向來樂善好施又慷慨解囊，總是把夥伴的利益看得比自己還重。」

克里斯蒂娜繼續嘀咕著：「他和我們認識的真是同一個邁爾斯嗎？」

「他默默地為當地人群奉獻，同時，也樂於分享自己的財產，以利國家。許多朋友都將悲痛地緬懷著他。」

克里斯蒂娜環顧了四周，然後說：「我可沒看到這裡有『許多』朋友。」。

威廉笑說：「妳克制點！」布斯．華生繼續讚美著前客戶的美德。無視在場的四名哀悼者中，兩名蘇格蘭場的警察就占了一半的事實，只是在悼詞的最後說：「我對邁爾斯的思念將溢於言表。」

克里斯蒂娜繼續輕聲地嘲諷：「更思念的恐怕是他的律師費和預付金。」這時，布斯．華生轉過身面對棺材，稍微低頭致意過後，便回到了自己的座位。

威廉仔細地盯著牧師按下一顆按鈕，棺材就沿著電動軌道的平台緩緩移動；兩道小門打了開來，接著棺材便消失在眾人的視線當中。這時，邁爾斯．福克納的生命正式畫下了句點。

眾人陷入了好一陣子的寂靜，然後牧師便回到了教堂前方的階梯上，開始唸起最後的祝福語。在這之後，現場開始播放起合唱團預先錄製好的《哈利路亞》，其音質之差，大概就連韓德爾本人也會認為不堪入耳。

儀式結束後，克里斯蒂娜走到外頭的紀念花園，威廉和潔琪也一同跟了上去。布斯．華生則站在一處窄小的步道中間，顯然正在等著三人。

布斯．華生先是殷切地開了口：「福克納太太，方便和您私下說幾句話嗎？」

克里斯蒂娜堅定地回說：「布斯．華生大律師，有想說什麼的話就請便，華威克偵緝督察是我的朋友，我不介意他聽到。」

「那就照您的意願吧，福克納太太。相信您應該知道，根據朱利安．華威克爵士所立下的離婚協議，您有資格繼承我客戶名下大量的藝術收藏品，數量可至一半左右。」

「你知道這些收藏品在哪嗎？」

布斯．華生回說：「就存放在日內瓦這裡，地點是一家私人銀行的金庫內。您可以隨時取出這些收藏品。」

克里斯蒂娜刻意唱反調地回覆：「那麼，就今天？」

布斯．華生沒有理會她的問題，又自顧自地說了下去：「不過，您不曉得的是……」

「果然是有條件。」

「……您的丈夫去世時並沒有留下遺囑。而就法律上看來，您的離婚還未正式生效，加上邁爾斯並沒有血親健在，所以您將是邁爾斯最親的親屬，也是唯一能繼承遺產的人。」

克里斯蒂娜不可置信地問道：「所以我能繼承全部財產？」

「沒錯，全部。」布斯・華生說完後稍微低下頭致意。

「看來我能更加確信邁爾斯死了。」威廉一邊說著，牧師也一邊向他們走來，並低下了頭。威廉繼續說：「畢竟，要拿到那傢伙的收藏品就得等到他斷氣……」

牧師說：「福克納太太，骨灰的事我會安排的。我知道您希望把它撒在合適的地方。」

克里斯蒂娜回應：「好比說？地獄嗎？」

❊　❊　❊

那天早上，門墊上捎來了三封信，有兩封都是裝在牛皮紙的信封裡頭。其中一封是立博投注公司寄來的信用卡帳單，目的是為了提醒了他：先前他投注的那幾批馬，讓他大失所望了。另外一封信是稅務局的繳稅通知，寄來是為了提醒他：倘若這個月前沒有繳清稅金，得再額外支付一筆利息。

第三封裝在白色信封袋的信，是由一名事務律師寄來的。他雖然辨識不出這名律師的簽名，但他看見信封後，終於想起了第二個前妻的贍養費已積欠了一個月，可能會牽涉到法律訴訟……就在這時，他終於下了決定。

早上九點五十分，拉蒙特離開了在漢墨斯密的公寓。在過去八年來、每一個工作日的早上，他早已習慣出了家門後便向右拐，走向離住處最近的地鐵站；然而，如今他並沒有這麼做，而是出了門後，朝左邊走去。他走了約莫一百碼後，又向左轉接著繼續直走，直到他走到路的盡頭，來到一座電話亭。他觀望四周，確定沒有人在跟蹤他後，才將門拉開，走進電話亭內。

他躊躇了一陣子，不確定自己是否該撥出那通電話。然而十點鐘一到，他聽到附近的教堂敲鐘後，便拿起話筒撥了那他早已記在心底的號碼；畢竟，那支抄下來的號碼可不能讓他的妻子看見。

他緩慢地撥了那七個數字。他知道在這時，桑默斯肯定也在鎮上的另外一個電話亭，等待他打來的電話。電話不過響了一聲，另一頭就有人接起了電話。

「你好？」對方沒有表明姓名，也沒有囉嗦的寒暄。

「你說的我答應了，不過細節我不同意，我需要你先給我一筆。」

「這和我們先前談好的不一樣。」

「那你就得找別人來幹你這票骯髒事。」

一陣沉默過後，他才聽見對方繼續開口。「你想要多少？」

「兩千英鎊，其餘的等我要去辦那件事的時候給我。」

「什麼時候要？哪裡見面？」

「今天晚上、同樣時間、老地方。」拉蒙特說完便放下話筒，走路返家。有那麼一剎那，使他感到不對勁：他看見住處附近的公車站，有個年輕女子正在等車，她的長相似乎在哪看過。

二一一號公車進站後，蕾貝卡・潘克斯特偵緝警員上了車。她心想，拉蒙特會不會已經發現了她？要是她回頭望一眼的話，或許就能知道。

6

「我們今天有成堆的事要討論。」獵鷹大隊長說完後在長桌的主位坐了下來。「我們就別浪費時間了吧。華威克偵緝督察，先來歸結邁爾斯・福克納的案子如何？」

威廉開口說：「上週四，我和羅伊克羅夫特偵緝巡佐飛到了日內瓦參加福克納的葬禮。我們是沒能看見他下地獄去，但至少見到他被燒成灰燼了。幾天後那位快樂的寡婦回到了英格蘭，而且帶回來的好東西可不只有她前夫的骨灰。至於骨灰，她已經都撒在林普頓的那塊地了，所以我們的確是可以結束邁爾斯・福克納的案子。」

獵鷹揚起眉頭說：「督察，你好像有點失望的樣子？」

「大隊長，我的確是有那麼一點失望。我不禁想起了希萊爾・貝洛克議員聽聞同仁去世時所作的那首詩：『在這裡，政治人物的屍體被安置得富麗堂皇，樣子荒謬不已；然而，所有認識他的人卻都對著屍體譏諷訕笑。為此我不禁涕零，涕零我沒能親眼看見他遭到絞刑。』」

威廉語畢，在場所有成員都哄堂大笑，拍案叫絕。

「福克納太太之後又有什麼打算？」

「她會繼續待在英格蘭，直到她把所有的畫作都賣出去，之後她打算和人在佛羅里達的妹妹重逢。」

「我可一點都不會想念她們的。」獵鷹說完闔上了文件，又打開了另外一份。「現在，我們來說說桑默斯偵緝巡佐吧。這件事進展得如何？能確定他是我們要調查的對象了嗎？他捉拿小偷的紀錄似乎總是無人能敵。」

保羅開口說：「他還有一件事也無人能敵：那就是他總會刻意放其他惡棍一馬。他之所以表現良好，這也是其中的原因。」

然而獵鷹提醒著阿達加偵緝巡佐：「你這話是猜的？還是有憑有據？這兩者可不一樣。」

保羅回說：「大隊長，這我同意，不過潘克斯特偵緝警員和貝莉警員都發現了些有趣的東西。」

威廉隔著桌子看向保羅。過去幾年來，保羅無論是在廳裡或是廳外，都是他相當親近的戰友。對於打擊犯罪，保羅絕不是個馬虎的人，而且他和獵鷹一樣，認為腐敗的警察比起真正的罪犯還要令人不齒。

保羅繼續說了下去：「自上個月以來，潘克斯特偵緝警員都在跟蹤拉蒙特；貝莉則以女警員的身分加入了羅姆福德的轄區。她份內與份外的職責，就是緊緊盯著桑默斯，調查他是否真如大家認為的那樣，是個清廉正直的巡佐。」

威廉把注意力轉向了兩名剛加入小組的年輕警員。他露出會心一笑，認為她們與自己當初相比，肯定沒有什麼特別不同之處。

潘克斯特偵緝警員當初面試時，就曾驕傲地表示過自己是政治家艾米琳．潘克斯特[1]的子嗣。艾米琳．潘克斯特曾經因為擔任婦女參政運動的領袖而多次遭到逮捕，在監獄裡更曾長時間絕食抗議。威廉很高興能找到潘克斯特這名既聰明、又擇善固執的年輕女警員加入他的小組。他也很快就發現，自己和保羅必須夠機敏，才能隨時跟上她的腳步。除此之外，她也十分勇於糾正他和保羅，卻又不會令兩人覺得她以下犯上。

相反地，妮可拉．貝莉警員與自己長年待在監獄的父親素未謀面。她十四歲時就離開了學校，接連做過一份又一份的工作，然後才申請進入警察單位。她被單位拒絕過三次，卻鍥而不捨。威廉當初邀請她加入小組的原因正和蕾貝卡．潘克斯特相同，她們倆的思緒都十分敏銳，這點就和犯人犯罪時一樣。

保羅又開了口：「潘克斯特偵緝警員，和我們說說目前的情況吧。」

蕾貝卡說：「這段時間，我全天候地盯著拉蒙特前警司。原先我並沒有發現什麼值得報告的情況，直到有次，我跟蹤他到阿爾德門站時，發現了他在那裡和桑默斯偵緝巡佐碰面，而桑默斯偵緝巡佐正是他先前的同事。」

獵鷹刻意唱反調地說：「但他們肯定有理由能證明這沒有什麼。別忘了，他們倆先前都在羅姆福德值勤過，兩人可能只是朋友。」

蕾貝卡回說：「但他們刻意挑在最後一節車廂會合，而且車上幾乎沒有其他乘客，這又要怎麼證明『沒有什麼』？他們大可在附近的酒吧邊喝杯啤酒邊聊就好，不是嗎？」

獵鷹接著問道：「然後呢，發生了什麼？」他的語氣有些嚴厲，但又不到斥責的地步。

「他們交談了約十五分鐘，就這樣。之後桑默斯就在西敏站下了車，拉蒙特則又繼續搭了兩站，到維多利亞站換車。」

獵鷹回答：「這就是我要的。」

蕾貝卡看了看自己的筆記，然後接著說了下去：「隔天早上九點五十一分，拉蒙特離開了在漢墨斯密的住家，走到附近的一座電話亭，然後撥了一通電話，通話時間大約一分鐘。讓我起疑的是，他為何不在家裡打電話就好？」

獵鷹猜測：「或許他不希望妻子知道他打了電話給誰？」

「大隊長，那時他的妻子在理髮廳。」

獵鷹繼續問道：「還有什麼更重大的消息嗎？」

這時貝莉警員插了話：「大隊長，恐怕還有。桑默斯偵緝巡佐昨晚結束勤務後，我跟蹤他到最近的車站；他到了利物浦街站時，又轉搭地鐵，搭乘三站之後，再次和拉蒙特碰了面。」

保羅問道：「又是在後面沒人的車廂對吧？」

「是的。」

威廉自言自語地疑惑著：「他們究竟打著什麼如意算盤？」

「我只知道桑默斯給了拉蒙特一個厚厚的牛皮紙信封袋，之後拉蒙特就在下一站下車了。」

「妳有繼續跟蹤他嗎？」

「沒有。阿達加偵緝巡佐要我繼續待在地鐵上，看看桑默斯會在哪一站下車。」

「結果呢？願聞其詳[7]。」

「是紀念碑站。接著他就回到了利物浦街站，然後搭下一班車回到羅姆福德。」

「潘克斯特偵緝警員，這時妳還有持續尾隨拉蒙特嗎？」

「有的。之後他就回到了在漢墨斯密的住家，這時時間正好將近十點。」

威廉問道：「妳覺得他有發現妳嗎？」

「有可能，不過是沒有這樣的跡象。」

「就算他猜到了妳的意圖，妳也不會知道的。別忘了，他是個老油條，妳還沒在地鐵環狀線上跟他跟到暈頭轉向前，早就會先被他耍得團團轉。」

威廉又問道：「萬一他們其中一人接近妳們，妳們有對策嗎？」

潘克斯特偵緝警員回答：「有的。我會說我是漢墨斯密公立圖書館的助理館員。」

7 「願聞其詳」（Enlighten me）是獵鷹的口頭禪。

保羅說：「這聽起來挺可信的，不過對方或許很快就能查出真偽。」

蕾貝卡說：「我每週六早上都在那裡擔任志工，就算桑默斯偵緝巡佐或拉蒙特真的聯繫上館方，那裡的資深館員也會知道該說什麼，我們之前上同一間大學。」

獵鷹一邊摸著額頭，一邊說：「很好。」

威廉問道：「那麼妳呢，貝莉警員？」

「督察，我可沒上過大學。我十四歲就離開學校了。」

除了獵鷹以外的所有人都大聲笑了出來。

獵鷹說：「貝莉警員，請妳回答問題。」

「只要能繼續讓桑默斯認為我只是個轄區新來的警員，我覺得這就是最好的偽裝。」

獵鷹回答：「同意。不過，如果妳們倆有察覺到自己被發現的話，哪怕只是有一點這樣的跡象，都得立刻停止行動，然後不要繼續出現在羅姆福德或是地鐵環狀線。我之後會再派新的小組執行任務。」

保羅說：「瞭解，尤其是我和潔琪，我們絕不能被發現有接近拉蒙特的意圖。不過，我倒是希望貝莉和蕾貝卡警員能盯著他們越久越好。」

獵鷹也堅定地說：「的確不能冒險。」

這時威廉開口：「大隊長，有件事您可能會想知道。總部那邊最近有一項調查，結果顯示由女性來暗中監視嫌犯的話，被對方發現的機率少了百分之七十二。」

獵鷹又強調了一次：「不能冒任何風險。」他翻開了另一份文件，然後說：「我們繼續吧。你們都準備好拉希迪開庭的事了嗎？」他問著的時候又轉回去面對威廉：「我們如果要讓那傢伙定罪，就得比他快上好幾步。」

威廉回說：「皇家檢控署首席的檢察官很有把握，他們掌握了充足的證據，能把他送進監獄裡，而且刑期可能很長。」他說著的時候刻意沒有提及父親的名字。

「千真萬確？」

「拉希迪在布里克斯頓的公寓主臥室內，留有幾套定製西裝，除此之外還有幾件襯衫，看起來是來自傑明街上的『賓克』服飾店。」

然而獵鷹回說：「但拉希迪身高五呎九吋，體型中等。布斯．華生肯定會說和他身材相近的有上千人，衣服可能只是定製給這些人的其中之一。說不定光是陪審團中就有兩、三名這樣的人。」

威廉看著筆記本，一邊回答道：「可不一定，衣服的暗袋上繡有『A.R.』的字樣，這點布斯．華生一定無法反駁。而且根據西裝內的標籤看來，這些西裝都是來自薩佛街的『班內特里德』這家店。我已經聯繫了班內特先生了。」

「他願意宣誓作證嗎？」

「不太願意，如果我們真要他作證的話，或許得發證人傳票。」

獵鷹繼續問道：「除了西裝和襯衫外，我們還有什麼更有利的證據嗎？」

「我到他布里克斯頓的公寓搜查時，在他的床頭櫃上發現一張照片，照片裡的人是他母親。」

獵鷹回說：「這還比較像樣。除了那個不願意作證的裁縫師以外，還有更可靠的證人嗎？」

「有個傑洛德·桑格斯特先生，他為了換得較輕的刑罰，願意當汙點證人。」

「可別告訴我他現在和拉希迪在同一個監獄，如果是這樣的話，他絕不可能坐到證人席上的。」

「過去五個月來他都待在一個安全的地方，而且等到開庭當天，我們才會讓他露面。他以前是個醫生，而且他掌握了一項證據，這項證據布斯·華生絕對無法輕易反駁。」

「怎麼說？」

「他負責製毒，然後再把毒品分配給手下的毒販，拉希迪則負責定期抽查這些毒品，確定沒問題後才會讓毒品拿到街頭上賣。」

獵鷹露出了微笑。這也是他今天開會以來第一次露出笑容。「到時候他們會怎麼把拉希迪從監獄押到老貝利？我會這麼問，是因為他肯定知道這是他逃脫的唯一機會。」

威廉回說：「他們會派出防彈的車輛，一旁也會有三輛警車、好幾臺侍衛機車。上面還會有一架直升機來隨時掌控他們的路徑。」

獵鷹忍不住提醒了威廉：「當初福克納也是這樣的，但他還是把我們耍得團團轉。」

這時阿達加插了話：「但拉希迪和他的情況不同，他可不會中途去參加母親的葬禮。」

「反正一刻都別卸下防備，否則他參加的就會是你們的葬禮。那傢伙手上有充足的資源夠他收買任何人，包含那輛防彈車的司機；連路上的紅綠燈，他都有辦法派人動上手腳。別忘了，案件審判得花上好幾天，也許拉希迪不會在第一天就有所動作，但只要他等到我們放鬆戒心……」

威廉說：「包在我們身上。」

「你準備好了嗎？到時候你坐上證人席，或許會被布斯．華生反駁得體無完膚。」

「大隊長，我做好萬全的準備了。上週末我還和我的姐姐葛蕾絲進行了模擬審問，她可是一點都沒有手下留情。」

獵鷹回說：「很高興聽見你這麼說。布斯．華生對警方絕不會留情面，更何況你還是皇家檢控署首席檢察官的兒子，他更不可能手軟。」

❊❊❊

首先，拉蒙特得先決定好，要在哪一天執行這個偷天換日的行動；況且，他知道現在還有人在跟蹤自己。他想了想，決定日子就訂在拉希迪開庭前的週日。但是接下來他還得思考：最不容易被看見的時間，會是在白天還是晚上？他決定把時間訂在凌晨三點，因為在這個時間，只有必要的人員會守在崗位。最後，他還得決定該穿制服過去、還是穿著便服就好？他決定，如果自己想要盡可能地低調，那麼穿著便服會是比較好的選擇。

時間來到了週日凌晨三點。他站在總部外的人行道，左邊的腋下夾著一個小小的包裹。

他用許可證感應打開總部的玻璃門，朝櫃檯走了過去。櫃檯後方有個年輕女子正在看著時尚雜誌，他見狀後翻開了自己的識別證。

「警司，早安。」那個女子邊說邊迅速地把雜誌收到櫃檯下方。

拉蒙特開口解釋：「我只是來拿回留在桌子上的東西，很快就好。」

「那當然沒問題。」她正準備把夜間的訪客名單轉向拉蒙特，讓他填上資料，不料拉蒙特卻已經直接走向了電梯。她認為就這樣離開櫃台，上前朝警司追去有點不太妥當，於是決定等拉蒙特待會離開時再提醒他。

拉蒙特等著電梯時，刻意背對著那名女子，電梯門一打開後，便二話不說地縱身跳進電梯。他按下八樓的按鈕。那是行政部門。在週日凌晨三點這樣的時間，行政部門是最不可能有人還在工作的地方。

電梯門打開。他走了出去，來到一個沒有開燈的走廊並停了一會，才朝走廊尾端走去。他推開逃生門，慢慢地跑下樓梯，最後來到地下室。接著，他又走進了另外一個沒有開燈的走廊，但沒有選擇把燈打開。他很清楚自己要走的方向在哪。

他沿著走廊慢慢地前進，來到了尾端的門前。先前，他早已確認過這時是輪到誰來看守，也非常確定這名看守的人肯定用不著多久就會呼呼大睡，或者只會顧著讀自己的《賽馬郵報》。會自願在這個凌晨時分值班的人，肯定淨是些遊手好閒的人，因為他們知道自己就算打個瞌睡，還是能拿到該拿的薪水。

「山姆，早安。」拉蒙特走進門內，擾了眼前這名警員的清夢，他顯然早已熟睡。「我只是來檢查一下東西，很快就好。」

山姆回說：「警司，您請便。」他只希望自己睡著的事不會被上報。

拉蒙特直接經過了他，並推開另一扇門，走向證物室。他只花了不到幾分鐘就找到了他要的東西。他把東西掉包，然後把小包裹放進防風大衣的口袋，那包裹的大小甚至和他的口袋完美契合。

「晚安。」拉蒙特往回走時，發現山姆正低著頭，似乎是在思考著該押哪個騎師和馬匹。明天四點三十分，在肯普頓公園賽馬場正好有場比賽。

「警司，晚安。」山姆附和時依然沒有抬起頭。

拉蒙特走上樓梯回到一樓，這時早班的清潔人員已經正在簽到。他飛快地穿過大廳，直接走向大門；櫃檯的那名女子大聲地喊著：「警司，請等一下！」但他故意不理會。那名女子還來不及思考要不要追上去，拉蒙特便已消失在她的視線當中。

他走到白金漢門，然後招呼了一輛計程車。這筆錢是他非花不可的，畢竟他可不能冒著被人看見的風險，走一大段路回到漢默斯密。夜深人靜時，反倒是更容易被條子盯上的時刻。他縮到後座角落，不讓司機透過後照鏡看清他的臉孔，並露出了一抹微笑。整個行動只花費了他不到十五分鐘便解決，而明天一早，他還能得到另外的八千英鎊，如此一來他的問題就全都解決了。不過，真的一勞永逸了嗎？

7

貝絲幫他弄了第二杯咖啡，但沒想到他連盤子裡的培根和蛋碰都沒碰。威廉似乎在想著些什麼，神情有些焦慮的樣子；每當他露出這副樣子時，貝絲總會感覺自己被他冷落。

貝絲只好老套地開玩笑問他：「你這傢伙又怎麼了？擔心什麼呢，你可不是沒坐過證人席。」

「但這有可能是我最後一次坐在那裡了。如果我把一切搞砸，陪審團可能真的會覺得拉希迪只是個正直善良的平民，認為是警方一頭熱才誤把他給逮捕。」

「聽起來太不可能。」貝絲一邊說著，一邊餵著雙胞胎。

「正是這個『不可能』才可能讓我中了布斯・華生的招數。別忘了我上次在證人席上和他對質時，他對我暗示的那句話……」

貝絲回說：「但你也別忘了，那次輸的是他，所以福克納最後才被判了八年。」

「正是這樣他才會更想要……」

「昨天你可是花了一整個下午接受你姐姐模擬審問，葛蕾絲完全沒留任何情面。」

「是沒錯，但就連她也沒辦法預料到布斯・華生會使出什麼招數，況且要面對他一連串盤問的是我。」

「為什麼不是拉蒙特來作證呢？畢竟辦這個案子的人當中，他才是較資深的長官。」

「他上次被布斯・華生狠狠擊敗了，而且拉蒙特為什麼會提前退休，布斯・華生也一清二楚。」

「你父親有給你什麼建議嗎？」

「他昨天一整個下午都沒離開書房，肯定是在準備拉希迪的交互詰問。我走的時候提醒了他一句，要他小心布斯・華生的『曲球』。」

「什麼意思？」

「親愛的，畢竟你對板球毫無興趣，和你解釋會花上我大半天的。」威廉說完便拿起刀叉，戳向盤子上的蛋黃，然而蛋黃早已變硬了。

貝絲試著安撫威廉：「你沒問題的。誰說真話、誰說假話，陪審團絕不會有一絲懷疑，畢竟你們一個是惡名昭彰的毒品大亨、一個只不過是唱詩班乖乖牌。」

「要是這麼簡單就好了。」威廉洩了口氣，然後把盤子推到一邊。「一直以來，布斯・華生都很擅長製造陪審團的懷疑；我父親身為檢方，在這個案子中舉證時，必須設法讓判決達到無合理懷疑[8]。」

「說到底，布斯・華生究竟為什麼會替拉希迪辯護？」

「因為我們犯了一個錯，而且當時我們絲毫沒有多想。」威廉說完後喝了一小口冷掉的咖啡。「我們把拉希迪和福克納關在同一個監獄，所以他們倆搭上線自然是遲早的事。」

「真不知道拉希迪今天早上吃的會不會也是培根和蛋。」

※ ※ ※

獄警問道：「拉希迪先生，要再來杯咖啡嗎？」

拉希迪點點頭，然後敲開他的第二顆水煮蛋，他特別要求他的蛋要煮三分半鐘。

圖利普問道：「到時候在老貝利開庭時，需不需要我在這裡做點什麼？」現在他已經是和拉希迪同桌的常客。

「我不在的時候讓一切正常運行就好，每天吃早餐的時候，你可以和我報告一下情況，週日在教堂的時候也是。對了，那個偷撈油水的獄警你處理了嗎？」

「他被調到伍爾弗漢普頓的監獄了。」

「但你安排其他人來頂替他的位置了嗎？」

「有一狗票，老大，而且他們都清楚和你作對的後果了。」

「明天早上再告訴我詳細情況。」

---

8 法庭用語，指控訴方提出證據，指控被告有罪時，必須達到無合理懷疑的確定性，陪審團才可裁定被告有罪。

圖利普笑著回說：「說不定您不會回來呢，搞不好案件會不起訴。」

「話別說得太滿。」拉希迪拿起一罐橘子果醬，確認是法蘭克庫柏牌的牛津果醬，才把蓋子轉開。「但我的御用大律師倒是說過，最大的問題已經解決了。這點華威克到時候坐上證人席也會瞭解到的。」

「我驚訝的是他竟然還活著。」

「有布斯．華生在，我也不能有什麼動作，不過只要等案件審判結束……」

「那個善良的醫生呢？他會不會還是個麻煩？」

「如果陪審團沒有發現桑格斯特醫生的惡行惡狀，他倒算不上是什麼麻煩。我比較擔心的是那個替我定製西裝的裁縫師。」拉希迪邊說邊摸著外套上的翻領，確認了那繡在裡頭的「A.R.」字樣。

「別緊張，我們已經把他的嘴巴『縫』得緊緊的。」圖利普說完笑了笑，似乎很滿意自己的笑話。

一名獄警來到了拉希迪的桌子旁，對他說：「拉希迪先生，您的車來了。」

「記得送些花給我母親。」拉希迪說完後呼嚕地喝光了咖啡。

「她也會到法庭上嗎？」

拉希迪回說：「我希望不要。」

拉希迪站了起來，然後問了陪同他離開餐廳的獄警：「護送的人馬如何？」

「三輛防彈車、數臺侍衛機車、一架直升機。自克雷兄弟[9]以來，從沒有人有過這樣的待遇。」

拉希迪說：「誰送我到那裡不重要，重要的是誰能帶我回來。」

獄警將拉希迪的手銬住，然後說：「不好意思，得照規矩走。」

拉希迪步出監獄，來到庭院。兩名警察緊緊抓住他的胳膊，將他帶往第二輛防彈車旁。

※ ※ ※

葛蕾絲決定不吃早餐，因為這樣一來，她才能早父親一步抵達事務所。她知道，如果想比父親早到那裡，就得特別早起才行；尤其她父親在林肯律師學院有一層舒適的公寓，舉凡在重要案件開庭的前一晚，他總是會直接住在那裡。

如果不吃早餐的事被她的伴侶克萊兒發現，肯定要挨一頓罵。事實上，葛蕾絲小的時候，第一個記在腦海裡的廣告詞就是那句吃顆雞蛋再上工；不過，克萊兒早就到布倫特處理兒童保護的案件，所以絕不會知道她沒吃早餐。她前往事務所前，克萊兒還打了通電話祝她

9 克雷兄弟（the Kray twins）：二十世紀時英國倫敦東區最惡名昭彰的黑幫頭目，犯行包括縱火、持械搶劫、收保護費、威脅恐嚇、謀殺等，最終於一九六八年被捕。

一切順利。

葛蕾絲關上公寓大門時，發現天色依然暗著，之後，她就直接往地鐵站走去。二十分鐘後，她出了地鐵的法院巷站，這時天空仍只有隱約露出一抹晨曦。她一面咒罵，一面踩著高跟鞋，匆匆地穿越林肯律師學院的鵝卵石庭園。這並不是因為天空正下著綿綿細雨的緣故，而是她發現事務所天花板的燈泡早已亮著。

她一到艾塞克斯園大律師事務所的第一大樓，就急忙衝上樓梯來到四樓。她一如往常地敲敲資深大律師的房門，然後才進入了她父親的「地盤」。

朱利安爵士面對著漸漸升起的太陽，嘴裡唸著自己的開庭陳述，樣子就像個古羅馬演說家。

「法官大人好、陪審團成員們好，敝人今天代表皇家檢控署，而我學識淵博的朋友，布斯．華生御用大律師，則代表被告。首先，我想代表皇家檢控署表明，我在司法界執業如此多年以來，從未見過如被告這種喪盡天良的罪犯。」

葛蕾絲開了口：「簡直就和當時起訴福克納的說詞一樣。」她打開包包，翻找著她修改好的開庭陳述稿子。

朱利安爵士回說：「反正是不一樣的法官，陪審團也不同，沒有人會知道的。」

「但布斯．華生知道。而且『喪盡天良的罪犯』聽起來也太過老派了，不合現代的口吻，我想還是用『可惡的人』這樣的說詞就好。」

朱利安爵士點了點頭，然後修正了自己的措辭，並繼續練習下去：「阿塞姆．拉西迪是個受過教育、才華洋溢的人，無論選擇從事何種職業，肯定都大有可為；不過，他卻不把這些才華用來幫助其他同胞兄弟，而是……」

葛蕾絲又說：「『姐妹』呢？到時候陪審團裡也會有一些女性的。」

「……卻不用來幫助其他同胞兄弟和姐妹，而是用來傷害他們。親愛的陪審團，別忘了，他唯一和僅有的目的就是……」

「唯一和僅有是同樣的意思，你應該選一個說就好。」

「他唯一在乎的，就是賺進大把大把的鈔票，卻不在乎對別人造成的傷害。」

葛蕾絲又建議：「你在同個句子裡用了兩次『在乎』，要不要改成『看重』？」

朱利安爵士再次點了頭，然後又修改了一遍稿子，才接著下去：「拉希迪先生在家族企業中擔任總裁，藉由這間令人可敬的公司，獲取了豐厚的利潤；他因此能夠享受高枕無憂的生活，這是比許多人幻想中的生活都還要尊貴的。」接著，他把看向陪審團這幾個字寫了下來。「不過，就連這樣的生活也滿足不了他這個利慾薰心、放蕩不羈的人，所以他決定展開他的雙面生活。白天，他是個德高望重的茶商；到了晚上，他就變成了拿他人性命做交易的商人。可真是一位現代版的雅努斯！」

「陪審團會知道雅努斯是誰嗎？」

「也許不知道，但法官大人會知道的。畢竟，有時候話是說給法官聽的。」朱利安爵士解釋完後又接續下去：「每週一的下午，在同事和秘書都不知情下，他會離開倫敦的金融城，然後搭乘地鐵到布里克斯頓。當他到了這裡，就等同於來到了他的另外一個世界。不過，由於他既虛榮又傲慢，所以他還是無法摒棄掉生活中的奢侈，這也是他終究會自取滅亡的原因。他待在布里克斯頓時，晚上都是住在一棟百萬富翁才住得起的公寓內，這棟公寓就在他的製毒工廠旁邊。陪審團成員們，如果你們瞧瞧這棟公寓的照片，絕對會知道他究竟藉著另一面的生活賺進了多少白花花的鈔票。更重要的是，猜猜這個公寓的主人是誰？」

「在這棟公寓旁的另外一棟大樓，最上方三層樓就是他非法製毒、極其敗壞的大本營，與一旁奢華的公寓內猶如完全不同的世界。這個地方可不是什麼專門進口茶葉的中心，送進這裡的，也不是從馬來西亞、斯里蘭卡運來、準備拿到商業街上販賣的各級精選茶葉；運到這裡的是海洛因、古柯鹼、大麻脂。這些毒品都是來自哥倫比亞和阿富汗，他們準備把東西拿到隱密的街道上販賣。」

「在倫敦的金融城，他手下三十名員工每天傍晚五點回到家時，都在讚頌他的美德；不過，他在布里克斯頓所幹的事，是監禁三十名非法移民，要這些移民沒日沒夜地替他做牛做馬。這些移民深怕自己若不奉令行事，就會被他通報到警方那裡去。」

葛蕾絲又插了話：「『辦好事情』就可以了，『奉令行事』有點太老氣了，聽起來不像是你會說出來的話，比較像是弗雷德里克．史密斯法官[10]。」

朱利安爵士這時突然說：「我說到這裡時就會先停下來，讓妳有充足的時間把那一大張製毒工廠的平面圖放到架上，接著我再照著圖解釋；這個時候，妳可以指出工廠裡所有相關的房間，這樣一來，陪審團就會知道整起行動的規模是多麼龐大。記得，妳得把圖放到適合的角度，讓陪審團和法官都能清楚看到，其他人則一點也不重要。」

葛蕾絲點點頭。

朱利安爵士把稿子翻到另外一頁，然後繼續說：「在那棟大樓的二十三樓，是他們從事各種骯髒交易的地方，毒品和現金都是一手交錢一手交貨。平均下來，他們一天進帳大約一萬英鎊，這樣的利潤，甚至是拉希迪在馬塞爾奈夫一週所能賺進的十倍。另外也別忘了，他在這裡所賺來的錢，不需上繳一分一毛的稅。」

葛蕾絲又說：「我有點擔心你這句話影射的內容。或多或少會讓人認為：如果他賺來的錢得繳納成稅金，那麼販毒就能接受。我昨晚想到了另一個說法，你或許能參考看看。」

朱利安爵士揚起了眉頭。

「在倫敦的金融城，拉希迪先生在頗有聲望的茶葉進口商擔任負責人，他在這裡從事的一切生意都是光明正大；不過，當他在布里克斯頓的擔任著毒品巨頭時，一舉一動都鬼鬼祟祟的。」

朱利安爵士畫掉原先寫好的說詞，抄上葛蕾絲的說法。他露出了和藹的微笑，然後說：

---

10 弗雷德里克．史密斯（F. E. Smith）為著名英國法官，在法庭上常使用高雅的詞彙。

「葛蕾絲，謝謝妳。」

「法官大人、陪審團成員們，皇家檢控署的證據會達到無合理懷疑，從而證實這位圖謀不軌、腐敗不堪的被告所犯下的罪行；他一面在金融城扮演著德高望重的公司總裁，一面過著假面般的生活，擔任跨國毒品大亨，利用社會中各種弱小不幸的人。就連有無辜的人因他的行為而喪命，他也蠻不在乎。」

「爸爸，類似的話你早就費過不少口舌說了，為什麼要再重複一遍呢？」

「我希望陪審團能對拉希迪留下這樣的印象，也希望明天一早的報紙頭版是這樣描寫拉希迪。布斯．華生會想說服陪審團，大肆宣揚拉希迪的美德，說他多常去上教會、捐錢施捨，既受各方人群景仰、又深受同胞兄弟敬重；但只要我這麼做，就能搶先一步在大家心中種下懷疑的種子，再加上媒體的推波助瀾，就能滋長人們對拉希迪的懷疑。所以，就算布華想辯解他的當事人只不過是偶爾躲在家裡抽抽大麻，並無辜地捲入了那天晚上的追捕行動之中——這些說詞也只會被陪審團通通拋在腦後。」

「我猜你大概還會問：拉希迪為什麼在布里克斯頓的摩天大樓會有一層公寓？他為什麼不住在西區？或者和他母親住在博爾頓街？」

「或者是在金融城附近租一層公寓就好。我真迫不及待想看看布斯．華生要怎麼擺脫這個問題。不過，他恐怕不會讓拉希迪坐上證人席，這點我倒是能理解。對了，昨天妳和威廉模擬了交互詰問，他表現得如何？」

「他對於自己的論點掌握得很好。究竟要站在腐敗的毒品大亨那邊，還是站在我們唱詩班乖乖牌這裡，我想陪審團應該不會太難抉擇。」

朱利安爵士回說：「但只要有布斯．華生攪局，我們就不能把事情想得太簡單。」他邊說邊把稿子翻回第一頁。「再演練一遍吧。」

「法官大人好、陪審團成員們好，敝人今天代表……」

❊ ❊ ❊

在薩伏依燒烤餐廳內，布斯．華生正坐在他常坐的位置，大啖著全套英式早餐，一邊讀著《泰晤士報》。他看見報紙上僅僅用了簡短的篇幅，便提醒了讀者，這天早上在老貝利的中央刑事法院第一法庭，將會展開拉希迪的案件審判，審判的人是惠特克法官。布斯．華生十分確定，這時朱利安．華威克爵士肯定正在練習著他簡潔有力的答辯，試圖影響陪審團，並在第二天登上報紙的聳動頭條。布斯．華生也擔心陪審團可能正是報紙的讀者——即便法官先前早已叮囑他們別看報紙。

布斯．華生已經警告過拉希迪，也許朱利安爵士說完他的開庭陳述之後，陪審團就會篤定他是個惡人，有如魔鬼化身。不過布斯．華生也提醒過他，能夠發表最後陳述的，是辯護律師。

一名親切的服務生上前向布斯．華生問道：「先生，要再來點咖啡嗎？」

他點點頭，然後在報紙上的填字遊戲填入了六個字母。他心想，這個遊戲大概是他和其他律師唯一的共同興趣。然而即便如此，他仍不禁想：即使在他的內心最深處有著這樣的想法，這會不會其實只是他對其他律師的訕笑呢？

這個早晨出現在餐廳的顧客，如果看見布斯．華生大快朵頤著豐盛早餐的樣貌，或許再怎麼樣都料想不到：再過幾個小時，眼前的這個男人竟會到老貝利去替人辯護，而且辯護的對象還是個看上去就不怎麼正直的嫌犯，恐怕還會遭判二十年的徒刑。不過布斯．華生很清楚，早上的審判大概只能進行到開場陳述，他沒辦法說上什麼話；真正的好戲在下午，到時他會對檢方的第一位證人進行交互詰問，這個人，正是來自薩佛街、毫不情願作證的裁縫師西里爾．班內特。布斯．華生心想，如果他和拉希迪徹夜討論的計畫能夠成功，也許能混淆陪審團，讓他們不確定該相信誰。

下一個要坐上證人席的，就是那個藉由擔任汙點證人，意圖換取減刑的叛徒。不過布斯．華生的事務律師早已仔細調查了傑洛德．桑格斯特，並發現了一些甚至連英國醫學總會也不曾注意到的有用資訊。

接著坐上證人席的則輪到華威克偵緝督察。布斯．華生認為對威廉進行交互詰問的大概會是他的姐姐，而不是他的父親。他滿心期待著他們會為這個決定而感到後悔莫及。朱利安爵士以為自己掌握了一把冒煙的槍[11]，不過等到布斯．華生扣動扳機，就會讓朱利安爵士徹底清醒。如果他的子彈正中目標，那麼拉希迪甚至不必作證，因為這時審判將會正式結束，拉希迪也會當庭無罪釋放，自由地走出法院大門；到時候，布斯・華生自己就能拿到雙倍的律師費。

「先生，要再來點咖啡嗎？」

「不用了。」布斯・華生將報紙摺起，看了看手錶，然後說：「麻煩結帳。」

11 冒煙的槍（smoking gun）：意指罪證確鑿的證據。

8

公車亭下滿是人潮，潘克斯特偵緝警員就坐在長凳邊；但七二號公車進站後，她並沒有直接上車。從這裡她能清楚看見拉蒙特住家的大門，而且只要有人群徘徊在她身旁、等待任何一班公車，她就絕不可能被拉蒙特看見。

早上七點鐘後，大門打開來；拉蒙特走出門外，朝公車站的方向走來。蕾貝卡看見二一一號公車從遠方出現時，決定做出一個大膽的舉動。

公車駛近站時，拉蒙特便開始小跑步，蕾貝卡見狀更加確定自己要上的正是這一班車。她走上公車樓梯，來到了上層的位置，並選了後方的座位坐下；畢竟她不能冒險坐在下層，那樣可能會被拉蒙特發現。

蕾貝卡探向窗外，看見拉蒙特正偷偷摸摸地望向四周。拉蒙特確定自己沒有被人跟蹤之後，才踏上了公車。蕾貝卡笑了出來，很滿意拉蒙特中了她的計。不過，蕾貝卡依然懷疑自己是否早已行跡敗露，因此感到有些焦急，深怕自己的工作會被換掉，感覺就像是被艾米琳・潘克斯特打了下手心。

拉蒙特在下層選了他平時坐的靠窗座位。雖然蕾貝卡很清楚拉蒙特要去的地方是哪裡，但每當公車突然停下來，她仍會朝下望一望，確認拉蒙特是否下了車。

然而，他今天卻不在往常的公車站下車，然後前往賽馬投注站；今天他一直搭到了維多利亞站。蕾貝卡感覺自己又被打了一下手心，惋惜自己竟沒有料到這個情形——在九點以前，投注站確實是不會開門的。

她左思右想，難道他是要去警察廳總部？但結果也不是這樣。她看見拉蒙特走向地鐵，於是暗忖：拉蒙特肯定又要到環狀線和傑利．桑默斯密會。然而結果又再次出乎她的意料。拉蒙特竟走到一家報攤前，買了一包香菸和一份《每日郵報》。接著他就坐到附近的長椅，點了菸，佯裝讀報紙的樣子，時不時瞥向通往地鐵的階梯。

蕾貝卡溜進一家咖啡廳，點了杯卡布奇諾。她坐在靠窗的位置，以便她清楚盯著目標，同時也心想，拉蒙特是否能看見她坐在擁擠的咖啡廳內？然而，他未曾朝蕾貝卡的方向看過來，他的眼睛依然緊緊盯著地鐵站的入口，顯然正在等著某個人。不過，那個人究竟是誰？

接著蕾貝卡終於知道了拉蒙特的獵物是誰。她看見霍克斯比大隊長走出地鐵站，沿著維多利亞街朝總部的方向走去。潘克斯特偵緝警員趕緊將注意力拉回拉蒙特身上，這時他熄掉了香菸，並折起報紙，然後起身跟在獵鷹背後。不過，他似乎又沒有追趕上獵鷹的意圖。

蕾貝卡也離開了咖啡廳，繼續尾隨拉蒙特。他到底想幹些什麼？就這樣，她跟蹤著拉蒙特，而拉蒙特跟蹤著獵鷹。

獵鷹步伐輕快地朝總部走去，但令蕾貝卡料想不到的是，獵鷹沿著維多利亞街走了約莫一半過後，卻突然右拐，接著就消失在她的視線當中。拉蒙特仍和獵鷹保持著一定距離，知道自己不能冒險跟得太近。

蕾貝卡來到廣場，被困在人群之中；圍繞在她身邊的是一小群日本遊客，即使沒有下雨，各個仍撐著雨傘，正準備走向西敏主教座堂。就在這時，她看見大隊長消失在座堂巨大的建築側方。拉蒙特沒有跟上去，反倒是從大門走進了座堂裡頭。蕾貝卡看見這般情形，更是困惑不已。

遊客們走進座堂時，蕾貝卡仍緊緊和身邊的人靠在一塊，並發現拉蒙特走向了座堂的中間走道。他選了靠前排的座位坐下，附近還有幾個虔誠的教徒低頭禱告，絲毫沒有注意到身邊的人。蕾貝卡擺脫了遊客，然後偷偷摸摸地坐到了後方的長木椅，並用一旁的大理石柱當作掩護；她還是能看見拉蒙特，而這時的他已雙膝跪地，頭也低了下來，微微地向右傾。蕾貝卡十分不解：拉蒙特為何要一路跟蹤自己的前上司到這座大教堂，卻又讓對方消失在視線之外？他究竟知道些什麼她不知道的事？

另一樁令她出乎意料的事又發生了，這次她感到格外震驚。蕾貝卡看見一個和大隊長十分相像的男人，緩緩從教堂南側的走道出現，身上還穿著聖衣；她又仔細地看了一眼，確認那男人正是獵鷹沒錯。她迅速朝拉蒙特撇了過去，發現他也正專心地盯著獵鷹。她和拉蒙特唯一的不同之處，在於拉蒙特看上去顯然早已知道獵鷹會出現在這裡的樣子。

偽裝成牧師的獵鷹走向告解室，然後一腳踏了進去，彷彿他真是個神職人員一般。過了一會兒，另一個男人也從告解室的側門走了進去，然後坐了下來，拉起簾子。

這時，蕾貝卡終於知道為何拉蒙特會特地前來教堂，甚至還雙膝跪地，佯裝出禱告的樣子。他肯定是來這裡確認大隊長手下的臥底是誰，這樣一來，他就能提醒桑默斯，要他多加提防那名男性：他的體型高大纖細、年齡中年、髮型微禿、鬍子略棕。蕾貝卡猶豫著是否該上前提醒獵鷹，但心裡很清楚獵鷹絕不會想要她這麼做；因為如此一來，他們的臥底身分都會通通敗露。於是，蕾貝卡只好留在原地，靜觀其變。

十五分鐘後，那名臥底走出了告解室。他對教堂的十字架鞠躬行禮，模樣就像個虔誠的信徒，之後，他便走向西側的門。這時拉蒙特也站了起來，小心翼翼地跟在後頭，來到外面的廣場，蕾貝卡見狀也跟在拉蒙特後方不遠處。那名臥底的十分機靈。途中他停下數次，朝商店的櫥窗看了幾眼。這正是他用來確認自己是否遭到跟蹤的慣用招數。接著，他先是消失在了一間珠寶店，走出店裡時，手上又拿了一個小包裹；然後，他又使出了看似十分冒險的一步：他走入一間低調的精品旅館，看上去顯然是要在那裡和誰見面的樣子。

拉蒙特並沒有和那個男人一同進入旅館，畢竟風險實在過大。他只是沿原路折返，回到了維多利亞站，接著就消失在地鐵站內。至少，他現在已經把「萬寶路」這名獵鷹線人的長相給摸了個清楚。

蕾貝卡沒有繼續跟蹤拉蒙特，因為對於他接下來的路徑她早已經相當熟悉；更重要的是，她得盡快把剛剛看見的情況回報給大隊長才行。

＊＊＊

洛斯特地等了一會兒，才終於伺機行動。他確定三個人都離開了座堂，並且不會再返回後，才慢慢走向告解室，進到房間裡頭。

他拉起簾子，劈頭第一句話就說：「大隊長，拉蒙特跟蹤您到這裡了。當你那位懺悔者離開後，他就開始跟蹤那男人到教堂外頭，沒有再回來了。」

獵鷹說：「那麼看來他有好一大段路能跟了。那個人不過是個蒙特婁來的商人，主要是來懺悔自己昨晚去了蘇荷區的脫衣舞酒吧，之後，他還得回到加拿大的家，他的妻子和孩子都在那裡。不過，我們以後倒是得換換見面和交換情報的地方了。」

萬寶路回說：「瞭解。對了，那新來的女孩身手不賴。」

「新來的女孩？」

「她跟著拉蒙特到了教堂外，連我也是到那個時候才察覺到她的。至於在那之後他們去了哪裡，肯定會是很有趣的一件事。」

霍克斯比露出了微笑，他有預感潘克斯特偵緝警員已經坐在他的辦公室外，等不及要報告她剛剛看見的情況。

他又開了口：「下回見面，我就會開始行動了。」他知道萬寶路懂這其中的意思。「孩子，在這之前你就靜待一切吧。願上帝祝福你，因為你的下一個任務，就是去拯救某一位罪人，雖然我倒覺得他的罪行已經為時已晚就是了。」

＊　＊　＊

過了兩週後，妮基．貝莉偵緝警員終於遇見了桑默斯偵緝巡佐；先前她早已多次來到警局餐廳，不想放過一絲碰見他的機會。她的任務是緊盯著這個男人，雖然她只能在同仁提起桑默斯的名字時偷聽交談內容，她似乎仍從中整理出對桑默斯這個人的看法；而且，她未曾顯露出自己對這些話題有興趣、也從未開口向他們打聽消息。

他們最常用來描述桑默斯的幾個字詞，不外乎是「運氣好」、「投機取巧」、「抓小偷的高手」，也有人建議新來的女成員，最好別獨自和桑默斯回到他的公寓，特別是在喝得醉醺醺後。這個早上，妮基看見桑默斯悠悠晃晃地走進餐廳前，早已能想像到他會是什麼樣的人；不過，事實卻並非她所想的那樣。

傑利．桑默斯偵緝巡佐六呎二吋，看上去相當魁武，有著一頭蓬鬆雜亂的金髮、一雙銳利的藍眼睛，讓妮基想到性格男星保羅．紐曼。她試著不再去看他，然而他卻穿過餐廳，坐到了她的身旁。雖然妮基很受寵若驚，但她很清楚那只不過因為她是新來的女孩。不過，她還是非常想知道他會使出什麼撩妹招式：曖昧？粗魯？迷人？或者三管齊下？

羅伊克羅夫特偵緝巡佐早已交代得非常清楚，她的任務就是在不靠近桑默斯的情況下，盡可能查出他的意圖。潔琪也向她警告過，要是她和對方太過靠近，就會被排除在任務之外，甚至會直接被剔除威廉的小組。這樣一來，她就只能負責在外圍的市鎮負責些指揮交通的工作，但這可不是她幹警察想做的事。

「妳好，我是傑利．桑默斯。」

「我是妮基．貝莉。」她回答時，刻意裝出對方毫不重要的樣子。

「妳是新來的吧。」

她語氣有些不屑地說：「但我可不是個生手。」

桑默斯笑了出來，然後回說：「那看來我得小心了。」

她又說了一句：「你是該小心點，而且我有交往的對象了」

「那男人運氣可真好。不多說了，我得走了，還要去抓犯人呢。警員，祝妳有個愉快的一天。」

妮基原本已經想好了下一句要說的話，但還來不及開口，他便快要走到了餐廳的門前，絲毫沒有回頭。

9

書記官大聲喊道：「全體起立！」

惠特克法官走進第一法庭。他發現今天不像是往常老貝利一大清早首場開庭的樣子；反倒更像是西區劇院的首演之夜——演員、評論家、擠滿的觀眾早已紛紛就位，等待著序幕揭開。

惠特克法官知道，他的責任就是維持中立，不受他人左右，確保陪審團盡可能依照證據，給出能夠達到無合理懷疑的判決。惠特克獲得資格坐上法官席前，也曾當了許多年的御用大律師；在他的法律生涯中，他認為自己的確親眼見過幾樁司法不公的案件，且十分嚴重。然而，他看完了本案的案件描述後，實在很難不對被告產生不好的觀點，這時陪審團甚至都還未魚貫入座，參與審判。

讓惠特克更難堪的還有另一件事。這次開庭，他的良心將會受到考驗，因為他最小的兒子才剛因為被發現在房裡吸食大麻，遭到大學退學。惠特克很清楚，對毒品好奇一試的大學生不在少數，但偏偏羅迪就是不幸被逮到的那一個。他曾向大法官表示過，考量到兒子的情況，應該由其他法官來審判這個案件；然而，大法官哈弗斯卻堅持這個案子所需要的，是經驗老道、受人敬重的法官，必須能在如此受人矚目的案件中主持公道。

惠特克法官坐上了法官席的中間位置，那椅子有著高高的椅背，材質是皮革製；他理了理身上的紅色長身外袍，調整了頭上的假髮。那假髮有如板球球員的帽子一般，上頭的舊痕訴說著他一直以來的戰績。

他朝下望向檢方和被告方的座位席，知道自己對被告的偏見待會將遭受更嚴峻的考驗。無論是身為一名前律師、或是身為一名法官，惠特克對朱利安．華威克爵士都感到十分敬佩。朱利安爵士總是盡其所能贏下訴訟，並且從不逾矩。

相反地，布斯．華生不懂何謂規矩，他的唯一目標，就是不擇手段地打贏官司；惠特克法官正為此感到擔憂，深怕隨著案件審判進展，被告方律師可能會漸漸挑戰他的耐心，藉此測試他的底線。不過他早已下定決心，不讓對方成功挑釁自己。多年來，就算大律師公會對他感到勃然大怒，但他卻總能全身而退；儘管公會曾多次對布斯．華生發出數張黃牌，但從未開出紅牌驅逐他出場。不過即使是這樣，布斯．華生也不得不承認，這次要防止他的客戶鋃鐺入獄，恐怕得期待奇蹟發生才有可能。

惠特克把注意力移到了陪審團身上，露出了善意的微笑。他知道有件事相當重要：他必須讓陪審團相信自己始終保持中立，因為法庭最忌諱的，就是讓陪審團感覺到法官在審判開始前就已經有了定見。

他瞥向陪審團的七名男性和五名女性，正是他們將要決定阿塞姆．拉希迪的命運；其中，他特別留心那名獲選為陪審團團長的男人。那個男人坐得直挺挺的，給人一種相當專業的氣質，看上去像是曾在金融圈工作過。他看起來對法律堅信不疑，知道有一件事相當重要：那就是他的決定，將會成為人生中極為重要的決定之一。此外，他也明白自己肩負帶領其他陪審團成員的任務。

惠特克法官開口：「陪審團的女士先生，在審判開始前，我認為有必要先提醒各位，這件案子有個特別之處……」

十二名陪審團成員都緊盯著惠特克法官。

「本次審判，皇家檢控署代表為御用大律師朱利安．華威克爵士，而華威克之女葛蕾絲．華威克將作為他的副手，這是十分正常的現象。不過在審判過程中，朱利安爵士之子，威廉．華威克偵緝督察，可能也會代表皇家檢控署作證。先前，我已詢問布斯．華生大律師是否介意這樣的安排，他表示不介意。但由於本次案情特殊，在此我希望再向布斯．華生大律師確認一次。」

布斯．華生從位置上緩緩站了起來，並露出微笑：「法官大人，我沒有異議，事實上我反倒非常樂見。」

朱利安爵士沒有露出任何表情，但他必須承認，布斯．華生在案件審判正式開始前說出這樣的一句話，顯然已經贏在了起跑線。

惠特克法官又把注意力轉回到朱利安爵士身上，看見對方正在耐心等待著審判開始，小小的木製講臺也早已布置好，開庭陳述的稿子已經擺在了桌上。惠特克接著又瞄向坐在對面律師席上的布斯・華生，只見他摳著指甲，一副蠻不在乎的樣子，彷彿周遭的事都與他無關。

書記官從座位上站了起來，看向被告席。

他聲勢凌人地說：「被告請起立。」

拉希迪站了起來。他穿著定製西裝、白色襯衫、藍色絲綢領帶，從頭到腳的穿著，看起來的確就像個連布里克斯頓在哪裡都不曉得的金融城公司董座。[12]

「首先，關於生產管制毒品這項指控，你認為自己有罪還無罪？」

「無罪。」

「那麼關於第二項指控，也就是持有管制毒品、並有販賣之意圖，你認為有罪還無罪？」

拉希迪又說了一遍：「無罪。」

「第三項指控，持有管制毒品，你認為有罪還無罪？」

「無罪。」

惠特克法官等了在場所有人安靜下來後，才又開口：「朱利安爵士，可以開始您的開庭陳述了。」

「謝謝庭上。」朱利安爵士緩緩站了起來，向惠特克法官鞠躬致意，然後低頭看像稿子的第一頁。事實上，他早已將稿子全部記在心裡。

「法官大人、陪審團成員，敝人今天代表皇家檢控署，而我學識淵博的朋友，布斯・華生御用大律師，則代表被告。」朱利安爵士說著時幾乎一眼都沒看向布斯・華生，甚至也沒對他鞠躬。

「首先，我想代表皇家檢控署表明，我在司法界執業如此多年以來，……」

陪審團在第一天的審判通常會特別專注，這天，陪審團也確實都聚精會神地聽著朱利安爵士的一字一句。這時，惠特克也已經能看出來，朱利安爵士狀態絕佳，屆時發表結尾陳述時，肯定能讓所有人知道，判決絕對毫無懸念。

朱利安爵士直接盯著陪審團，自信地說：「您每一位都將決定被告席那位男子的命運。等您看到了所有證據後，我希望各位試著設想：倘若被這名道德淪喪的男子玩弄於股掌中的，是各位的孩子……」

惠特克不自覺顫抖了一下，暗忖希望沒人看見。

「如果阿塞姆・拉希迪從未來到這世上，這世界無疑會更加美好。現在，各位有權確保他不會再次殘害眾多年輕生命、弱勢族群、以及社會中無助的人、甚至於是您的孩子。」朱利安爵士又重複說了一次，他說著時，視線從未移開陪審團身上。

12　布里克斯頓（Brixton）是倫敦比較低開發的街區。

朱利安爵士回到座位時，陪審團看起來已一副心底有譜的樣子，彷彿認為應該給出死刑這個判決，記者也匆忙奔出法庭，貌似等不及要向編輯交代明天的報導標題：您的孩子。他們很清楚，法庭上的呈堂證供，都可以原封不動地以大寫字體印在報紙上，絲毫不用擔心誹謗他人。

惠特克法官再次開口：「謝謝，朱利安爵士，您可以傳喚第一位證人了。」

※ ※ ※

大隊長問道：「他發現我們有臥底，但他曉得我們其實也知道他發現了嗎？」

蕾貝卡回說：「大隊長，我不這麼認為。我和他離開座堂時，都以為自己跟對了人，最後我們跟到戈林酒店就停下來了。所以我和他都不知道萬寶路的真實模樣。」

獵鷹說：「那就暫時別知道吧。」

保羅突然開了口：「但拉蒙特為什麼想知道萬寶路是誰？這才是真正的謎團。」

潔琪說：「我敢打賭，經過三袋錢事件後，他可能懷疑還有人在暗中監視自己。」

獵鷹突然回說：「那些錢的一分一毛都還了。」

蕾貝卡附和：「或者有什麼我們不知道的原因，讓他想和萬寶路接觸？」

獵鷹說：「在這裡瞎猜也不是辦法。從現在開始，潘克斯特偵緝警員，請妳繼續密切監視拉蒙特，但妳如果覺得自己已經被發現了，哪怕只是一秒，都立馬消失在他的視線中，否則我們就會把妳換掉。」

蕾貝卡回答：「瞭解。」

獵鷹繼續問道：「那麼妳呢，貝莉警員？有任何值得報告的情報嗎？」

妮基坦白地回說：「有，但是不多。我上次終於和桑默斯面對面碰頭了，但至於結果是好是壞，我說不準。」

保羅說：「等待機會吧，他最後肯定會露出馬腳的。妳查到他近期的調查記錄了嗎？」

「有，而且他的紀錄很驚人。在過去一年內，他辦過各種毒品和強盜案，還有一樁是嚴重身體傷害的案子，想當然爾，他『表現英勇』。就算他並不是特別討人喜歡，很多同仁還是非常景仰他。」

潔琪又問：「妳有發現什麼特別可疑的事嗎？」

「其中有一個嫌犯，乍看沒什麼特別的，但桑默斯似乎把他變成了自己的線人；這個線人多次提供情報，讓桑默斯逮捕了好幾個強盜案的嫌犯，還有一個是毒品供應的案子。」

「這個幽靈般的線人，名字妳弄到手了嗎？」

「叫約翰．史密斯[13]，八成不是真名，不過，警察本來就不會輕易透露線人的身分。一

13 約翰．史密斯（John Smith）是英文常見的菜市場姓名，經常被使用為化名。

旦被揭露，他們倆就都不用混了。」

獵鷹又問道：「這個人提供情報有錢可拿嗎？」

「有，而且好幾次，拿得可光明正大了，不過金額倒不多；這些交易也是經過一個當地督察同意的，這個督察很少離開羅姆福德。」

霍克斯比說：「這倒不算罕見。幹得很好，貝莉警員。另外，保羅說得也很有道理，慢慢等待機會吧，如果桑默斯真是黑警，肯定會在一些小事情上露出馬腳。」

妮基忍不住問：「比方說？」

「好比他的生活模式、衣裝打扮、個人財產、或甚至是他的伴侶。但一定得小心，因為他如果是黑警的話，可能也會格外提防是不是有人在調查他，所以千萬別急。好了，我們都回去工作吧，希望這時的布斯．華生已經兵荒馬亂了。」

保羅開玩笑地說：「法庭上恐怕沒有馬呢。」

＊＊＊

書記官喊道：「傳喚西里爾．班內特先生。」

一個衣裝整潔、個子有些矮小的男人進到法庭，然後坐上了證人席。他唸著宣誓詞的時候，葛蕾絲注意到了他身上的三件式西裝，看上去幾乎和拉希迪穿的一模一樣。

朱利安爵士先是說：「庭上，在我開始交互詰問之前，我想先聲明：之所以要傳喚班內特先生，是因為他本人並沒有出庭作證的意願。」

惠特克點了頭，在黃色的筆記紙上做了筆記，然後仔細看了這名證人一眼。

朱利安爵士說：「為了法庭紀錄，可以請您先說出自己的名字和職業嗎？」

「我的名字是西里爾．班內特，職業是裁縫師，專為人定製服裝，另外也是服飾店店主，在薩佛街上開了『班內特里德』這家店。」

「所以您專為倫敦最時尚的名流定製服裝，這樣說合理嗎？」

「不只倫敦。」

「班內特先生，請問您，『班內特里德』定製的服飾要價多少？」

「這不一定。」

「價碼是行內最高的嗎？」

「可能得有三百英鎊。」

「所以您只服務最有錢的客人嗎？」

「可以這麼說。」

「畢竟三百英鎊是國人每週平均工資的兩倍，您只服務最有錢的客人這個說法，我想的確是合理的。」

「國人每週平均工資是多少，我一點概念也沒有。」

朱利安爵士對著陪審團微笑，一邊回說：「您當然沒有概念了。現在，我想給您看看一件手工定製西裝，這件西裝是在被告的公寓中找到，地點在布里克斯頓。」

這時布斯．華生迅速地站了起來。

「庭上，我有異議。檢方還沒有證明被告居住在布里克斯頓，也還未證明被告在布里克斯頓擁有公寓。」

朱利安爵士回說：「庭上，這是我的不對，但請放心，這兩點我們稍後會證明。不過，我還是想先請班內特先生確認，這件在布里克斯頓的公寓中找到的西裝，是不是由班內特里德這家店製做的？法官大人，請見第九號證物。」

書記官把西裝拿到班內特面前，班內特對著西裝端詳了好一陣子，但始終沒有開口。

朱利安爵士說：「如果您仔細瞧瞧西裝外套的暗袋，就會發現有個顯眼的紅色標籤，您應該可以明顯看到，西裝是由班內特里德製作的。」

班內特盯著標籤，然後終於開口：「看起來的確是這樣。」

「您應該也有看到那繡在暗袋裡頭的整齊字樣吧？」

「看到了。」

「您能否對法庭上的眾人解釋一下，那字樣代表的名字縮寫是誰的名字？」

「我沒有頭緒。」

「那麼班內特先生，可以請您說出那個字樣嗎？」

「上面的字是A.R.。」

坐在法庭內的人們頓時騷動了起來，窸窸窣窣地大肆討論。朱利安爵士等了一會兒，才看向陪審團，然後開口重複了一遍班內特的話：「他說是A.R.。」接著，朱利安爵士又轉回去面對著有些無奈的班內特身上，繼續說：「班內特先生，這件西裝是由您製作的嗎？」

班內特說：「我不知道這件西裝當時是定製給誰的，那個字樣說不定也是某個人買下西裝後，才另外繡上去的。」

「我就問個簡單的事吧。今天在這個法庭上，您有沒有看見任何曾是您顧客的人？」

班內特慢慢環顧法庭四週，視線短暫地停在了被告身上一下，接著又把視線移開，眼神最後停在惠特克法官身上。他開口說：「法官大人，我們店似乎曾為您定製過服飾。」

惠特克點點頭，看起來有些尷尬的樣子。

「您曾見過被告席這名男子嗎？」朱利安爵士沒想到班內特指認出的會是惠特克，正試圖讓自己鎮定下來。

班內特回說：「我沒見過。」

葛蕾絲看向拉希迪，發現拉希迪的身子向前靠著，眼神直直盯著班內特看，就像貓鼬看見了眼鏡蛇一般。葛蕾絲發現拉希迪的外套內有個紅色標籤，於是笑了出來，並匆匆寫了張紙條遞給父親。

「不過班內特先生，對於這件西裝是不是由您的店所定製，您並沒有否認。」

「我可以確定是我們定製的，但我們店內有約莫二十名裁縫師，服務超過一百名顧客，當然，這其中還包括法官大人。」

「這些我都明白，不過，這其中又有多少人的身高恰好是五呎九寸、中等身材、名字的縮寫又恰好是A.R.呢？考慮到這些條件的話，能縮小不少範圍吧？」

「這我不清楚。」

朱利安爵士終於厭煩地嘆了口氣，然後繼續說：「班內特先生，我想您應該非常熟知每一位顧客的。」接著他只是又說了一句：「庭上，我沒有其他問題了。」說完他便回到了座位上。

惠特克法官問道：「布斯．華生大律師，您要對這名證人進行交互詰問嗎？」

「法官大人，我簡單問幾個問題就好。」布斯．華生邊說邊緩緩從座位上站起來。

「班內特先生，我想確認一件事：貴店是否從未替被告定製過西裝？」

「今天早上來出庭作證前，我確認了顧客名單，並沒有發現店裡曾服務過這麼一位名叫拉希迪的顧客。」

朱利安爵士打開了葛蕾絲的紙條，然後便明白：要是拉希迪有機會坐到證人席上，班內特的這句話就會讓拉希迪掉入陷阱裡頭。朱利安爵士轉過頭，對女兒點頭示意。

布斯．華生又開口：「檢方指出西裝外套暗袋上繡有A.R.字樣，這的確是傑出的一手。不過班內特先生，我想問的是：您有沒有替一名叫作亞瑟．雷恩斯福德的先生定製過服飾呢？」

朱利安爵士大為震驚。

班內特隨即回說：「我沒有這樣的印象，為什麼這麼問？」

「因為亞瑟・雷恩斯福德的名字縮寫正好就是A.R.，而亞瑟・雷恩斯福德先生，就是檢方律師媳婦的父親。」布斯・華生舉起雙手，故作無意冒犯的樣子，並接著說：「不過，我得先向法庭上的各位澄清，這可能只是一樁巧合罷了，因為雷恩斯福德先生就和拉希迪先生一樣，在布里克斯頓並無持有公寓，也沒有由班內特里德所製作的西裝，更不是一名毒販。我沒有其他問題了。」布斯・華生做完總結，對陪審團露出了一抹諂媚的微笑。

※　※　※

妮基不屑地咕噥著：「那個寵兒來了。」

她從位在窗邊的座位上望過去，看見傑利・桑默斯悠哉地走進酒吧，然後直接到了吧檯區找一名同事，吧檯的桌上早已替他放好了一杯啤酒。

「放心，妳應該是安全的。」坐在妮基對面的女警員邊說邊小口喝著可樂。「傑利・桑默斯只對金髮、大胸部的女生感興趣。」

妮基藏不住自己的驚訝之情。負責帶領她的麗茲・摩根是個小心翼翼的人，尤其是在談論同事這件事上，但現在顯然不是這麼回事。

妮基鼓起勇氣問道：「您是有發生過什麼才這麼說嗎？」

「我和他曾有過一段，大概維持了幾週吧，在那之後他就不搭我了。」

「這麼久？」妮基故作出無關緊要的樣子。「不過說實話，每個人都說他很會抓小偷。」

麗茲也坦白地說：「最頂尖的。他是他們部門裡逮捕過最多人、也讓最多的嫌犯定罪的警察。不過，據說他還是有在外頭賺點外快。」

「您是指他手腳不乾淨？」妮基說的時候刻意裝出驚訝的表情。

「手腳乾淨與不乾淨，兩者之間只有一線之隔，但這條線也很模糊。況且，只要桑默斯手上的線人能穩定提供情報給他，大家對他也就睜一隻眼閉一隻眼。」

「所以他的確夠格在外面賺點零頭對吧？那這有什麼不好？」

「他太招搖了，也是因為這樣，警局才有人覺得他不討喜。」麗茲邊說邊看向吧檯，只見兩個警察正有說有笑。麗茲見狀尖酸地說：「卡斯爾偵緝督察看起來正興沖沖地在一堆必要文件上簽字，一副簽完以後，就都乾乾淨淨，能夠明著來了。順道和妳說，下次桑默斯幫那傢伙的忙，得到的報酬如果不只是一杯啤酒，我也不會太意外。」

「我們今晚要做什麼？」妮基刻意想換個話題，這個晚上，她已經得到足夠的情報了。

「去霍恩徹奇青年俱樂部吧，有些當地人已經不斷抱怨，那裡一整晚都在辦派對。雖然我覺得這沒什麼，不過還是去看看吧，得稍微警告一下那裡的負責人才行。」

「要是警告不管用呢？」

「那麼下週我們就直接衝進去，把那傢伙的手給扭了，然後送他去吃牢飯。」

妮基笑了出來，然後喝光了飲料才開口說：「那我們還是快點走吧，不然要是真的照妳那套來，我們可真的要被上報了。」

她們倆站起來，朝酒吧門邊走去。妮基回頭瞥了一眼，發現桑默斯也正盯著她。令她不敢相信的是，桑默斯對她露出微笑時，她竟臉紅了。妮基趕緊將門關上，然後直接回頭朝地鐵站走去。

10

「朱利安爵士，您可以傳喚下一位證人了。」

「謝謝庭上。我要傳喚的下一位證人是傑洛德・桑格斯特。」

書記官大聲喊道：「傳喚傑洛德・桑格斯特！」語畢，聲音迴盪在法庭外頭的走廊。

法庭的門打開後，走進了一個男子，他微微彎著腰，年紀看上去也不過才中年，但他明顯剛修完的毛髮和鬍子卻已蒼白了不少。他緩緩走向證人席，身上穿著海軍藍的西裝外套、打著舊式領帶，下半身的灰法蘭絨褲還燙得整整齊齊的，給人的感覺就像個剛退休的專業人士。不過，布斯・華生倒認為他看上去還年輕得很。

書記官把卡紙拿高，讓證人唸出上面的宣誓詞；雖然桑格斯特佯裝出一副謙虛的儀態，語氣卻充滿著自信。布斯・華生突然在黃色的筆記紙上寫下了筆記，然後遞給下屬，接著這名下屬就匆匆跑出了法庭。

朱利安爵士說：「為了法庭紀錄，可以請您先說出自己的名字和職業嗎？」

「我的名字是傑洛德・桑格斯特，目前待業中。」

布斯・華生又做了筆記。

「桑格斯特先生，當著眾人的面，如果說您過去曾是毒品成癮者，這個說法正確嗎？」

「正確，但我現在不是了。我一直在勒戒所戒毒，已經好幾個月沒碰毒品了。」

朱利安爵士繼續說：「在那之前，您在哈里街[14]從醫對吧，而且事業非常成功？」

「是的。」

「但由於您染上毒癮，名字被剔除在醫師名單之外了，不久後，很不幸地連您的婚姻也破裂了。」

桑格斯特低下了頭。

布斯．華生呢喃著：「真該來點傷心的配樂。」這話顯然不是對他自己說的。

「但正是這個時候，您到了拉希迪先生的手下工作。」

「這是我後悔一生的決定。」

布斯．華生又輕聲說：「你沒那麼多時間能後悔了。」

「您看見拉希迪先生了吧？」

「看見了。」桑格斯特邊說邊指向被告席。

拉希迪面無表情地盯著桑格斯特，彷彿他們素昧平生似的。

「您在拉希迪手下，都負責些什麼工作呢？」

「我擁有化學學位，所以能負責提供建議，告訴拉希迪先生毒品的濃度如何控制、過程如何製造，這些毒品之後都會配送出去，主要賣的都是古柯鹼。」

「桑格斯特先生，您能說得詳細點嗎？畢竟我想陪審團和我一樣，對這方面的知識並不熟悉。」

「一小包古柯鹼大約是兩公克，品質較好的價格也較高，會賣給梅費爾的有錢人；相對地，品質較差的會賣給東區街角的毒蟲，價格較低廉。我就是負責控管品質的。每一批毒品都會經過我的檢驗，之後，毒販會訂好價錢，這點就和一般的銷售員一樣，而且一切都得依靠他們對顧客的瞭解。」

「關於製造的過程，能再說得詳細點嗎？」

「我通常會使用純度最高的哥倫比亞古柯鹼，純度大約是百分之九十，然後，我會再加入泡打粉，讓純度繼續升高，但同時又不會讓成品失真。比較講究的顧客會拿樣品試試，如果覺得品質不夠好就退貨。我也負責控管海洛因、快克古柯鹼、安非他命、還有大麻的品質，有時我們也會把貨免費送出。」

朱利安爵士明知故問道：「為何要這麼做？」

「先拿出一週的量，給人嚐嚐甜頭，之後他們就會巴著你不放了，這時就可以開始和他們收費。」

「誰負責賣毒品？」

14 哈里街（Harley Street）為倫敦著名的醫療街。

「通常是交給其他孩子，他們都會在學校的遊樂場交貨。」

「這些孩子離開學校後，就會變成正式的毒販嗎？」

「他們很快就知道自己賺得比父母還多，而且這也是他們唯一能找到的工作。如果要找個能做一輩子的工作，沒什麼比販毒更合適的了。」

朱利安爵士看向陪審團，然後說：「說不定就是各位的孩子。」接著他又繼續說了下去：「桑格斯特先生，您都是在哪裡工作呢？」

「在拉希迪先生的製毒工廠。」

「能說得更具體點嗎？」

「他的工廠在布里克斯頓的一棟高樓內，就在裡面的二十三、二十四、二十五樓。」

葛蕾絲走向已經放在架子上的大樓平面圖，桑格斯特話說到哪，就跟著指向他提到的那一層樓。

「拉希迪多常到工廠？」

「大部分時間都在。他如果不在自己的住處，就會在二十四樓的辦公室監督整個製造過程。」

「他在這棟大樓內另有住處？」

「不是的，他的住處在隔壁大樓，不過兩棟建築之間有相連的通道。要是警方突擊搜查，他就能利用這個通道逃跑。」

「警方那天晚上突擊搜查時，他也是從這個通道逃跑嗎？」

「是的，但那天通道可能是被封住了，因為警方突擊的幾分鐘後，我看見他和兩個保鑣急忙跑回原本的房間，但他還沒來得及逃出大門，就被警方逮住了。」

「之後您什麼時候才又看見他？」

「我之後看到他時，他人在房間中央，雙膝跪地，裝作是那裡的員工。」

「他遭到逮捕時您在場嗎？」

「我不在。」

「為何不在呢？」布斯．華生在筆記紙上寫下了這個疑問，才繼續聽朱利安爵士說下去。

「您在哪層樓工作？」

「二十五樓。這層樓的人負責把毒品準備好，以利後續的販毒工作。」

葛蕾絲跟著指向平面圖的二十五樓。

「他們怎麼付你錢？」

「每天下工之後給現金。」

「一週能賺多少？」

「至少一千英鎊，有時更多。」

「這麼一算的話，一年能賺超過五萬英鎊。」朱利安爵士說的時候刻意加重每一個字的力道。「這比國人每年平均工資的六倍還多。那麼，是誰付錢給你呢？」

「一直都是阿塞姆．拉希迪，因為他不讓其他人插手發錢這件事。」

「加班的話有加班費嗎？」

「當然有。對毒販來說，每天最重要的時間就是晚上十點到隔天凌晨四點，所以如果願意通宵或在週末工作的話，就能拿到雙倍工資。」

「經驗老道的毒販一週能賺多少？」

「好幾千英鎊。」

「那麼就是一年超過十萬英鎊了。」朱利安爵士又刻意裝出難以置信的樣子。

「就算是還在唸書的孩子，每週幫忙送點毒品，也能賺個兩、三百英鎊。但若是自己染上了毒癮，那大概也沒辦法在那裡待太久了。或者，如果有東西是你不該拿的，你卻留有一手的話，那麼你這『一手』恐怕就不保了。」

朱利安爵士問道：「您指的『一手』，應該不是指真的手吧？」

桑格斯特回答：「我是指真的手沒錯。他們就在毒販的樓層執行家法，所有的毒販也都會到場目睹斷手的過程。」

朱利安爵士沉默了一陣子，稍微讓陪審團消化他們聽到的一切。

「有人向警方通報過他們這番暴行嗎？」

「據我所知只有一位。」

「他現在人在哪呢？」

「他告訴警方後，我就沒聽聞過他的蹤跡了。」

朱利安爵士轉過身子看著陪審團，有些成員正低著頭，但那名團長的頭始終沒有低下，反倒凝視著被告席上的拉希迪。

「您是冒著險才答應出庭作證的，而且風險說不定不只是斷一隻手這麼簡單——這麼說合理吧？」

桑格斯特回答：「我目前有警方保護，況且拉希迪還在監獄，所以我認為自己還算安全。」然而他話鋒一轉，直接看向拉希迪說：「但他如果獲釋了，我一定會二話不說，搭著頭班飛機離開這個國家。」

「沒人會怪您的。桑格斯特先生，我相信所有人都十分敬佩您的勇氣，願意出庭作證，畢竟如果被告重獲自由的話，後果恐怕不堪設想。」

「我只是盡我的微薄之力。」桑格斯一邊說著，一邊轉過頭面向拉希迪。「今天前來作證，我只有一個願望：那就是藉由我微小的力量，讓正義得到伸張；這一切都是為了那些無助的受害者，包括年輕人、老年人、所有栽在這頭怪物手裡而受苦的人。」

「這聽起來有點太刻意了，明顯是演練過的詞。」布斯．華生這次說出的音量幾乎讓陪審團都聽見了。

朱利安爵士沒有理會他說的話。這時，布斯．華生的下屬又匆匆回到了法庭，把一張紙條交給他。朱利安爵士抬頭看向惠特克法官，然後說：「庭上，我沒有其他問題了。」這時一旁的布斯．華生露出了淺淺的一笑。

※　※　※

「想喝點什麼？」他邊問邊爬上妮基座位旁的凳子。

妮基回說：「我要半杯摻檸檬汁的啤酒。」一般來說，她和小組的人出去喝酒時，通常都會點一杯苦啤酒，不過，這天晚上是例外。

潔琪提醒她得多加提防，因為桑默斯過不了多久就會有所動作。她還說過，像傑利．桑默斯這樣的人不會浪費時間，每個女孩都是他下手的目標。總部流傳著一件事：潔琪還是個見習警員的時候，有個督察把手放在了她的大腿上，於是她一拳便打昏了那名督察。雖然她因為這樣無法順利升職了，但那是她頭一次、也是最後一次遭到其他男性伸出魔爪。

妮基來和他見面前，潔琪就建議過過：「妳就任由他說吧。如果他有意對妳下手，自然會大肆吹噓起自己的豐功偉業。不過，如果妳覺得他似乎有懷疑妳是臥底，哪怕只是一瞬間，都馬上向我回報，我會盡快讓妳離開那邊。」

「來兩杯啤酒，一杯要苦的，另一杯只要半杯就好，還要摻一半的檸檬汁。」桑默斯對酒保使使眼色，然後又向妮基問道：「在轄區巡邏的工作如何？」

妮基回答：「挺不錯的。」她沒有說的是，其實自己一點也不想穿回制服，做巡邏的工作。

桑默斯又試探性地一問：「麗茲過得如何？」

「我很幸運有她來當我的警員督導。」

「妳得小心點，她沒有表面上那麼友善。」

「怎麼說？」

「等妳到時候升職時，她肯定會把妳當作對手。」

「但她可是有三年的資歷。」

「是沒錯，但她不像妳一樣曾在大學待過。妳畢竟拿了個學位，比較有機會更快升官。」

妮基壓根忘了自己曾告訴過桑默斯這麼多。

她刻意轉移話題問道：「從事偵緝工作的感覺怎樣？」

「一刻都不得閒。妳該參加考核看看的，妳的話肯定能做得很好。」

「我也才剛到轄區巡邏幾個月，不過，我倒也想過這件事就是了。」妮基說完喝了一小口啤酒。

「妳知道的，麗茲當時沒通過考核，所以別和她提這件事。」

妮基確實知道這件事，先前也的確沒對麗茲提過考核的事。她繼續向桑默斯問道：「你今天都做了些什麼？」

「到米特蘭銀行附近逮了毒販，給了那惡棍一點顏色瞧瞧，他那時完全沒料到自己會被我逮住。」

妮基問道：「就在大街上嗎？」

「沒錯，那傢伙當時正好看見妳和麗茲沿著街道走來，想要躲開妳們的視線，沒想到竟然直接栽到了我手裡。」

妮基說：「真不錯，我和麗茲只抓到了一個偷鮭魚罐頭的。」

桑默斯灌下一大口苦啤酒，然後說：「真該判他無期徒刑。」

妮基笑了出來：「那毒販有對你拳腳相向嗎？」

「沒有，但我倒希望他放馬過來，畢竟我可是拿過黑帶，用不了多久就能讓他知道我不是好惹的。」

妮基知道其實他拿的不是黑帶，而是棕帶，但還是表現出相當佩服的樣子。「你永遠都不知道明天會遇到什麼樣的罪犯，真是刺激。」

桑默斯又說：「明天我就要去逮捕一個偷車賊，他已經預謀偷一輛捷豹很多遍了。」

「你怎麼這麼篤定能抓到？」

「我暗中監視他好幾天了，連他要去的車庫、要偷的車輛型號、動手的時機都一清二楚。」桑默斯說完後喝光了酒，然後問了妮基：「還有時間再喝一杯嗎？」

「不了，謝謝。我該回家了，明天還得值早上的勤務。」

「妳住在哪？」

「佩克罕，我和朋友住在公寓的同一層。」

「我猜猜，是女性朋友吧？」

妮基點點頭，然後喝光了酒。

「是我們的人嗎？」

「不是，蕾貝卡太機靈了。」妮基話一說完，馬上意識到自己說溜了嘴，於是只好又補上一句：「她是漢默斯密的圖書館員，我們之前上同一間學校。」接著她便站了起來，離開前又對桑默斯說：「明天早上見吧，我大概會見到你的。」

桑默斯回答：「我知道明天早上會在哪見到妳。」他說完親了一下妮基的臉頰。

妮基沒有回應。當她走向地鐵站時，心裡不斷想著一件事……

11

「布斯．華生大律師，您要對這位證人進行交互詰問嗎？」

布斯．華生從座位上站了起來，然後開口：「那是當然的，法官大人。」他重新調整了自己的假髮，拉了拉黑色律師袍的翻領，然後低頭看著列好的一長串問題，隔了好一陣子才終於開口；事實上這正是他的老技倆，為的就是讓眾人好好期待他的第一個問題。

布斯．華生用銳利的眼神盯著證人，然後開口：「桑格斯特先生，我想先從您嚴正宣誓完後說的第一句話談起，因為我想問的問題和檢方律師一樣。您能再說一次自己的名字和職業嗎？」

桑格斯特一臉狐疑，但仍開口回說：「我的名字是傑洛德．桑格斯特，目前待業中。」

「假設我在十八個月前問您同樣的問題，您會如何回答？」

桑格斯特遲疑了半晌，然後才開口：「我會說自己是桑格斯特醫生。」

「當我們不叫一名醫生『醫師』，而改稱他為『先生』[15]時，這通常意味著他升職為外

15 不同醫生在英國稱謂不同，見習與內科醫生等常稱為「醫師」（Dr）；外科醫生則普遍被認為地位較高，稱為「先生」（Mr）。

科或主治醫生了。你之所以不再是『醫師』，而變成『先生』了，是由於這樣的緣故嗎？」

「不是。」

「那麼，您是否該向全法庭人員說明一下，為何自己不再是『醫師』呢？」

「剛剛已經說明過，我的名字被剔除在醫師名單之外了。」

「我想，『撤銷醫師資格』應該會是比較正確的說法。那麼是否能向您請教，您犯下了什麼罪呢？」

桑格斯特又躊躇了一下，然後才坦承：「我犯下了違反希波克拉底誓詞的行為。」

布斯．華生再次停頓了好一陣子。

接著布斯．華生又把問題拋回給桑格斯特：「『違反』具體來說指的是什麼？」

「我開了過多有害的管制藥物給病患。」

「有多少病患受影響？」

「在聽證會上作證的有三名。」

「桑格斯特先生，您沒有回答我的問題。」布斯．華生說著的時候，下屬向他遞來了一份厚厚的文件。

桑格斯特這回小聲地回說：「十一名。」

「能向法庭上的各位解釋一下艾美．華生這名女病患的事嗎？」

「她不幸去世了。」

「怎麼去世的？」

「藥物過量。」

「因為您開了過量的藥。她年紀多大？」

「二十七歲。」

「那麼另一位病患，艾斯特．洛克哈特女士呢？她怎麼去世的？」

「自殺。」

「是上吊自殺。」布斯．華生說完，又把醫學總會的調查報告翻到另外一頁。「桑格斯特先生，我想除非您要我繼續說下去，否則看起來是沒有必要詳談其他細節了，比方說另外九名因為您的診療而去世的不幸患者。」

這時朱利安爵士站了起來：「庭上，本次審判的重點不該在桑格斯特先生身上。」

布斯．華生搶在惠特克法官回答前便開口：「當然不應該，法官大人。不過證詞的可信度確實是重點，但我也會讓陪審團自行決定是否要相信證人所說的話。」

「布斯．華生大律師，你想說的都說了，請繼續吧。」

「好的，庭上。」布斯．華生說完又轉了回去面對證人。「桑格斯特先生，您的醫師資格是什麼時候被撤銷的？」

桑格斯特又遲疑了一會兒。

「快說吧，我相信這個日子肯定烙印在您的腦海裡。」

「去年的七月九日。」

「那麼根據您所宣稱，您為拉希迪先生工作多久？」

「最近才開始的。」

「多近？」

「就在工廠遭到突擊搜查的前幾週。」

「桑格斯特先生，準確來說是兩週對吧？看來您這個人說話總是很不精確。」

「我想應該是超過兩週前。」

「那就算三週如何？這三週期間，您看見拉希迪先生幾次？」

「好幾次。」

「警方突擊搜查時看見的那次也包含在內嗎？」

桑格斯特堅定地回說：「是的。」

「您自己又是什麼時候被逮捕？」

惠特克突然用強硬的語氣說：「布斯．華生大律師，請注意言詞。」

「法官大人，我只是想瞭解事實。桑格斯特先生，您當場就遭到指控了嗎？」

「是的。」

「哪一項指控？」

「涉嫌提供非法毒品。」

「也就是違反了《一九七一年藥物濫用法》，那麼，當時開庭審判時，您為自己有罪還無罪？」

「有罪。」桑格斯特的聲音非常小聲，幾乎讓人聽不見。

「桑格斯特先生，能再說一次嗎？我不確定陪審團是否有聽到。」

「有罪。」

「被判了幾年？」

「兩年。」

「一項刑期通常可達七年的罪名，卻只被判了兩年嗎？以這麼嚴重的罪行來說，這樣的判決似乎是輕判了，似乎不太正常。這麼說來，您應該還在服刑對嗎？」

「不是的，我兩週前獲釋了。」

「真是恰好，竟然趕上了出庭作證的時間。」

惠特克法官又說：「布斯．華生大律師，夠了，請繼續。」

布斯．華生看向陪審團，只好聽從法官指示。他放下一份文件，又拿起另外一份，接著翻了翻文件後，便準備使出他的下一個招數。「桑格斯特先生，我想瞭解一下您和拉希迪先生的熟識程度。舉個例子，您是否能告訴我，他在過去十年間擔任哪間公司的負責人？」

桑格斯特津津樂道地回答：「馬塞爾奈夫公司。」

「這間公司是做什麼的？」

「進口茶葉。」

「但茶葉可沒有違反《一九七一年藥物濫用法》，也不是非法毒品。」

法庭傳出了幾個人的笑聲，其中有一、兩名是陪審團成員。

「馬塞爾奈夫的辦公處在哪？」

「就在倫敦金融城。」

「能再說的具體點嗎？」

桑格斯特咬了一下嘴唇，沒有回答。

「桑格斯特先生，您答不出來也是當然的了，因為我認為您對拉希迪先生的瞭解並不多，您對他的瞭解，大概也只是從媒體的報導而來，或是在監獄內聽聞到的。」

「但我知道他的製毒工廠在哪裡，因為我的確是在那工作。」

「桑格斯特先生，這我當然不懷疑。我懷疑的，是您究竟有沒有在那裡見過拉希迪先生，還是只是突擊搜查的那天晚上才見到的。」

「但我知道他在同一棟大樓還有另一層公寓。」

「同一棟？」布斯．華生又重覆了桑格斯特的話，想確定法庭人員都有清楚記錄下來。

「我的意思是……在旁邊的那一棟。」

「我想，在同一棟大樓擁有一層公寓的是您吧。」布斯．華生語畢，法庭上卻鴉雀無聲。

朱利安爵士皺了眉頭，遞給葛蕾絲一張紙條。

「您有去過拉希迪的公寓嗎？」

「沒有，我不是他的友人。」

「那麼關於您口中的這層公寓，您是怎麼知道的？」

「這件事大家都知道。」

「桑格斯特先生，大家也都認為伊莉莎白女王一世和蘇格蘭女王瑪麗一世曾在法瑟林蓋城堡會面，但我告訴您，這兩位女王絕對從未會面過。我認為您也從未見過拉希迪先生，而且，您也只是在監獄服刑時，才瞭解到這些『大家都知道』的事。這些事情就像碎片一樣，您經由一番精心捏造過後，把這些碎片拼湊在一塊，想藉此換得較短的刑期。」

「完全不是這樣，我就是在拉希迪手下工作的。」

「是他親自給您這份工作的？」

「不是，一名毒販推薦給我的。」

「您私下認識的毒販？」

法庭又陷入了長長的一段沉默，然後桑格斯特才又回應：「沒錯。我剛剛已經承認，之前我偶爾會使用古柯鹼，但那都是過去的事了。」

布斯．華生又拿起了醫學總會的調查報告，不疾不徐地翻到相關的頁數，然後開口：

「『偶爾會使用』？醫學總會的代表似乎不是這樣形容您的毒癮。」

桑格斯特這次沒有再替自己辯駁。

「您對於實話顯然也只是『偶爾會說』呢。」這時朱利安爵士站了起來，但布斯．華生又馬上說：「在檢方律師反駁我前，讓我先問問：在您出奇短暫的服刑期間，這位您提到的毒販，是和您住在同牢房的獄友嗎？」

這次桑格斯特又躊躇了更久。

「這段期間，是他向您提到了那名遭到斷手的毒販嗎？」

「也許吧。」

桑格斯特還沒回過神來，布斯．華生又繼續問道：「如果是這樣，那麼這種說詞就只是道聽塗說罷了，陪審團不應當採信。那麼，這名毒販現在在哪裡？」

「還在監獄。」

「這樣的話，他同樣也是不值得信任的證人，我想，朱利安爵士應該不會傳喚他到法庭來作證了。」布斯．華生華生一邊說著，一邊轉過身子，面對著陪審團。「那麼桑格斯特先生，容我來總結一下您的證詞吧。您之前是一名醫生，之後遭到醫學總會撤銷醫師資格，因為您違反了醫生的職業倫理。您也是一名毒癮患者，卻願意前來法庭宣誓作證；不過，原來您的證詞都只是道聽塗說，而且只是在服刑時從身旁的獄友聽來。您只在製毒工廠工作過兩到三週，不過，您還是宣稱已和被告認識很長一段時間。您開給病患過多的有害藥物，所以遭到撤銷醫師資格，但出乎意料的是，您卻只遭判兩年有期徒刑，最後，不知為何，您卻又只服刑不到一年。這些事情，大概才是『大家都知道』的事吧。」

桑格斯特大吼：「你是在扭曲我說的話！」

「桑格斯特先生，您的話本身就已經是扭曲的了。不過我還是非常樂意再給您一次機會，把話好好說清楚，等您說清楚了我再繼續問其他問題。」

布斯．華生不帶任何表情地盯著桑格斯特，等待著他給出答覆，但對方似乎沒有打算說出任何一句話。

「桑格斯特先生，我想事實是這樣的：您以為自己是警方的告密者，卻殊不知自己沒有什麼可告的密。我希望皇家檢控署能找個更值得信任的證人來打這個對他們不利的訴訟。」

惠特克法官露出有些不悅的神情，並開口問道：「布斯．華生大律師，還有任何要問證人的問題嗎？」

「庭上，證人能夠據實以告的問題，似乎已經沒有了。」布斯．華生說完便回到了座位，刻意地大嘆了一口氣。

❊　❊　❊

馬蒂說：「當個百萬富翁沒有什麼不好。」

傑利把手臂勾在妮基的肩膀上，溫柔地把她拉到自己身邊。

「你說得倒簡單，但我身無分文。」

「那麼，你得學會從有錢人那偷點錢來，而且，一分一毛都不能給到窮人手上。」

妮基的頭靠在傑利的肩膀上。

「但這是不對的。」

他的臉面對著妮基，露出微笑，但電影院漆黑一片，妮基絲毫看不見他。

「你覺得法律的底線在哪？」

他靠向妮基，然後輕輕地吻了她的嘴唇。

「我不知道，那是律師的問題。」

他們的舌頭碰觸在一塊。

「我該怎麼成為貪心的人？」

妮基縮了回去，繼續看著電影院的螢幕，不過她早已跟不上劇情了。

「首先，你得找到一個有龐大資產的家族企業，掌門的必須是第三代。」

他把手放到了妮基的大腿上。

「什麼樣的資產？」

她輕輕地把傑利的手拿開。

「土地、房產、畫作、或甚至是珠寶，只要能在短時間內變現的都可以。」

他又一次地吻了妮基，他動作之自信，讓妮基十分肯定一件事：傑利絕對不是第一次在電影院的後排座位幹這種事，說不定他挑的甚至是同一個座位。

「下一步呢？」

他把手伸進妮基的毛衣裡面。

「用不同名字買下他們公司的股份，但別一次買太多，免得他們發現你的意圖。」

他解開了她的胸罩。

「成功後呢？」

他輕輕揉著她的胸部。

「之後你就能爬上他們公司的管理階層，然後把他們的員工都給開除了。」

「最後會發生什麼事？」

她的乳頭變得堅挺起來。

「在那一家子發現前把他們的資產全賣掉，大賺一筆。」

這次她沒有抵抗。

「這個手法有名字嗎？」

「資產剝離。」

※
※
※

威廉坦白地說：「原本應該要更順利的。」

「怎麼說？」獵鷹身子一沉，靠向了椅背，這張火爐邊的椅子正是他最喜歡的。他正準備仔細聽威廉娓娓道來。

「我父親一開始請了鑑識專家舉證，他們在拉希迪的製毒工廠發現了幾項物品，而且上面明顯有他的指紋。」

獵鷹回答：「我想拉希迪不會反駁他在現場的。」

「下一個坐上證人席的是政府的緝毒權威韋伯博士，她的證詞也很有說服力，陪審團對拉希迪販毒的行動規模沒有一絲懷疑，就連布斯·華生也沒特別對她進行交互詰問。」

「目前為止聽起來都是我們占上風……」

「事情就出在班內特，就是那個薩佛街的裁縫師。我認為他並沒有幫上什麼忙。他表示自己不記得曾見過拉希迪，更別說替他定製服裝了。」

霍克斯比回說：「看來他的記憶力時好時壞啊。」

「況且拉希迪在法庭上穿的西裝，似乎就是出自他手裡的。」

「若是這樣的話，他坐上證人席的那刻就是掉入陷阱的時候。」

「雖然不大可能，但他如果真的坐上證人席了，對於我們在他公寓床頭櫃上找到的那張照片，肯定也不會乖乖承認是自己的。」

「他和布斯·華生肯定已經為這個問題想了好幾週，所以我猜他們現在應該也想出了個解釋方法了。」

「他們不可能會說是我事先放在那裡的，畢竟我怎麼可能事先把那張照片弄到手？」

「或許會說是你去了拉希迪母親在博爾頓街的住處，然後在審問她時拿到的？」

「但是自從拉希迪被捕後，她母親就不想再和他有瓜葛了，拉希迪大概也不曉得我去拜訪過她。」

獵鷹說：「但拉希迪花錢替她請了司機和管家，所以恐怕還是曉得的。不過，桑格斯特那個人怎麼樣？陪審團應該挺滿意他的證詞吧？」

「我父親的交互詰問結束後，陪審團看起來是挺滿意的，認為拉希迪毫無疑問就是桑格斯特的雇主。不過，正當我以為大勢已定的時候，布斯・華生又扳回了一城。」

「又是這傢伙。」

「我必須承認，他的交互詰問拳拳到肉。他回到座位上的時候，陪審團看起來甚至都懷疑起桑格斯特了，一副坐在被告席的應該是桑格斯特才對。」

獵鷹長嘆了一口氣，然後開口：「威廉，看來現在一切都得看你的了，明天，你一定得讓陪審團聽完證詞後，願意再次站回到正義的一方。」

「我沒有十足的把握，但希望如此。」

獵鷹彷彿沒有聽見威廉說的話一樣，深怕威廉把話戳破。獵鷹直接說：「到時候你就和他們說個清楚，好好解釋你是怎麼發現拉希迪過著雙面的生活。最後，再說說那天晚上突擊搜查的事。至於要相信誰，就交給陪審團來決定吧，究竟是相信一個毒品大亨，還是唱詩班乖乖牌。」

威廉回說：「如果一切順利的話，拉希迪或許會想要坐上證人席做最後抵抗，試試能否不被送回監獄裡面。」

「布斯．華生不會讓他做那種蠢事的。不過，我猜拉希迪或許的確有可能不聽勸。畢竟他是會孤注一擲的人，無論可能性到底大不大，他還是會認為自己能夠說服陪審團，證明自己的清白。」

威廉說：「他不至於這麼傻吧？」

「是不傻，但他就是這麼狂妄。」

「那對於該怎麼對付布斯．華生，您有什麼建議嗎？」

「如果你沒出什麼問題的話，我猜他大概不會特地對你進行交互詰問。他反倒會希望你這個乖乖牌的證詞，能越快從陪審團的腦袋裡消失越好。總之，今晚好好睡一覺吧。」獵鷹說完便放下了話筒。

「那怎麼可能。」威廉說著的時候貝絲恰好走進了房間。

她開了口問：「什麼事情怎麼可能？」

❊　❊　❊

妮基隔天早上五點後便醒了過來。她眨了眨眼，打量著四周陌生的環境。昨天看完電影後發生的事情，她幾乎都記不清了。他們後來並沒有去附近的披薩店吃瑪格麗特披薩，而是直接回到了他的住處。這已經打破了妮基最不該犯的原則。他們喝了酒，但竟不知不覺就把整瓶酒給喝光；之後她告訴對方，自己該離開了，但她知道自己這句話不是發自真心。

那是他們第一次上床。兩人還沒來到臥室，便早已把衣服脫得精光；完事後，他們精疲力盡地躺在地板上，枕著彼此的手臂。妮基原本還打算搭最後一班車回家，但過了不久，她就在對方的手臂上睡著了。

妮基躺在房間時，心裡十分糾結，她知道自己遲早都要向華威克督察坦承這一切。而且，她恐怕不只得辭職，甚至可能還得重新找個工作，像是到特易購擺擺貨物等等。她先前宣稱自己以前只是個做雜物的，如今她可能真的得淪落至此了，她一點也笑不出來。她更不想對蕾貝卡承認，自己已經好長一段時間沒對一個男人產生這種感覺。此刻，她只期盼傑利最多就只是個不安份的警察，並不會真的是個罪犯。

她環顧房間，注視著一台大大的電視機。這台電視機就擺在一張金屬邊桌上，看上去頗有格調，就算是擺在倫敦西區某棟雙拼式住宅內，也不會顯得突兀。妮基看了便知道，顯然桑默斯先前英勇地辦了幾樁入室竊盜的案件後，並沒有把所有贓物都乖乖交到警局的贓物室。妮基心想，至少這個發現，值得她待會一早回去向潔琪報告——不過，她又要怎麼解釋自己昨晚和傑利這個嫌疑人睡在同張床上？

她感覺到傑利醒來了，他的手朝她伸來，輕輕把她拉向他那側；這時，妮基又遲疑了一下方才在腦中想過的決定。

「妳有空留下來吃個早餐嗎？」傑利問著的同時，妮基終於從床上爬起，走向了浴室。

「不了，我得先回家換個衣服，總不能穿著這身衣服去工作吧。」

「妳如果搬來和我一塊住就沒這問題了。」

妮基簡直不敢相信自己聽見的這句話。她懷疑這是否只是傑利隨口對床伴說的。當她準備要離開時，傑利又吻了她，而且那感覺並不像是一夜情的吻。她討厭自己衣衫不整、從傑利的住處走向地鐵站的樣子，並且非常慶幸自己沒有撞見任何同仁。回到佩可罕的遙遠路途上，她有大把的時間能想想這一切可能造成的後果。傑利剛剛說的那句話，又究竟是不是認真的？

地鐵到了佩克罕的車站後，妮基旋即跳下車，一路跑回住處；來到家門前時，時間剛過六點。她慢慢將鑰匙插進孔裡，就怕走進房間時被蕾貝卡發現。她悄悄關上身後的門，脫掉高跟鞋，然後輕輕蹦上樓梯。當她看見蕾貝卡房門門縫的亮光時，才終於歇了一口氣。妮基安全地回到了自己的臥室，並脫掉昨晚的衣服，換上浴袍。一會兒後，她到浴室沖了第二次澡。

她和蕾貝卡在走廊碰見，然後快活地互道了聲早安；之後，妮基便又回到自己的房間換好衣服，但傑利的事始終縈繞著她的心頭。

早餐時，她們不斷聊著工作的事。這是她們早上的慣例。說完後，兩人才會一起出門，到大隊長的辦公室參加會議。七點五十五分，所有人都已在獵鷹的桌邊坐定位，等待獵鷹開始會議。

大隊長先是開口：「貝莉警員，先從妳開始吧。我知道妳得趕時間回到羅姆福德值下午的勤。說說妳和桑默斯的最新進展吧。」

「大隊長，我沒有得到什麼情報。他昨晚請我去喝了杯酒，但人沒有出現。」潔琪說：「這倒不是什麼新鮮事。不過，這一定也是他放長線釣大魚的伎倆之一，所以還是耐心等等吧。」

保羅問道：「妳等了多久？」

「大約一個小時，之後我就打消主意回家了。」

蕾貝卡對妮基的回答大為震驚，但還是沒有說任何話。她決定等妮基回到羅姆福德再對威廉開口，不過，此時她的心裡卻是百般掙扎。

12

威廉拿起右手邊的聖經，強裝自信地唸出宣誓詞。

葛蕾絲．華威克從座位上站了起來，理了理黑色外袍的翻領，並調整了假髮，舉手投足都和她的父親一樣。

她對著自己的弟弟面露出親切的微笑，然後開口：「華威克督察，為了法庭紀錄，請您說出自己的姓名和警銜。」

「我的名字是威廉．華威克，是倫敦警察廳總部緝毒小組的偵緝督察。」

「華威克督察，警方那天晚上突擊搜查了拉希迪先生在布里克斯頓的製毒工廠後，是您逮捕了拉希迪先生嗎？」

布斯．華生緩緩從座位上站起來，露出不悅的神情。威廉還來不及回答問題，布斯．華生便直接說：「法官大人，我有異議。檢方還沒證明是誰持有這個工廠，這種不經意的武斷陳述可能會誤導陪審團，讓人認為就是被告持有這個工廠，但這完全不是事實。」

葛蕾絲回說：「庭上，我很抱歉，但若能讓我繼續問下去，陪審團一定會知道那天晚上掌控製毒工廠的是誰、以及是誰待在工廠旁邊那寬敞的公寓。」

朱利安爵士面露微笑。布斯・華生又一屁股坐回到位置上。

葛蕾絲又把視線移回早就寫好在紙上的問題，而且她早已知道威廉的回答。但她繼續開口：「華威克偵緝督察，拉希迪先生被捕後，您就在布里克斯頓的警局審問他嗎？」

「沒錯，女士。」「那還是威廉第一次這麼稱呼自己的妹妹，他甚至覺得自己也許一輩子都不會習慣這麼叫她。「審問完後，我指控他犯有三項罪名，行為違反《一九七一年藥物濫用法》第四和第五節的內容。」

「能告訴庭上這些指控實際上是什麼嗎？」

「第四節是有關生產管制毒品；第五節是有關持有管制毒品、並有販賣之意圖；最後一項較輕的則是持有管制毒品。」

「您指控被告犯有這三項罪名時，他的反應如何？」

「他當時依照法律代理人的建議，選擇不予回應。」

布斯・華生噴著鼻息說：「不只是『法律代理人』。」

「您當時有在他身上搜到任何非法毒品嗎？」

威廉遲疑了一下，才開口回答：「有搜到少量的大麻。」

「還有嗎？」

「還有找到十六英鎊的現金和一張公車票。」

布斯・華生露出微笑，然後把公車票三個字抄進放在大腿上的黃色筆記紙。

威廉直接看著筆記本唸道：「他宣稱自己剛下班，正在回家的路上，並且只是順道去那層公寓買點少量的大麻，想在週末的時候使用，不料自己竟然被捲進麻煩」。

惠特克法官問道：「被告當時是用『麻煩』這個詞嗎？」

威廉回答：「是的，庭上。」

惠特克寫下筆記，然後才又開口：「華威克女士，請繼續吧。」

「督察，請問在突擊搜查之前，您就已經審問過拉希迪先生嗎？」

「是的，女士。過去將近六個月以來，我們都不斷監視著他每天的行動。」

「我們？」

「那時我正在帶領一個小組，這個小組的成員都受過精良的訓練，而且早已經由調查發現，被告似乎有雙重的身分。白天時，他在倫敦的金融城擔任家族企業的總裁，從事茶葉進口的工作，公司聲名遠播；但到了晚上，他就在非法製毒工廠經營事業，地點就在布里克斯頓一棟大樓內的最上面三層樓。」

葛蕾絲又問道：「既然工廠是位在大樓內最上面的三層樓，現場應該戒備森嚴吧？您是怎麼對工廠進行突擊搜查，而且拉希迪先生當時竟毫不知情？」

「女士，他們的工廠確實相當警戒，但我的小組執行了臥底行動，這個行動的代號就叫作『特洛伊木馬』。我們當時都很清楚，A棟大樓周圍的防備非常嚴密，因為這棟大樓正是製毒工廠的所在地。這棟大樓，光是在樓下的入口外面就有四名把風的人，所以他們能去通知拉希迪先生，阻止警察到樓上去。這讓拉希迪有大把時間，能利用A棟和B棟大樓間相連的通道，安全地逃到B棟大樓的二十三樓，而他住的那層公寓就是位在這裡。」

布斯．華生把B棟大樓這幾個字寫在黃色的筆記紙上。

「督察，既然這樣，您的武裝警力又究竟是怎麼在被告逃到隔壁大樓的那層公寓前，就上到A棟大樓的二十三樓？」

布斯．華生這次又更迅速地站了起來，然後開口：「庭上，又是同樣的問題。檢方還未證明被告持有隔壁棟大樓的那層公寓。剛才，檢方傳喚的那位『有利』證人還宣稱被告是居住在A棟大樓，我想法官大人您應該還記得。」

惠特克法官對布斯．華生的發現做了個筆記，陪審團團長也是。

葛蕾絲也回說：「被告方也犯下了同樣問題，若被告方願意再多點耐心，我保證待會一定會給出他想聽見的證詞。」

布斯．華生又安靜地坐下，一旁的朱利安爵士見狀幾乎要忍不住拍起手來。

「既然您當時已經知道A棟的製毒工廠和B棟的公寓間有一條逃生路線，您又是怎麼讓行動成功的？」

「突擊搜查前，有個木匠先在B棟二十三樓的通道待命，並把通道的入口用木板堵住了。所以在拉希迪逃走之前，我們的成員有充足時間能到製毒工廠攻堅。」

葛蕾絲把身子轉過去面對布斯．華生，朝他露出了友善的微笑，但他沒有回應。

「您當場逮捕了拉希迪先生後，就把他帶到布里克斯頓的警局，然後把他拘留到了隔天嗎？」

「沒錯，女士。」

「隔天早上，督察您到了B棟大樓的公寓，目的是什麼？」

「根據《警察暨刑事證據法》第十八節，我有權搜索這層公寓，確認該處是否為拉希迪先生在倫敦的住處。」

布斯．華生用筆寫下是否這兩個字，臉上露出一抹微笑。

「那麼督察，您是否已經確認？」

「我發現臥室的衣櫃掛滿了定製西裝，這些西裝都是由薩佛街上的班內特里德這家店製作的，除此之外還有多件手工襯衫，這些襯衫則來自傑明街的『賓克』服飾店，尺寸恰好都和被告的身材完美吻合。」

這時布斯．華生又站了起來說：「我看倒比較像是『完美』裁贓吧？庭上，剛才裁縫師班內特才證實過，拉希迪先生並不是他的客人，但檢方似乎選擇性地遺忘了這件事？」

葛蕾絲把身子轉回去面對自己的弟弟，然後自顧自地說：「督察，我們就來看看另外一項證物吧，對於這個證物，我想被告方不會輕易駁斥的。您在搜查B棟大樓這層豪華公寓的時候，是否有發現任何東西，可信度有達到無合理懷疑、並且能證明在事發當週的某個晚上，拉希迪先生曾住在公寓裡頭？」

「有的，女士。我在主臥室的床頭櫃上發現一張照片，這張照片就放在一個銀製的相框裡，相框上還刻有『A』的字樣。」

「您認為A代表的是『阿塞姆』的字首？」

「是的。」

布斯．華生又馬上站了起來，但葛蕾絲這次沒讓他打岔，就直接繼續說了下去。

「不過，結果似乎不是這樣？」

「沒錯，女士。我後來發現A這個字代表的是『愛絲普蕾』的字首，也就是那家位在龐德街、非常知名的珠寶商。」

「那麼，您為何覺得那張照片和被告有關係呢？」

「因為那張照片裡的人是拉希迪先生的母親。」

法庭頓時一陣騷動，眾人紛紛交頭接耳。葛蕾絲甚至得歇下好一陣子，才有辦法繼續下一個問題。「庭上，這張照片是皇家檢控署的證物，而且檢方和被告方都已經認可。」葛蕾絲說完對布斯．華生露出了親切的微笑，才又接著下去：「庭上，若您同意的話，我希望書記官能把照片給證人看一眼，讓他確認這張照片是否和他找到的相符——如他所述，是在B棟大樓、豪華公寓內的床頭櫃所找到的。」

惠特克法官點了頭，於是書記官便從一批證物中抽出那裝在銀製相框裡的照片。他走向證人席，把照片交給華威克偵緝督察。

葛蕾絲說：「督察，您能確認一下這個銀製相框和您在現場找到的一致嗎？」

「好的。」

「您認得照片中的女人嗎？」

威廉開口前，法庭一片沉寂。

他低頭盯著眼前的照片，最後終於開口：「不，我不認得。」接著他又說：「肯定是有人把原本的照片掉包了。」

法庭又一陣騷動，眾人還未肅靜，布斯·華生再次站了起來。

「庭上，我認為陪審團、法官大人您、還有我，都有權看看這張照片，因為督察現在似乎認為照片不足以證明被告有罪。」他停頓了一下，然後又說：「畢竟證物的可信度確實應該達到無合理懷疑。」

惠特克法官猶豫了半晌，然後終於點了頭。

書記官將照片交給惠特克，然而惠特克端詳了好一陣子，卻還是無法看出什麼端倪的樣子。他把照片遞回給書記官，然後書記官又將照片交給了陪審團團長。團長先是對著照片中的年長女性打量許久，才把照片展示給其他成員。

葛蕾絲和朱立安爵士接著也確認了那張照片，最後才終於輪到布斯·華生。他只是隨便地瞥了那照片一眼，便把照片交還給書記官。朱利安爵士身子往前一傾，毫不掩飾地對女兒細語著，要她遵照自己的指示。

她接著開口：「庭上，您是否願意讓我們短暫休庭一下呢？皇家檢控署可能需要思考一下我方的立場。」

惠特克回答：「華威克女士，就給你們三十分鐘吧，不能再更多了。」他說完看了看手錶，然後又說：「所有人十一點十五分回到原位。」

「全體起立。」

❊ ❊ ❊

那天早上的事始終盤旋在蕾貝卡的腦海。她還記得，妮基那天六點鐘後才悄悄地回到公寓，而且顯然一副不想被發現的樣子。

她們一起吃早餐的時候，妮基也絲毫沒有提起昨晚去了哪裡。通常，妮基會大方地聊著自己碰到的男人，說他們是真命天子，逗得蕾貝卡哄堂大笑。除此之外，妮基的日記也總是寫得滿滿的，而蕾貝卡自己則往往沒有寫下任何東西。

幾乎在每個週末，蕾貝卡的母親都會對她提起交男朋友的事，然而她總是說自己礙於工作，得長時間忙碌，要交男朋友不是件容易的事。多數男人知道她是個警察後，都退避三舍了；相反地，妮基的社交生活卻一點也沒有少。關於那天晚上，蕾貝卡希望那只不過是妮基另外一次的一夜情而已，又或者，也許是她從羅姆福德回到家的路途實在太遙遠了。不過如果是這樣，那麼妮基為什麼……蕾貝卡坐在桌前，開始寫起報告……

＊＊＊

朱利安爵士關上私人討論室的門，然後問道：「妳上次看到那張照片是什麼時候？」

葛蕾絲回答：「就在幾天前。當時布斯．華生的下屬和管理證物的人員也在場，那個時候我們都確認過所有證物了，肯定是有人趁週末把照片給掉包了。」

「顯然是這樣，但究竟會是誰？」朱利安爵士握緊拳頭，重重敲了桌子一下。

「這個人應該是收了拉希迪的錢辦事，同時，這個人還要有辦法直接進出總部。」葛蕾絲再次端詳著那張照片，嘴裡一面說：「我是不知道這個女人是誰，但我知道肯定不是拉希迪的母親。」

朱利安爵士回說：「當然不是，但我有預感，我們會查出這個人是誰的。」

＊＊＊

獵鷹讀完蕾貝卡的報告後說：「這樣就夠了。」

「大隊長，我希望是我誤會了什麼。」

潔琪說：「但如果妳是對的，我們就得用同樣方法來對付他們了。」

獵鷹問道：「羅伊克羅夫特偵緝巡佐，妳有什麼想法？」

「以後會議得進行兩次，一次是妮基在場的會議，另外一次她不能在場，而兩次的開會內容也會不同。」

這時保羅突然插話：「不過她在羅姆福德的時候，我們該怎麼盯緊她？而且還是在不招搖的情況下？」

獵鷹回答：「我會把這件事交給萬寶路辦。羅伊克羅夫特偵緝巡佐，我也會讓你和他聯繫，對了，盡快再安排個會議吧。」

潔琪點了頭。

「至於潘克斯特偵緝警員，我知道要妳監視自己的朋友不太好過，不過，如果貝莉警員確實換了邊站的話……」

「大隊長，我巴不得是我自己出了什麼天大的誤會，或者妮基那天晚上睡的是其他男人。只不過我依然擔心，可能還是有跡象表明那個男人真的是桑默斯。」

獵鷹回說：「我同意，現階段我們就先做好最壞的打算吧。對了，除了這件事外，拉蒙特那邊的最新進展如何？」

蕾貝卡打開筆記本，然後說：「昨天早上九點後他離開了住家，然後搭地鐵到沼澤門站。之後，他到了老貝利中央刑事法院的第一法庭，在旁聽區的後排座位坐了一整天。」

獵鷹忍不住問道：「他到那裡幹什麼？」但是沒有任何人回應。

❊ ❊ ❊

就在惠特克法官回到法庭前，朱利安爵士和葛蕾絲才跟著回到法庭。

威廉經過葛蕾絲旁、準備回到證人席上時，葛蕾絲卻面露出無可奈何的樣子。她等待所有人就定位後，才從座位上站起。接著她便開口：「庭上，皇家檢控署沒有要問證人的問題了。」

威廉深吸一口氣，彷彿像個站在擂台中央的重量級拳擊手，準備迎來對手布斯・華生的第一拳。剛剛的那張照片顯然是出奇不意的一擊。

此刻惠特克法官正是裁判。他開口問道：「布斯・華生大律師，您要對證人進行交互詰問嗎？」

布斯・華生過了許久才回應。

他終於開口回答：「謝謝庭上，我不需要。」這次他只微微地站起了身子。

「華威克督察，那麼您可以離席了。」

威廉離開證人席時五味雜陳，不知道究竟該慶幸自己安然無恙地全身而退了，還是該為自己連上場的份都沒有而煩悶。

葛蕾絲又站了起來，然後等威廉離開了才說：「庭上，檢方沒有其他證人要傳喚了，因此我們的部分暫時就到這裡。」

「謝謝華威克女士。」這時惠特克法官終於看向了法庭另外一側，然後宣布：「布斯・華生大律師，您可以傳喚第一位證人了。」

「謝謝庭上。」布斯・華生不疾不徐地看著列出來的證人名單，開口說：「我方傳喚東尼・羅伯茲先生。」

※※※

威廉步出第一法庭時壓抑不住心中的怒氣，直接走到了離他最近的電話旁邊。他心想，肯定有人動了手腳掉包證據，否則那張照片毫無疑問能說服陪審團，讓他們認定拉希迪有罪，並把他一輩子都關在牢裡。

他拿起電話，撥了大隊長的電話。這時他心裡頭仍不斷想著：拉希迪又用錢買來了哪個新血？或者他那一眾狐群狗黨中，是哪個人有能力進到總部或中央刑事法院？

話筒裡傳來了熟悉的聲音：「這裡是霍克斯比。」

威廉一開口便直接說：「我們中計了。」

他不必打開筆記本逐字逐句地報告，就能夠直接向獵鷹還原剛才在第一法庭發生的事。

獵鷹聽完後說：「看來拉希迪和福克納一樣機靈，他可能已經找到了脫罪的方法。」

「他還有布斯・華生當靠山，所以照片被掉包恐怕還不是最大的問題。」

「那麼你最好趕快著手進行下一步工作，查出這個東尼・羅伯茲是誰。對了，今天的審判結束後再撥通電話給我吧，因為我們現在又有另外一個問題了，這個問題可能會是我們的大麻煩。」

「大隊長，是找到了什麼線索嗎？」

「不是，你現在負責查出東尼・羅伯茲的身分就好，之後我再告訴你發生了什麼事。」

大隊長放下話筒，打開眼前的文件，再次讀了潘克斯特偵緝警員的報告，然而眉頭始終深鎖。

13

布斯·華生說：「為了法庭紀錄，請您說出自己的名字和職業。」

「我的名字是東尼·羅伯茲，在泰晤士河南邊擁有幾間連鎖報攤。」

「您的住址是？」

「布里克斯頓的納皮爾大樓九十七號公寓。」

「羅伯茲先生，是否能和您確認，您的公寓就位在B棟大樓的二十三樓對嗎？」

「是的。」

「您住在這裡多久了？」

「正好超過十年。我先是在這裡租了四年，之後因為政府政策的緣故，讓我有機會買下這層公寓，那是六年前的事了。」

朱利安爵士寫下筆記，特別在十年這兩個字底下畫線。

「您的這層公寓恰好是這棟樓裡最大的？」

「沒錯，因為我獲得了許可，能打通兩層公寓。」

朱利安爵士寫下：需確認給予許可者的名字。然後把紙條傳給坐在後方事務律師座位的克萊兒。

「這麼說來，您的報攤生意肯定相當成功吧？」

「還過得去。父親退休後我接手了報攤，之後生意一路扶搖直上。」

「您現在手上有幾間報攤了？」

「十一間，還有幾間正在洽談中。」

「羅伯茲先生，既然您的生意這麼好，您是否考慮過在泰晤士河的北邊也開幾間店呢？」

朱利安爵士在原本想問的其中一個問題上打了叉。

羅伯茲回答：「我不像您這麼有錢。我布里克斯頓長大，上的也是當地的現代中學，連娶的女孩子都來自布里克斯頓；我想以後等我時日到了，也會下葬在布里克斯頓。」

布斯・華生接著問道：「但您必須經常越過泰晤士河吧？因為我不相信您現在穿的西裝也是在布里克斯頓買的。」

朱利安爵士又在另一個問題上打了叉。

羅伯茲回說：「這是我最好的一套西裝了，我妻子覺得穿這身來法庭比較合適。」

「能問問製作西裝的人是誰嗎？」

羅伯茲刻意大剌剌地翻開西裝外套，露出裡頭的紅色標籤。西裝是來自薩佛街的班內特里德。

朱利安爵士在問題的清單上做了筆記。

「羅伯茲先生，現在我要給你看一張照片，這張照片是在您公寓的床頭櫃上找到的。」書記官再次從一堆證物中拿出了那裝在銀製相框的照片，然後把照片交給證人。您認得照片中這名女性嗎？」

「當然，這是我已故的母親。願她安息。」

葛蕾絲寫了張字條，然後遞給父親。

「當晚，警方在您公寓旁的A棟大樓突擊搜查時，您人在哪裡？」

「在玫瑰皇冠酒店的酒吧和幾個朋友喝啤酒。」

「所以您對突擊搜查不知情？」

「當時是不知情沒錯，但我回到家時發現兩棟大樓都被條子包圍了，到處都是條子，我還以為是第三次世界大戰爆發了。」

法庭上傳來了零星笑聲，有一名陪審團成員也笑了出來。

「您不知道旁邊大樓有一處製毒工廠嗎？」

「我當然是聽過一些傳言。如果這是真的，我倒覺得那群混帳罪有應得。」羅伯茲說著的時候眼神直接對著拉希迪。

葛蕾絲在私底下小聲地說：「真不是蓋的，國家劇院的演員大概也沒這傢伙有兩把刷子。」

朱利安爵士也說：「沒錯，但我們就看看他交互詰問時能變出什麼花樣吧，到時候他就沒辦法照他準備好的那套演了，頂多也只能偶爾聽聽旁人給他的暗示。」

布斯．華生繼續開口：「那麼，我們接下來談談突擊搜查隔天的事吧。警方後來得到搜索令，進到您的公寓搜索，然後帶走了幾套西裝和襯衫，甚至還拿走了令堂的照片，也就是您剛才確認過的那張。」

「更別說保險箱還少了些錢。」

「您的錢少了嗎？」布斯．華生故作驚訝的樣子，直接望向了陪審團。「請問少了多少錢？」

「接近七百英鎊，大概還差幾先令吧，我原先打算在隔天早上把這筆錢存進銀行的。」

這次克萊兒主動寫了張紙條給朱利安爵士，朱利安爵士看完點了點頭，又在問題的清單加上了一個問題。

「您應該有向警方檢舉吧？」

「既然是他們拿走的，向他們檢舉又有什麼意義？」

法庭頓時掀起一陣騷動，記者也開始動筆寫下這段眾人都沒預料到的事。布斯．華生耐心地等待騷動平息後，才終於開口問下一個問題：「您有查出這名趁您不在時搜索的警察是誰嗎？」

「有，因為我認識一個朋友，他正好在布里克斯頓的警局工作。他說這個人應該不是負責當地轄區的，而是從泰晤士河對岸來的外地人，應該是總部那邊來的。」

「他有告訴您名字嗎？」

「當然，他說叫作威廉・華威克偵緝督察。」

好幾個人轉過頭朝威廉的方向望去，只有記者依然低頭振筆疾書。

朱利安爵士二話不說便站了起來，開口說：「庭上，我有異議。」

布斯・華生回說：「那是當然的了，畢竟您的孩子。」

「您的孩子」。這個先前由朱利安爵士提供的點子，可以原封不動地當作記者們為報紙下的斗大標題。過了好一陣子，騷動才緩和下來，這時所有人才終於能聽清楚彼此的話語。

惠特克法官往台下看，盯著被告方的律師席。

惠特克法官幾乎藏不住怒氣，直接說：「布斯・華生大律師，您的言詞很不恰當。」

布斯・華生一邊對惠特克法官微微低頭致意，嘴裡一邊說著：「我誠摯地道歉，但是法官大人，我必須澄清，剛才我並沒有問是誰偷了他的錢，只是問他是誰負責搜索他的公寓。」

惠特克法官仍滿是怒火，但依然壓下了怒氣。「很好，那麼布斯・華生您繼續吧。」

「羅伯茲先生，請容我再問一遍：您住在B棟大樓多久了？」

「正好超過十年。」

「請您仔細瞧瞧站在被告席的這名男子。」布斯・華生說完，羅伯茲便望向拉希迪。接著布斯・華生又問道：「您見過他嗎？」

羅伯茲毫無遲疑地回答：「從來沒有。」

「羅伯茲先生，謝謝您。」布斯・華生說完又對惠特克法官說：「庭上，我沒有其他問題要問這名證人了。」接著他便又坐回座位，看上去顯然對自己這個下午的表現很滿意。

情況雖然對葛蕾絲來說不太樂觀，她卻仍表現得很冷靜的樣子。她把身子靠向父親那側，輕聲說：「您有發現羅伯茲和拉希迪穿著一模一樣的西裝嗎？」

朱利安爵士仔細看了他們兩人，然後回答：「是沒錯，不過目前也沒什麼可做，除非拉希迪坐上證人席，但我猜布華不會讓他這麼做的。」

這時惠特克法官問道：「朱利安爵士，您要對這名證人進行交互詰問嗎？」

「那是當然的，庭上。」朱利安爵士一邊說著，一邊站了起來。

他直接盯著羅伯茲，然後開口：「羅伯茲先生——如果這的確是真名的話，我就姑且這麼稱呼吧。」

羅伯茲不滿地回說：「你這話什麼意思？」

「我只是懷疑，東尼・羅伯茲是否真是您出生證明上的名字。請您好好思考再回答，因為我相信法官大人會願意暫時休庭，讓我去註冊總署確認確認的。」

「好吧，我出生時的名字是東尼・伯克，但這又怎樣？」

「您什麼時候把姓改為羅伯茲的？」

「我不記得確切日期了。」

「有沒有可能是十年前左右？」

「大概吧。」

「把姓改掉是出於什麼特定原因嗎？」

「常有人拿我名字開玩笑[16]，就這樣。」羅伯茲身子往後一攤，以為會有人笑出聲來，但並沒有。

然而朱利安爵士說：「我倒不覺得事情有這麼簡單，因為繡在您西裝外套暗袋上的字樣是……」

「是A.R.，代表著安東尼．羅伯茲。我母親對上帝很虔誠，她從來不叫我東尼。真希望她現在還活著，這樣的話她就能親自來證實了。」

朱利安爵士回答：「我也希望如此，如果能這樣，我也能問她更多關於您的問題了。」

羅伯茲又不屑地說：「什麼問題？」

「像是您知不知道怎麼去薩佛街。」

「她肯定會說我知道。」

「那麼，您先前離開布里克斯頓去找裁縫師試穿衣服時，您是從哪個橋過去的？」

16 伯克（Burke）音近傻瓜、笨蛋（berk）。

「我不清楚，因為我習慣搭計程車。」羅伯茲說完停了一下，才繼續說下去：「如果我沒記錯的話，應該是在西區附近。」

「西區附近是嗎？」朱利安爵士嘴裡重複著羅伯茲的答案，眼睛望向陪審團。「這樣吧，我來問問一些您應該會比較熟悉的地點，像是玫瑰皇冠酒店。」

「那裡是我常去的酒吧。」

「您剛才告訴大家，警方當晚突擊搜查A棟大樓的製毒工廠時，您在玫瑰皇冠酒店的酒吧和幾個朋友喝啤酒。」

「沒錯。要我一一說出這些朋友的名字也行。」

朱利安說：「我知道您說得出他們的名字。不過，您接著又說到，您回到家時發現兩棟大樓都被條子包圍了，到處都是條子，還以為是第三次世界大戰爆發了。』如果我沒記錯的話，您剛才確實是這樣說的。」

「你總算是說了些對的。」

「您什麼時候離開酒吧的？」

「十點前左右。畢竟我還有報攤要顧，得早起才行。」

「從酒吧到您在納皮爾路上的住處有多遠？」

「大約半英里。」

「這麼說來，您得花十到十五分鐘左右到家？」

「大概是這樣沒錯。」

「但我得提醒您：大家都知道，警方當晚到了十點半過後才抵達納皮爾路，所以與您所說的時間還相差十五分鐘，這怎麼解釋？」

羅伯茲終於首次面露出驚慌的樣子，但他接著又脫口說出：「對了，我忘記一件事。我是先和一位朋友離開酒吧的，我們後來又到他的住處喝了一杯。」

「您記得這位朋友的名字和住址嗎？」

「我不確定還記不記得，畢竟這是超過六個月前的事了。」

「但剛才您才告訴過大家，當晚和您在酒吧喝酒的朋友，您有辦法一一說出他們的名字。」

羅伯茲噘起嘴巴，似乎沒有要回應的樣子。

「要不然，我們就接著談談您記得的事吧。這些事您記得可清了。剛才，您告訴被告方的大律師，突擊搜查後的隔天早上，警方進到您的公寓，帶走了幾套來自薩佛街的西裝和襯衫，甚至還拿走了裝在銀製相框的令堂照片，還有些錢不翼而飛了，這些錢『接近七百英鎊，大概還差幾先令。』這是您後來在保險箱發現不見的。」

「一點也沒錯，我就想看看到底是誰偷的。」

朱利安爵士說：「這我也想知道，畢竟您還告訴過大家，您原本打算隔天早上把這七百英鎊存進銀行。」

「沒錯。我每天早上去工作的路途中，都會順道把昨天賺到的錢存到銀行，沒有一天不是如此。」

「但這次卻有違您的慣例。羅伯茲先生，依照您剛才所說，這天您理應是選擇把錢留在了保險箱，而後來警方才搜索了您的公寓。」

「我那天應該是忘記拿錢了。」

「那麼，畢竟您已經宣稱自己過去十年都住在那層公寓，我就問問您絕對不會忘的問題吧。請問您住家的電話是？」

「二七四……」羅伯茲開口唸出前三個數字，接著卻停了下來，有些呆滯地盯著朱利安爵士。

「羅伯茲先生，這問題不是什麼陷阱。我想，就連每個陪審團成員也都能記清楚家裡的電話，尤其是住在同一個地方十年的人。」朱利安爵士說完，陪審團有幾個人不由自主地點了點頭。

羅伯茲回說：「但我記得電話號碼最近換過了。」

「根據英國電信集團的資料，似乎不是這樣。」朱利安爵士說著的時候高高拿起一份文件，讓法庭成員都能看到。「負責布里克斯頓區域的客戶經理還向我擔保過……」接著，他唸出葛蕾絲用底線標記的一行字：「這個住家的電話打從一九七六年安裝過後，從來都沒變更過。」

「你說的算。」

「羅伯茲先生，並不是我說的算。英國電信集團的確是這麼說的。」朱利安爵士說完沒有繼續開口，反倒等待了一會兒。他想讓陪審團明確地知道，羅伯茲已經沒有回答問題的意圖。「接下來，我想讓話題回到那個在您公寓找到的銀製相框，這個愛絲普蕾的相框裡有張照片，照片中是您逝世的母親。」

羅伯茲說：「願她安息。」

朱利安也附和：「希望如此。無果令堂還在世的話，我還有另外一個問題想問她：她有多常到愛絲普蕾的店裡買禮物給自己的兒子？」

「你這話什麼意思？」

「剛才，您表示自己不清楚薩佛街在哪裡，但是，您的衣櫃裡卻又掛滿了手工定製西裝，而且還是由薩佛街經驗老道的裁縫師所製作。基於您這樣的陳述，我懷疑您母親是否其實也從沒去過龐德街[17]。」

「你沒有證據。」

「您說的沒錯，我是沒有。」朱利安爵士說完後，羅伯茲便露出了沾沾自喜的神色，但朱利安爵士又接著問道：「您相信巧合這回事嗎？」

17　龐德街（Bond Street）為英國倫敦著名的購物街。

「這話又是什麼意思？」

「就讓我解釋給您聽吧。十年前，您改了姓、在剛蓋好的大樓內租了全新的一層公寓、結識了專門定製服裝的裁縫師，但卻不清楚薩佛街的位置。當時，您還只是一家報攤的店主，不過現在您手上有十一家店了，還有兩間正在洽談當中。」

「這又能證明什麼？」

「證明您羅伯茲先生實在是相當能幹的人。不過對陪審團來說，這說不定都只是一樁巧合：其實，剛好是阿塞姆．拉希迪先生搬到了那層公寓，並在隔壁棟的大樓開了製毒工廠；他剛好需要有個住在布里克斯頓的人，而當他需要這個人到他的公寓時，這個人必須能隨傳隨到，好讓大家都覺得這十年以來都是他拉希迪本人住在公寓內——可惜的是，這個真正住在公寓的人，竟連公寓的電話號碼都不知道。」

「公寓一直都是我的，不是阿塞姆的。」羅伯茲一邊吼叫，手指著被告拉希迪。

「那麼，我們是不是該讓陪審團來思考，究竟公寓是您的還是阿塞姆的呢？」朱利安爵士邊說邊露出了微笑。「庭上，我沒有其他問題了。」

14

計程車駛離警察廳總部，然後往左拐，開往了西敏一帶。儘管「空車」的燈號已經熄滅，還是有一、兩名想搭車的乘客對他招手，但他正準備去載客，所以並沒有停下來。

他沿著維多利亞街開著，右手邊是西敏寺，左手邊則是伊莉莎白二世中心，這個中心恰好是女王最近設立的。國會廣場周邊一如以往地車水馬龍，車子幾乎動彈不得，但這正合他意。他抬頭看向大笨鐘，報時鐘敲了十二響，鐘聲迴盪在整個廣場。

他緩緩切到內側車道，然後慢慢停下車。一切的時間都得控制得剛剛好。往左彎時，號誌燈恰好轉成了紅燈，這時他把車停在白廳周邊車道的尾端，等待一大群行人通過。白廳周遭並沒有斑馬線，就算有，車子也依然會動彈不得，就像政府一樣。

一個女人敲了敲他旁邊的車窗。她顯然發現了一件事：雖然空車的黃色燈號是熄滅的，後座卻沒有任何乘客。

「有車可搭嗎？」

「沒有，女士，我正好有其他客人。」

她露出了一副難以置信的面貌，這時，有個看起來絲毫不像是要搭車的人打開了後座車門，然後坐到座位上。這時號誌燈又轉成綠燈了。

他準備再次起步時，往後照鏡瞥了一眼。後座的人不修邊幅、滿臉鬍渣，看起來一副慵懶的樣貌。多數的司機肯定都不會想載這樣的乘客，不過，大隊長顯然是例外。

後座的乘客開了口：「大隊長早安。」這時他們正好經過英國外交部。

獵鷹回答：「早安，洛斯。」然後駛進公車道。

「這段時間我遵從了您的指示，緊緊地盯著拉蒙特前警司。很遺憾的是，您最擔心的事已經發生了。」

大隊長深深地嘆了一口氣，此刻他們經過了戰爭紀念碑，準備駛向特拉法加廣場。「洛斯，事到如今沒什麼好遺憾的了，你就說吧。」

「當初對拉希迪突擊搜查完後消失的那筆錢，是您向拉蒙特施壓，要他交還全數的贓款、或至少把多數的錢都吐出來；但他正是因為這樣決定辭職，不願接受盤問——這些事您都知道。他也因為工作丟了，所以欠了一屁股債。他甚至想在布萊克希斯買下一間酒吧，但被妻子阻止了。我想，桑默斯正是發現了他的這個弱點，藉此加以利用。」

「怎麼說？」

「誰叫他愛賽馬，明明得顧及難伺候的妻子，卻總愛花錢在賽馬上。不過，畢竟馬的確不比他妻子難伺候。」

「說得詳細點。」

「他的妻子蘿倫愛去的商店只有哈洛德百貨公司、餐廳只去卡布里絲。」

「可憐的男人。」

「可憐也是自找的。他偶爾的確能靠賽馬贏一些錢，但一贏錢，他就大肆慶祝，忘了自己其實十之八九都是輸錢居多。他最近就是因為這樣，口袋才沒什麼錢。」

「最近？」

「前幾週他還清了欠賽馬投注站的錢。另外，他還有一大筆支出，這個就難解釋了。」洛斯一邊說著，車子已駛離了特拉法加廣場，準備開往林蔭大道。

「什麼樣的支出？」獵鷹嘴裡問著時，白金漢宮映入了他們的眼簾。

「他最近付了一筆房子的頭期款，這房子比他現在住的更大，地點在富勒姆；但也因為這樣，他又背了更重的房貸。不過他的妻子倒為了這間房子從哈洛德百貨添購了一些家具；拉蒙特自己還用現金弄來一輛新的奧迪。很肯定的是，這些錢絕不是從他的退休金來的。」

獵鷹說：「給他這些錢的人是誰已經很清楚了。拉蒙特上個月和桑默斯偵緝巡佐見了三次面。他們先是各自在地鐵環狀線的不同車站上車，交談完後又在不同站下車，而且交談從不超過數分鐘。有一次，我們的臥底還看見了桑默斯把一個厚重的牛皮紙袋交到拉蒙特手上。我們不知道的是，拉蒙特究竟為此做了些什麼；但我們強烈懷疑，他可能是答應去搞亂皇家檢控署的證物，掉包要在拉希迪開庭時用到的那張照片。」獵鷹一邊說著，突然踩下煞車，咒罵了突然從車前慢跑過去的人。「現在，我們知道拉蒙特和桑默斯這兩人的關係了。」他一邊思索著，然後又說：「但拉希迪和桑默斯又是什麼關係？」

洛斯回答：「這很簡單。肯定是和透納家族有關，這一家人專門控制羅姆福德一帶的毒品貿易版圖，也是拉希迪最好的客戶。無果桑默斯正好是他們手下的人，我也不會太意外。」

「我們就專心查查錢的來源吧，畢竟錢就是再好不過的行事動機。羅姆福德方面有什麼消息嗎？」

「貝莉警員前三天晚上都待在桑默斯家。根據我手邊的可靠消息表示，桑默斯對於到手的女人，多數都只是玩個一週，兩週已經是最久的了。如果貝莉警員和他相處超過三週，那麼問題恐怕就嚴重了。」

「你也太過於輕描淡寫了，我手下的調查小組，竟然有成員和要調查的對象上床？這要我怎麼和廳長交代？」

萬寶路沒有回答。

獵鷹之後又說了一句：「這兩個傢伙都多注意點。我們下週再見一面吧，同樣時間、同樣地點。如果你查到拉蒙特的意圖，就馬上聯絡潔琪，讓她知道事情的狀況。」

獵鷹在號誌燈前停了下來，眼前正好是陸軍與海軍用品店。後座的洛斯下車，沒有付任何車費，接著便消失在早晨購物的人群之中。

一名年長的紳士用拐杖敲了敲獵鷹的車窗，問道：「先生，請問能載我到衛兵俱樂部嗎？」

「恐怕沒辦法。」獵鷹說完便快速把車開走。

那名年長的男人吼道：「這個國家是怎麼回事！」

獵鷹彎進維多利亞街，心裡仍不斷思考：桑默斯最後交給拉蒙特那封厚重的牛皮紙袋，為的究竟是什麼東西？他把車停入他在總部的固定車位，然後大聲地自言自語道：「真想不到那傢伙竟沉淪到這種地步！」

※　※　※

布斯．華生親切地對下一名證人笑著，然後問道：「戈達德醫生，能向法庭成員們說說您的職業嗎？」

「我是布羅姆斯格羅夫一間勒戒所的臨床主任。」

「您怎麼認識被告的？」

「他是我過去的病患，但很高興他現在已經戒毒了。」

「戈達德醫生，拉希迪先生接受您診療多久？」

「他在勒戒所待的時間大約是幾個月。」

「在那段時間，您曾看見他在床頭櫃上擺放照片嗎？」

「有一張他母親的照片，那張照片裝在銀製的相框裡頭，那時他母親常來診所看他。」

「那個相框上方，是不是刻有一個大大的A？」

「是的。」戈達德說的時候面露出驚訝的樣子。

「您知道那個A代表什麼意思嗎？」

「愛絲普蕾。不過這也是他母親告訴我，說相框是在龐德街買的之後，我才知道的。」

「拉希迪離開勒戒所時有帶上照片嗎？」

「有。」

「您怎麼這麼篤定？」

「因為我後來和他一塊喝茶時還有再看到那張照片，當時我們就在他母親位於博爾頓街的住家。」

「拉希迪先生出了勒戒所後，似乎還很關心您診所裡的重要事務？」

「不只是關心而已。我認為他是最支持我們的人，他時常來拜訪，而且過去十年，他家族的公司每年都會捐錢給診所，金額動輒十萬英鎊。」

「還不是為了洗白脫罪。」朱利安爵士一邊低聲呢喃，克萊兒則做了筆記，寫下十年兩個字。這難道又是另一樁巧合？

布斯·華生繼續說：「也就是說，過去幾年內，多虧了拉希迪先生慷慨解囊，您的診所得到了多達約一百萬英鎊的捐款？」

戈達德回答道：「不只一百萬。最近我們需要蓋一間新的病房，他又一次性地捐了一大筆錢。」

朱利安爵士又在一旁說：「那是當然要的，畢竟他被捕了。」這次他沒有刻意壓低音量。

「戈達德醫生，請問您聽到拉希迪先生被捕、還被指控涉及販毒的時候，您的反應如何？」

「我認為那是警方的誤會，他們肯定很快就會知道自己抓錯人、並把人給放了。畢竟，對於幫助不幸走上歪路的癮君子這件事，沒有誰做得比他更多了。」

朱利安爵士又碎語道：「對於讓人染毒，也沒有誰做得比他更多。」

「您或許可以說拉希迪先生已經完全戒毒了，不過他被逮捕時，身上還是被搜到有少量的大麻。」

「阿塞姆一向都落落大方的，他有時在週末時的確是會享用些大麻菸捲，但在這個國家，還有超過五百萬人也是這樣。難道他們也該被抓去關嗎？布斯・華生大律師，我可以向你保證，他絕對已經超過十年沒碰過那些危害更重的毒品了。」

朱利安爵士嘀咕著：「因為都賣給最高貴的客戶了。」

「戈達德醫生，我沒有其他問題了。我相信大家都非常感謝您的貢獻，但請您繼續坐在證人席一會兒，因為已經坐在對面許久的檢方似乎得到了許多觀察，我想他或許也會想對您進行詰問。」

「庭上，那是當然的。」朱利安爵士一邊說著，身子一邊準備站了起來，但這時葛蕾絲一手拉住了他的手臂，輕聲說：「爸爸，不需要。他和東尼・羅伯茲不一樣，只是個普通平民，對他進行交互詰問也沒辦法從他身上知道些什麼的。」

「可是那個銀製相框又怎麼解釋？肯定是同一個……」

克萊兒從後排向前一傾，加入了對話：「也許是，但那間愛絲普蕾的店長也告訴過我，那個相框是店裡最熱門的商品，去年他們就賣出了超過兩百件。」

「但照他們的說法，拉希迪唯一合法的收入來源理應只有他那進口茶葉的小公司，又要怎麼捐一百多萬英鎊給戈達德的診所？」

葛蕾絲回說：「這就算問戈達德，他也不會知道。」

朱利安爵士又堅持地說：「至少法庭會把他說的話記錄下來。」

「把力氣留到詰問拉希迪的時候吧，這相比之下值得多了。」

「也要布斯・華生願意讓他坐上證人席才行。」

葛蕾絲回答：「他肯定會的，剛才羅伯茲的證詞簡直是場災難，他要是想挽回局面就得這麼做。」

朱利安爵士又一屁股坐回位置上。「真不知道妳是怎麼想到這一步的。」朱利安爵士說著說著，露出了一抹微笑。

惠特克法官開口問道：「朱利安爵士，您要對這位證人進行交互詰問嗎？」

朱利安爵士迅速站了起來，然後回答：「庭上，我不需要。」

＊＊＊

萬寶路和大隊長分開後，很快地開車到了羅姆福德。

他知道這時的拉蒙特、桑默斯、貝莉各自身在何處，但他還是不能冒著險搭地鐵。雖然他不曉得原因，但他知道：拉蒙特這時肯定人在中央刑事法院，坐在第一法庭旁聽區的後排座位，手裡抄著筆記；桑默斯則肯定在盤問那名偷捷豹車的無名小卒；至於貝莉警員，她肯定還在轄區巡邏，直到六點鐘後才會回到警局回報情況。

他把車停在羅姆福德警局旁的路邊，這已經是他連續第四天這麼做。這個位置的視野不是最好的，但躲在這裡至少不容易被看見。

過了六點鐘，貝莉警員便回到了警局，十五分鐘後，又穿著一身便衣走到外頭。他開始下車跟蹤貝莉，並且和她保持著適當的距離。令他出乎意料的是，貝莉並沒有直接走向地鐵站，而是去了廳裡的大家最常光顧的酒吧。

他穿越馬路，悄悄溜進一間小咖啡廳，點了一杯黑咖啡、一份起司番茄的法棍麵包三明治。之前，訓練他的特種空勤團中士總說能吃的時候就趕緊吃。於是他挑了個靠窗的位置，好讓他能將酒吧給看個清楚。他很快就吃完了三明治，畢竟何時要再起身動作，怎麼樣也說不準。

過了十五分鐘左右，桑默斯大搖大擺地走進了酒吧。洛斯心想，他盤問的那個偷車賊今晚肯定已經被牢牢地押在警局了。

又過了二十分鐘，他們倆手牽著手走出酒吧，然後走向桑默斯的公寓。萬寶路趕緊回到車上，另外挑了個監視的好位置，確保能讓自己清楚看見那公寓五樓的窗戶。雖然他知道這一切都只是工作，卻還是覺得自己簡直像個偷窺狂，尤其偷窺的還是自己的同仁。直到他看見桑默斯臥室的燈終於熄了，他才又發動引擎。這時的時間已超過十一點了。

一般來說，他會先回家一趟，好讓自己睡上幾個小時，但這次他決定先去一趟潔琪位在蘭比斯的公寓，把剛剛發現的最新情報告訴潔琪。現在，他只希望潔琪正安安穩穩地獨自躺在床上。

時間已過了午夜。他把車停在小巷邊，思考著是否不該去吵醒她；但是，既然他已經發現了貝莉警員住在桑默斯偵緝巡佐的公寓，甚至有如那裡的常客似的，大隊長肯定不會想要等到一週後才得知這個消息。至少，這就足以構成說服他去叫醒潔琪的理由。

於是，他像個大盜似地爬上逃生梯，動作十分緩慢，不敢發出任何聲響。他爬上四樓時，透過窗簾的微小縫隙偷偷往房間裡看。雖然他看見了潔琪，但並不確定她是否獨自一人。

他輕敲窗戶：叩叩叩、叩、叩叩叩——這樣一來，潔琪就能知道那是他。過了一會兒，他終於看見了有個人影睡眼惺忪地出現在面前；那個人拉開窗簾，把窗子往上推。

潔琪試著擠出笑容，然後問道：「是來談公事還是來找樂子？」

臥底的洛斯回答：「我是希望能談談公事、也能找找樂子。」

❊ ❊ ❊

「看來今晚能準備的不多。」朱利安爵士說著時，附近的教堂鐘樓正好敲起了午夜的鐘聲。

「恐怕待會早上也是。」葛蕾絲一邊說著，一邊低頭盯向一長串列好的問題。這些問題，都是先前準備拿來替拉希迪設下陷阱的。

「布斯．華生也許根本就不會讓拉希迪坐上證人席，他如果知道我們幾乎整晚沒睡，只為了準備被告的交互詰問，肯定會笑得合不攏嘴。」

「但他已經對東尼．羅伯茲的表現感到失望透頂了，所以就算拉希迪再怎麼不可能坐上證人席，也不得不上去讓陪審團聽聽自己的說詞。」

朱利安爵士搖搖頭，然後說：「羅伯茲或許是沒幫上什麼忙，但畢竟戈達德醫生的證詞很可信，加上我們原本還掌握了能說服陪審團拉希迪有罪的證據，偏偏這項證據又憑空消失了。我只能說，無果我是拉希迪的律師，我一步都不會讓他靠近證人席。」

然而葛蕾絲提醒了父親：「但別忘了，戈達德離席後，布華對法官說過，早上他還會再傳喚最後一名證人。所以如果這名證人不是拉希迪，還會是誰？」

「拉希迪的母親？」

「不會的，她可是站在正義的一方，布斯・華生不會冒這個險。」

「好吧，那也許就是拉希迪沒錯。」

「如果是的話，那我就等不及看看他要怎麼解釋：過去十年來，如果他平時不是睡在布里克斯頓的公寓，那麼他究竟睡在哪裡。」

朱利安爵士回說：「我賭大概是在薩伏依飯店的套房。而且，布斯・華生十之八九連帳單和收據證明都拿得出來，畢竟拉希迪先前都付了錢，談好了所有能保全自己的條件，這肯定是他們計畫的其中一部份。」

他說完便從桌子後面站起來，整理了資料，準備朝門外走去。

他替葛蕾絲穿上大衣，葛蕾絲則一面說：「布斯・華生還得解釋一件事，那就是拉希迪那天晚上在布里克斯頓做什麼？畢竟他無果說自己只是要回牛津的莊園，也太說不過去了。又或者，如果他是要到那棟大樓買些大麻煙捲，那麼何必跑個這麼大老遠？金融城就有一堆酒吧，他大可在這些地方買就好了。」

朱利安說：「這件事別告訴威廉，否則他肯定會太過衝動。」

他們一同走下嘎吱作響的木製樓梯，這時葛蕾絲又問道：「無果拉希迪明天又穿著和第一天開庭時同樣的西裝，您決定好該怎麼做了嗎？」

朱利安爵士回答：「可能什麼都不會做吧，老實說，我覺得不必冒這個險。」

「但克萊兒親眼看到他的外套暗袋裡有個紅色標籤，上面有A.R.的字樣。」

朱利安爵士回答：「那大有可能是布斯．華生和拉希迪刻意讓她看到的。」他們漫步走過林肯律師學院廣場，然後朱利安爵士又提醒了葛蕾絲：「總之，除非妳確定問題的答案，否則都別輕易問問題。我們待會早上時再見一次面，重新把要問的問題都演練過一遍吧；妳負責當拉希迪，我來負責交互詰問。」

「但那傢伙實在太會算計了，我甚至都猜不透他究竟會使出什麼招數。」

「試著站在他的角度思考。不過說實話，我還是覺得布斯．華生不會冒險讓他坐上證人席。」

「那麼最後那名證人又會是誰？」葛蕾絲打了冷顫，釦起大衣的扣子，試圖阻擋著深夜裡的冷風。

「記得帶一瓶黑咖啡過來，還要一份培根三明治。對了，如果妳打算把這事告訴你媽的話，最好想都別想。」

葛蕾絲笑了出來。朱利安爵士往位在廣場另外一邊的公寓走去，她則打算出去找輛計程車。回到倫敦西部的一路上，那兩個人始終在她的腦中盤旋。拉希迪。布斯．華生。

15

早晨九點剛過，朱利安爵士和葛蕾絲便抵達了老貝利。

昨天晚上，克萊兒想到了些較銳利的問題，說不定會讓拉希迪一時招架不住。朱利安爵士看起來則變得較有信心一些，他想，或許布斯．華生確實別無選擇了，只能讓拉希迪坐上證人席。

他們踏進法庭時，布斯．華生已經正在整理桌面，替最後一位證人的詰問做準備。朱利安爵士心想，倘若他能瞄一眼布斯．華生準備問拉希迪的那些問題，就再好不過了；但他也坦然地接受事實，知道自己就和其他法庭成員一樣，只能乖乖等到十點鐘後，才能知道布斯．華生究竟準備了哪些問題。

他們倆的眼神交會在一起，但兩人幾乎都沒有多看對方一眼。

接著進到法庭的便是拉希迪。他坐上被告席。布斯．華生則環顧四周，然後對拉希迪露出了親切的微笑。倘若拉希迪真要到證人席上作證的話，理應會面露緊張的神情，但他看上去絲毫沒有這樣的跡象。

葛蕾絲偷偷朝拉希迪的方向望過去，然後大膽說：「我很確定，他和那天開庭穿的是同一套西裝。」

朱利安爵士回說：「你也許說得對，但我還是覺得不值得冒那個險。畢竟對於我們思考到的東西，目前為止布華總是能先將一軍。」

就在這時，法官走了進來。惠特克先是鞠躬致意後，才走到上方的法官席，坐在那椅背高挺的位置上。他等待著陪審團那七名男性和五名女性列隊走進法庭，然後入座。葛蕾絲能感覺到，這天早上，陪審團成員的神情看起來都特別銳利，無非是在期待著待會就要上場的好戲。

一會兒後，威廉迅速跑了進來，坐到法庭後排的位置。這時，審判的程序正好準備要開始了。

惠特克法官由上往下看，然後宣布：「布斯．華生大律師，您可以傳喚證人了。」

「謝謝庭上。」布斯．華生說完又往拉希迪的方向瞥了一眼，接著繼續開口：「我方傳喚布魯斯．拉蒙特先生。」

威廉一時感到大為震驚，周圍的人也開始七嘴八舌了起來。但即便如此，他想父親或許不會太過驚訝；沒想到他望向父親時，只見他也驚訝得跳了起來。

「庭上，檢方先前並未獲通知表明這名證人會出庭作證，因此沒有時間能為此準備。我們以為拉希迪先生會是被告方的最後一名證人。」

布斯．華生一副毫不知情的模樣，回答道：「我不知為什麼會這樣。昨天下午有新的證據曝光，於是我向書記官登記，表明我會請這名證人作證，也已經請他務必通知法官大人。」

惠特克法官開口說：「書記官確實有通知我，但出於禮節，您也應該要通知檢方您的決定。」

布斯・華生回答：「是我的疏失，我保證不會再犯同樣的錯誤。」

葛蕾絲再也按耐不住，於是決定開口：「那肯定不是疏失。」

布斯・華生嘆了口氣，然後回說：「難道我該為此負起責任嗎？」

這時惠特克法官說：「傳喚證人之前，我會先讓被告律師進行主詢問。朱利安爵士先生，若您認為需要更多時間準備證人的交互詰問，在您進行詰問之前，我也十分樂意先暫時休庭。」

「那麼就拜託您了，庭上。」朱利安爵士說著時面露不悅。他推開那張列出了一長串問題的紙張，那上面的問題，都是他和葛蕾絲前一晚便準備好的，就連這天早上，他們也都還不停演練著。他拿起另一疊黃色的筆記紙和一支鋼筆，然後看到葛蕾絲和克萊兒也都備好了鉛筆，於是倒也感到欣慰了一些。

坐在法庭後頭的威廉仍是一副悶悶不樂的樣子。這時有個熟悉的身影進到了法庭，然後向證人席走去。拉蒙特身穿深藍色的雙排釦西裝、顯然剛燙過的灰長褲、淺棕襯衫、別了倫敦警察廳的領帶。威廉突然想起了那句人們常說的話：坐上證人席時最好打扮得聰明一些，這樣一來，陪審團才會站在你這裡。

書記官遞給拉蒙特一本聖經，拉蒙特接過後，便用右手拿著。他自信地念出宣誓詞，連附在聖經裡的誓詞字卡都沒看一眼，並在最後加上了一句：「我誠摯地發誓。」

※　※　※

獵鷹問道：「羅伊克羅夫特偵緝巡佐，萬寶路的報告中，有沒有哪句話是妳覺得最值得注意的？」

潔琪回答：「他們又在公寓共度了一晚。」

「這我不太意外，應該還有些其他的。」

潔琪又迅速地瀏覽了萬寶路的兩頁報告，但卻不曉得獵鷹指的究竟是什麼。最後他才終於開口，放過了潔琪。

「他們倆離開走出酒吧時手牽著手，但就我對桑默斯的印象，他並不會隨易和女人牽手，所以他們可能是認真的。這是我們原先沒預料到的，而這也衍生出了另一個不一樣的問題。」

保羅突然開了口：「要執行另一個計畫了嗎？」

大隊長回說：「我們也別無選擇了，阿達加偵緝巡佐。既然事情已經發展到這個地步，以後，我們只在貝莉警員於羅姆福德值勤時，才進行小組會議。我們也要依靠潘克斯特偵緝警員來向我們報告妮基的行蹤，以防讓她起疑。她雖然很天真，但無果要說她愚蠢，倒也並不至於。」

蕾貝卡點了點頭，但沒有回應。

「週一早上的例行會議是例外，這個會議必須要如常進行，而且貝莉警員也必須在場。我們得讓她繼續向我們報告每週的進展，我想，事情應該會滿有意思的。」

蕾貝卡說：「萬一她自白了，承認自己犯下了大錯呢？」

獵鷹回說：「我不會下注那樣的可能性，潘克斯特偵緝警員。」

＊　＊　＊

證人唸完宣誓詞後，布斯．華生便開了口：「為了法庭紀錄，請說出您的姓名和職業。」

「我的名字是布魯斯．拉蒙特，我先前是倫敦警察廳總部緝毒小組的偵緝警司。」

「突擊布里克斯頓製毒工廠、代號特洛伊木馬的案件，是由您負責的？」

「是的。」

「是您逮捕了被告阿塞姆．拉希迪先生嗎？」

「不是的，當時我在警車上，負責在背後掌控整個行動的策略。」

威廉很慶幸獵鷹不用在法庭上聽到拉蒙特的這番言論。

「媒體和公眾都認為這個行動是大獲全勝。」

「所有人當時確實是這麼認為，但幾天後，我就開始懷疑了。」

「但您的小組當晚逮捕了二十八名罪犯，其中有些是製毒的、有些是販毒的、有些是送毒的，最重要的是還有阿塞姆．拉希迪先生，您認為他是整個集團的首腦。」

「我一直都這麼覺得，但進一步調查後，我開始懷疑我們逮捕的對象是不是錯了。」

朱利安爵士發覺陪審團的成員都仔細地聽著拉蒙特的證詞。

「您覺得，販毒集團首腦不在您當晚逮捕且指控的人之中？」

「沒錯。」

「您認為這個人逃跑了嗎？」

「倒不是，而是我們當晚出現時，他根本就不在場。」

「怎麼可能？警方的行動可是精心策畫好幾個月。」

「不幸的是，肯定有人在我們抵達現場前，就已經通風報信給這個人。」

「通風報信的會是您小組的人嗎？」

「有可能，但我不想這麼認為。」

「這個人會是誰，您有任何想法嗎？」

拉蒙特回答：「我確實對某個人有點懷疑。」他直接看向威廉，然後說：「不過一個好警察不該單靠懷疑辦事。」

威廉感到全身緊繃，但也知道自己此刻什麼都做不了，只能繼續坐著聽聽拉蒙特接下來還要說什麼。

布斯・華生接著繼續說：「即便是這樣，被告還是遭到了逮捕，面對到各種不堪的指控，像是涉嫌生產毒品和從事非法毒品交易。逮捕他的真不是您嗎？」

「不是。逮捕且指控他的，是威廉・華威克偵緝督察。華威克似乎覺得他逮到了對的人，畢竟拉希迪先生的確符合毒品大亨的形象，這正中警方標靶。」

「警司，我不太確定自己是否瞭解您的意思。」事實上布斯・華生對拉蒙特所說的一清二楚。

「一個進口商、先前有毒癮問題的阿爾及利亞移民，正這麼不巧地在這個時機點出現於製毒工廠？大家都以為自己把他逮個正著了，但我覺得這一切未免也太容易了，所以，我自己又做了更深入的調查。」

「不過警司，您肯定還是會想安靜作罷，享受逮捕嫌犯的光榮吧？」

「那是肯定的，但我後來只要想到：一個清白的人，竟要為了一項自己根本沒有犯下的罪而入獄，就不禁為我自己的行為感到不光彩。」

「您自行調查時，有查出為何拉希迪先生會剛好在突擊搜查時出現嗎？」

「他每週五晚上都會去一趟位在巴特西的小倉庫，當時他正在從倉庫回家的路上。」

布斯・華生問道：「他為什麼會去那裡呢？」

「他家裡的公司經營進口茶葉，所以他每週五晚上都會去倉庫確認下週的訂單，之後，才會回到位於鄉間的莊園。」

「但這還是沒有解釋到他稍晚究竟在製毒工廠做些什麼。」

「我手下負責監視的小組發現，他確實偶爾會到那個工廠，但從不會待在那太久。我只能說，他是那裡的常客，但並不是我們要抓的人。」

「但毒品大可在金融城買就好，而且想買多少都行，何必大費周章跑去布里克斯頓？」

「要撒尿總不會在自家院子撒的，法官大人，恕我這樣比喻。」拉蒙特說著時還抬頭看了惠特克。

「另外，皇家檢控署也告訴我們，案發當週，拉希迪就住在製毒工廠隔壁的豪華公寓。」

「關於這個的可能性我也調查過了，但我很快就確認：被告白天結束了在金融城的工作後，每天晚上都會回到位於博爾頓街的住處。」

「您有找到能證實的人嗎？」

「有的，分別是他的管家、還有從福克蘭群島來的司機，這個司機還是個老兵，他們都願意作證。」

克萊兒在黃色的筆記紙上寫下：他的母親呢？之後，她把筆記遞給了朱利安爵士。

布斯．華生繼續說下去：「這還牽涉到一個問題：這個博爾頓街的房子，有沒有可能是拉希迪先生名下的？」

葛蕾絲小聲地說：「那當然了。付錢給司機和管家的還會是誰？」

「但這些都解釋不了一件事：為何華威克偵緝督察會在B棟大樓公寓的床頭櫃，找到拉希迪母親的照片？」

拉蒙特回說：「他大可說自己找到了，但我從沒親眼見過。我在那層公寓唯一看過的照片，是羅伯茲先生先前交給法庭作為證據的照片，那張照片裡的人是羅伯茲先生的母親。不過，我倒是調查了那個銀製相框，因為我想看看那個相框是不是很稀有、或甚至是獨一無二的一個。」

「結果是這樣嗎？」

「並不是，愛絲普蕾告訴我，那個相框他們每年都賣出兩百個左右，是他們最搶手的商品。」

克萊兒點了點頭，朱利安爵士眉頭深鎖，威廉則已經快要按耐不住。他想，或許父親也等不及要痛宰拉蒙特一番。

布斯．華生又繼續加重力道地問：「根據羅伯茲先生的證詞，公寓裡的保險箱原本有七百英鎊，後來全不見了，這又該怎麼解釋？」

「我原本相信華威克偵緝督察的說詞，一開始也覺得保險箱裡本來就是空的。」

威廉這時發現，法庭上幾乎所有成員都朝自己看了過來。

「拉希迪先生可能是清白的這件事，您有對任何上級表示過嗎？」

「我很不願意這麼做，因為廳裡的每個人，包括廳長在內，都認為特洛伊木馬案已經大獲全勝。而想當然爾，拉希迪遭逮捕後，華威克也從偵緝巡佐升為了偵緝督察。所以說，他會對這件事睜一隻眼閉一隻眼，也不是不能理解。我承認自己以前還是個年輕的偵緝巡佐時，也曾犯過這樣的錯，但在那之後我都非常懊悔。」

朱利安爵士小聲說：「真不是蓋的，他不只成功在法庭上說出這番話，還轉守為攻，讓自己的立場更有利。」

「可是警司，您也是睜一隻眼閉一隻眼的人。」

「起初我的確是，但後來我發現，所有人都不在乎這可能會演變成司法不公的嚴重案件，因此我認為自己唯一能做的就是引咎辭職，好讓自己稍微感到光彩一些。」

朱利安爵士雙手抱頭，而威廉只能不可置信地望向拉希迪，心想，拉希迪用來收買的錢顯然是花得值回票價了。

「拉蒙特先生，還有一件事：如果您當初選擇繼續留在廳裡，只要再過十八個月，就有資格領到全額退休金，而且沒人會曉得誤捕的事對吧？」

「是的。但我只要想到一個清白的人竟要無端被陷害，揹負自己沒有犯下的罪名，就覺得往後心裡肯定會過意不去。」

布斯．華生回說：「拉蒙特先生，這我完全理解。我很讚賞您挺身澄清真相，對抗警方便宜行事所展現的毅力與勇氣。我沒有其他問題了，不過還請您繼續留在證人席，因為我想檢方肯定會想對您進行交互詰問。」

朱利安爵士站了起來，正想對惠特克法官提出休庭，不料這時布斯．華生又突然站起身子說：「庭上，非常抱歉，但我突然又想到一個問題想問證人。」

惠特克點頭表示同意，朱利安爵士又不情願地坐了下來。

「是這樣的，拉蒙特先生。先前開庭時，檢方祭出了十分傑出的一手，宣稱被告的西裝是來自薩佛街的班內特里德這家店；我們還知道另一件事，那就是華威克督察搜查B棟大樓時，從公寓拿走了幾套西裝，以作為拉希迪先生曾在公寓住過的證物。請問您對此也有私下調查嗎？」

「的確是有。但即便我在薩佛街轉了好幾個小時，還是沒能找到任何聽過拉希迪先生的人，更別說替他定製西裝的人了。」

「您有找到拉希迪先生是從哪家店定製西裝的嗎？」

「有的。調查時我曾詢問他母親，想確認拉希迪先生是否在事發當週都和她一起待在博爾頓街的房子；當時我問她知不知道他的西裝是在哪裡定製的。她告訴我……」這時拉蒙特突然停了下來，抬頭看向惠特克法官，然後說：「庭上，請問我能看看當時的筆記嗎？」惠特克法官點了頭，接著拉蒙特便快速翻找筆記本，整個法庭都摒息以待；最後，他終於翻到了要找的頁面。「拉希迪女士當時是這麼說：『我想，阿塞姆所有的西裝都是從哈洛德百貨公司買來的，而且都不是定製。他的尺寸很標準，而且他也不喜歡不必要的花費。』」

朱利安爵士開始做起筆記。

「那您當時……」

這時惠特克法官突然打岔：「恕我插話，布斯．華生大律師，但只要讓我們看看被告的外套，好確認一下暗袋上的標籤，問題不就解決了嗎？」

布斯．華生回說：「庭上，這等到被告作證時不是比較恰當嗎？」

「這倒沒錯，布斯．華生大律師，但誰叫您向書記官登記的最後一名證人是拉蒙特先生呢？況且，若被告真要作證的話，他也有大把時間能去換其他西裝。」

葛蕾絲輕聲說：「真是說得一點也沒錯。」朱利安爵士則面露猶疑的樣子。

惠特克法官望向被告席，然後又說：「拉希迪先生，您當然沒有義務向大家展示西裝內的標籤，但如果您願意的話，這有助於陪審團的討論過程。」

眾人頓時都朝拉希迪看去，然而，拉希迪的臉上顯然寫著自己並不想照做。

威廉咕噥著：「被抓到小辮子了吧。」他和拉希迪的眼神第二次交會，這時他發現拉希迪得意的笑容終於消失了，感到相當暢快。

拉希迪緩緩從被告席上站起來，解開外套釦子，然後將外套敞開；裡頭露出了眾人都十分熟悉的金綠色標籤，上面寫著哈洛德，而且絲毫沒有A.R.的字樣。

朱利安爵士提出休庭，於是惠特克法官便答應了要求。

＊＊＊

威廉問道：「妳覺得拉蒙特收了多少錢作偽證？」

此時葛蕾絲千頭萬緒，只是回說：「肯定用不了多少錢就能說服那該死的傢伙。」

威廉又說：「別忘了，那傢伙還偷過一整袋的錢，說不定照片也是他掉包的。」

朱利安爵士這時也開了口：「但我們無憑無據。雖然廳裡的櫃檯人員表示自己當晚看到的人確實是警司，可是當時負責管理證物的值班人員也沒辦法確認那個人就是拉蒙特。」

葛蕾絲又說：「是沒辦法，還是不想？」

朱利安爵士語重心長地繼續說了下去：「就算是不想好了，但我觀察到，陪審團似乎有很多成員看起來都相信拉蒙特的證詞，畢竟他說得非常誠懇動人。更不妙的是，雖然那個哈洛德的標籤顯然是他們的詭計，對我們還是很不利。」

葛蕾絲回答：「那是我不好。我先前開庭時就掉入了他們的小圈套，那時，拉希迪肯定是刻意穿著暗袋上有班內特里德標籤的西裝。」

「陪審團可能以為自己見證了一場精采好戲，殊不知其實一切都是他們彩排好的，而且毫無破綻；布斯・華生就是導演，拉蒙特則是最佳演員，只差在他們倆收的錢都比真正演員高多了。」

威廉回說：「但這違法，律師可不能指示證人該怎麼做。」

朱利安爵士和葛蕾絲異口同聲對威廉說：「所以你才是個唱詩班乖乖牌。」

葛蕾絲說：「無果能讓拉希迪女士作證的話，就能徹底推翻拉蒙特的證詞。」

朱利安爵士回說：「也許是，但威廉先前在突擊搜查後就詢問過她，她堅持不會指證害自己的兒子，就算她再怎麼支持打擊犯罪也一樣。就算我傳喚她，可能也只會有反效果，因為她這個有尊嚴的老太太竟被要求要指控自己的兒子，陪審團看到一定會產生同情；反之，他們對我這個試圖挽回顏面的老男人，早就已經有了成見。」

克萊兒則說：「但我們都知道，她絕不可能和拉蒙特說拉希迪事發當週的每晚都待在她的住處。」

「的確是這樣。可是她的管家一定會，而且拉希迪的司機也會指證，說自己確實每天早上都從博爾頓街載他到金融城，然後晚上又載他回去。還有一件事：布斯・華生絕對會讓這兩個人待在證人席越久越好，這樣陪審團就會忘記還有拉希迪母親能夠作證。我們要做的，是趁著週末好好爬梳拉蒙特的證詞，看看有沒有什麼前後矛盾的地方，因為布斯・華生肯定也會做同樣的事，試圖設想我會問的問題。我甚至可能得考慮考慮，是不是偶爾該大膽一點了。」

葛蕾絲聽著父親說著，簡直不敢相信自己的耳朵。

16

「拉蒙特先生，在最一開始，我想先問您一件事：為什麼您會在獲得全額退休金資格的幾個月前，選擇離開警察廳呢？」

「朱利安爵士，正如同我先前宣誓作證時說的，這是良心的問題。我無法忍受看著一個清白的人，被定下一個自己沒犯的罪。」

作為助理律師的克萊兒，就坐在身為大律師的朱利安爵士後方。她在筆記紙的第一個問題上打叉。比數〇比一。

「您告訴過法庭上的各位，拉希迪在事發當週的每天晚上，都會回到博爾頓街的住處；之後他就在那裡過夜，隔天，司機才會載他回金融城工作。」

「那是他母親跟我說的，而我沒有理由不相信她。」

「您什麼時候和拉希迪女士見面的？」

拉蒙特抬頭看向法官，然後開口：「庭上，能容許我看看當時的筆記嗎？」惠特克法官點了頭，於是拉蒙特翻開筆記本，快速翻找著筆記。「五月十二日、十四日、十九日。另外，我也和拉希迪女士的管家和司機面談過。」

葛蕾絲又在第二個問題上打叉。〇比二。

「您也告訴過大家，特洛伊木馬行動是您負責的，這百分之百正確嗎？」

「我負責例行的行動策畫，但我主要是向霍克斯比大隊長匯報，他是小組的指揮官，突擊搜查當晚也有加入我們，而他自己也要向警察廳的助理廳長報告。」

克萊兒無可奈何地碎語道：「這樣一來他就能讓自己和案件脫鉤了。」比數〇比三。她不得不承認，目前為止朱利安爵士確實絲毫碰不了拉蒙特一根汗毛。

「您還對大家表示過，您私下進行了調查，而且您發現突擊搜查當晚，拉希迪去了巴特西的倉庫，這是他每週五晚上的例行公事。在這之後，他就去了製毒工廠，買些少量的大麻供他個人使用，您認為這足以解釋他為什麼會在突擊搜查時，出現於製毒工廠。」

「沒錯。」

「從倉庫到製毒工廠多遠？」

拉蒙特終於第一次陷入猶疑，然後開口：「大約一英里，這也是為什麼我們當初逮捕他時，會在他口袋找到一張公車票。」

「但拉希迪先生何必搭公車呢？他不是有車、也有司機嗎？」

這個問題使得拉蒙特看上去有些猝不及防。這是第二次了。他殷切地瞥向布斯・華生，然而布斯・華生只是坐在自己的位置，低著頭。比數現在是一比三了。

「您似乎答不出來，那麼我就繼續下去了。請問那間倉庫當晚是幾點關閉？」

拉蒙特落落大方地承認：「我不清楚。」

「可是您告訴過各位，您認為拉希迪被誤捕了，所以做了更深入的調查？」

顯然這個問題布斯・華生也沒有預料到。比數二比三。

朱利安爵士繼續說：「就讓我告訴您吧。根據倉庫大門上的通知，他們六點鐘就關門了。所以您的意思是說，拉希迪先生去完倉庫後，在公車站等待一二七號公車，而且足足等了三小時之久？但這段時間，早已夠他往返倉庫和工廠好幾趟？」

拉蒙特沒有說話。這回克萊兒在問題的旁邊打上叉。比數三比三。

朱利安爵士說：「您還是答不出來，我想陪審團也會把這看在眼裡的。那麼我就繼續了。拉蒙特先生，您告訴過大家，突擊搜查的隔天您去了B棟大樓；這棟大樓，警方認為就是拉希迪先生擁有的，但您在那裡看到的唯一一張照片，裡頭的人物是羅伯茲先生的母親？」

拉蒙特終於回過神，然後開口：「沒錯。」

「拉蒙特先生，現在我想請書記官給您看另外一張照片。我想請您告訴我您是否看過這張照片。」

朱利安爵士把一張裝在銀製相框的照片遞給書記官，書記官接過後便交給了拉蒙特。拉蒙特對著照片端詳了一陣子，接著才坦白說：「我的確見過。當初我在博爾頓街的房子和拉希迪女士面談時，曾在客聽看過這張照片。」

「那傢伙肯定早已料到這步。」克萊兒小小聲地自言自語，然後又在問題上畫了叉。比數三比四。

接著朱利安爵士說：「那麼我就得問了，警方怎麼會找到同一張照片，而且還剛好裝在一模一樣的相框裡呢？」

「我不清楚，也許您的公子會有辦法回答這個問題。」

一、兩名陪審團成員面露微笑，克萊兒則又在問題上打了個叉。比數三比五。她瞄向筆記紙上的下個問題，心想這個問題也許較有希望。

「您私底下調查時，曾與拉希迪先生面談過幾次？」

「三次，分別是不同天。」

「這次您似乎沒有特地確認筆記呢。」比數四比五。

「因為您沒有問確切的日期，只是問我幾次。」比數四比六。

「那麼我必須得再問問，您從倫敦警察廳辭職後，見了拉希迪先生幾次？」

拉蒙特自信地說：「一次都沒有。」

「布斯．華生大律師呢？」

布斯．華生迅速地站了起來說：「庭上，這個問題我可以回答。」

惠特克法官回應：「我知道您能夠回答，但陪審團要聽到的不是您的回答，而是拉蒙特先生的。」

布斯．華生又不情願地坐了下來。比數五比六。

「兩次。」這次拉蒙特說的時候少了些自信。「當時我經過宣誓，給了他書面證詞，還有一名證人也在場。」

「您提供證詞，有得到什麼報酬嗎？」

這回布斯．華生人甚至還沒站起來，就直接說：「這個意有所指的問題有損證人名譽。」

惠特克法官回說：「也許是這樣，我同樣希望能聽聽證人的答覆。」

拉蒙特轉過身子面向惠特克法官，然後說：「我並沒有收到報酬，畢竟說出事實並不需要什麼報酬。」比數四比七。

這時朱利安爵士又問道：「那麼說謊又需要多少報酬？」比數五比七。

法庭頓時全場躁動，朱利安爵士轉過身子面向克萊兒，克萊兒交給了他一個大大的牛皮信封袋。他緩緩將信封袋打開，拿出裡頭的三張照片，然後不慌不忙地端詳著照片。

「您最後一次和被告方律師見面，是昨天晚上嗎？」

布斯．華生迅速跳了起來。

惠特克法官這時開口：「布斯．華生大律師，請您坐下，否則我就當您藐視法庭。」

布斯．華生躊躇了一陣子，就像是等不及要向前撲去的貓，但最終還是緩緩地坐回位置。

朱利安爵士又重複一次：「讓我再問您一遍，您昨晚是否有和布斯・華生大律師見面？您明明知道自己還是證人的身分，因此很清楚這樣的行為違法。」比數六比七。

拉蒙特往布斯・華生望去，而布斯・華生只是低著頭，眼睛往下看。

朱利安爵士等了好一會兒，又接著繼續下去：「庭上，既然拉蒙特先生似乎沒有回答的意願，我很樂意請被告律師來確認或否認，究竟他們是否真有見上這麼一面。」比數七比七。時間進入延長賽。

布斯・華生沒有任何動作，於是朱利安爵士把那三張照片放回信封袋，然後交還給克萊兒。那三張照片其實是威廉小時候參加唱詩班的照片。比數八比七。

「庭上，我沒有其他問題要問證人了。」

拉蒙特離開證人席，然後快步離開法庭，連拉希迪和布斯・華生都沒看一眼。這時終場的哨聲終於響起。

※　※　※

朱利安爵士所問的每個問題，幾乎都在拉蒙特預料之中，但他最後拿出的那幾張照片是例外。不過，朱利安爵士並沒有把照片展示給眾人看，難不成他只是虛張聲勢？拉蒙特原本也準備好使出他的招數，反駁自己前一晚並沒有和布斯・華生見面，但就在最後一刻，他突然懷疑自己是否遭到萬寶路跟蹤了，被見到和布斯．華生密會。倘若萬寶路真看到了，那麼要入獄的就不只是拉希迪了，就連布斯．華生也將會是最後一次遭到大律師公會訓斥。於是，拉蒙特決定聽信布斯．華生先前給過他的忠告：倘若對任何問題感到懷疑，就保持沉默。

他前一晚和布斯．華生見面時，油嘴滑舌的布斯．華生並沒有明確表明他的任務。他只知道，無果拉希迪成功擺脫了較嚴重的指控，那麼他會得到優渥的報酬，不過如果拉希迪沒能……

拉蒙特知道自己還有最後的機會，能夠改變陪審團的想法，好讓自己和布斯．華生挽回顏面。所幸惠特克法官先行暫停了審判，直到週一早晨，才會給出最後的總結詞。

他早已對十二名陪審團成員都做了徹底的調查，就怕事情出了差錯。如今事情果真出了錯，而且很嚴重。但拉蒙特知道自己還沒有輸。他發現只要花一份工，就能一次買通其中兩名陪審團成員。

當週稍早，前一次的審判結束後，他跟蹤了陪審團的三號成員離開法庭，然後驚訝地發現她進了當地一家旅館。過了一會兒，七號成員也出現了，然後也走進同一家旅館。拉蒙特躲到遠邊的街上轉了好一陣子，在寒風之中等待了超過一個小時，終於才又見到七號成員走了出來。之後，七號成員便快步離開，走向最近的地鐵站。

不久後，三號成員也出了旅館，朝七號成員的反方向走去。

拉蒙特很快就查出，這兩名陪審團成員都擁有「愉快」的婚姻，他們兩人相加有五個小孩，三號成員最近才剛在《法納姆公報》宣布自己訂婚的消息；七號成員則希望自己在下個月的股東大會，能獲選為當地高爾夫球社的主席。

這兩個人住在哪裡，拉蒙特已經摸了清楚，就連他們從法庭回到住處的路線也已經掌握在手裡。這天，開庭結束後的晚上，他就會和七號成員搭上同一班地鐵。

17

惠特克法官朝下看著陪審團說：「你們的職責，是把在法庭上聽到的證詞當作唯一的參考基準，然後做出判決。你們必須忽略媒體、家人、朋友的觀點，因為他們並沒有聽到證詞。」

「你們不必覺得有時間壓力。現在交在你們手裡的，是一個人的未來。你們從法庭上退席後，我只接受你們的唯一一種判決，那就是一致裁斷。我也要提醒你們，舉證責任在於檢方。證明被告有罪、達到無合理懷疑這些事，都是檢方的工作。」

「現在，你們可以退席到陪審團評議室討論判決了。」惠特克法官說完對站在陪審團前方的書記官點點頭示意，接著，書記官便宣布：「我向萬能的上帝發誓，願讓陪審團處於隱密且合適之場所。任何人不得與陪審團交談，我也不得與他們交談，除非是為了詢問陪審團是否已得出判決。」

接著，書記官便帶上十二名成員離開法庭，前往陪審團評議室。

這七名男性和五名女性已經共處了十天，早已非常瞭解彼此。他們之間漸漸產生了友誼，但也開始萌生出競爭關係；早在當初要選出陪審團團長時，他們便展開了競爭。最終，安斯康姆先生勝過了派瑞許女士，但派瑞許女士卻不服安斯康姆當選。

安斯康姆認為拉希迪的三項罪名無疑成立，但是，他認為自己既然身為團長，不能把自己的觀點加諸於其他成員身上，而是得仔細聆聽他們的想法。

他先前一直都擔任教師。退休前，也在肯特當地的文法學校26擔任校長。但這次他面對的可不是召開校務會議這種事，要決定的，也並非關於是否要把學生留校查看或是退學。他面對的，將會關乎眼前的這個男人究竟是會成功獲釋、還是遭判一段漫長的刑期。

陪審團成員們都入座後，安斯康姆環顧了桌邊的所有人。他試圖記住每個人的名字，正如同他先前總是會記住所有學生的名字一樣。雖然他認為先前開庭時，自己已經非常瞭解所有人了，但他這時才發現事實並非如此。

成員們都準備好後，他便開口：「比較有幫助的，或許就是透過投票表決，來看看大家意見是否一致，這樣我們很快就能做出判決。」

桌子另一邊傳來了聲音：「團長，我十分認同。」接著其他成員也點了頭，還有人附和道：「說得好！說得好！」

安斯康姆先生接著說：「那麼我先問問：多少人認為被告有罪？不過為了不濫用職權，對各位施加壓力，這個問題我不會參與投票。」他數了數舉起手的人數，一邊試圖壓抑住驚訝的情緒，然後在胸前的筆記本上寫上八。他繼續問了下一個問題：「那麼有多少人認為被告無罪？」

這時兩隻手快速舉了起來。不久後，派瑞許女士也舉起了手。

安斯康姆又在筆記本上寫下3，然說突然想起法官說過的話：「唯一能接受的判決，就是一致裁斷。」

他繼續說：「接下來我們聽聽這三名成員的意見，為何認為拉希迪先生並沒有犯下這三項罪名，如何？」

＊＊＊

貝絲在門外已經按耐不住性子，這時，威廉終於從老貝利回到家。

她焦急地問道：「有罪還是無罪？」

「妳是指我還是拉希迪？」

「當然是拉希迪。」

「陪審團還沒有定論。」

「那你的罪是什麼？」

貝絲看著威廉的表情，知道自己不該在門前討論這件事。於是威廉把貝絲帶到客廳，等她坐了下來後，才終於告訴她法庭發生的事、以及獵鷹的決定。

貝絲不滿地質疑道：「但為什麼？」

「拉蒙特先前是負責特洛伊木馬案的資深長官，他作證時指控我搜索那層公寓期間，偷走了保險箱的七百英鎊，所以獵鷹不得不先把我停職。」

貝絲又問道：「然後呢？」

「停職只是暫時的，還要等待調查。」

「但得持續多久？」

「最多三到四個月。我知道妳要問薪水的事。關於這個，我還是能領到全薪。總之，獵鷹認為關於我遭到指控這件事，大概用不著三、四個月就會落幕。」

「也許你該學學拉蒙特那招。」

威廉疲憊地說：「哪個部分？當個騙子嗎？」

「我是指辭職。這樣你就不必接受調查，也能再另外找個工作。這個工作得是薪水合理、又對得起你付出的時間、最好還能有一群能夠信任的同事。」

「但這就等同於承認我有罪了，這樣一來就算想找其他工作也不容易。況且，媒體肯定會大肆追殺我的。」

貝絲焦急地問道：「媒體會來打擾你嗎？」

「目前看起來是不會。獵鷹已經發了一篇警察廳的內部聲明，表明他全力支持我。他也私下打了電話給弗利特街[18]的媒體，告訴所有重大刑案的記者，報導該寫的人不是我，還善意地提醒他們別惹上誹謗的麻煩。無果我真的得走上發出傳票這步的話，錢這方面也會由警察廳來負責。看來唱詩班乖乖牌這個名號還是有用處的。」

「但拉蒙特真的指控你有罪嗎？」

「獵鷹已經說清楚了，事情目前不會走入司法程序。他希望這樣能讓所有人和媒體知道我是清白的，大家的矛頭指錯了人。」

貝絲又問道：「那接下來三、四個月你打算怎麼辦？」她方才的憤怒已經轉成了悲傷，她試圖忍住淚水。

「也是時候好好幫兩個小傢伙換換尿布，餵餵奶了。」

貝絲終於稍微冷靜了下來，開口說：「想得真美好，你可撐不過三天的，更別說三個月了。不過，答應我一件事。」

「親愛的，妳儘管說。」

「你可能忘了，但我們明天晚上要去菲茲墨林看那幅維梅爾畫作的揭曉儀式，到時候可別對我爸媽提起停職的事，對你爸媽也是一樣；否則原本應該開開心心的場合就會被搞砸了。」

「我一個字都不會說的，除非等到週末和我爸媽吃午餐的時候。不過，我父親和葛蕾絲大概也猜得到我會被停職了，所以他們也許不會太過驚訝。事實上他們還說過要替我辯護，

18 弗利特街（Fleet Street）為英國各大媒體聚集處。

克萊兒也會當我的事務律師。」

貝絲聽了又變得越發焦慮，說：「希望不必走到這步。」

威廉將她擁入懷中。他是多麼盼望能把事實對貝絲說出。

＊＊＊

霍克斯比大隊長坐到了長桌的主位，準備主持週一早上的例行會議。如今，既然威廉已經無法加入會議，獵鷹在會議一開始，也就省下了往常那樣的親切問候。

他先是說：「正如同大家所知道的，拉蒙特前警司宣誓作證完後，華威克督察暫時遭到了停職，一切將等待更完整的調查。」

保羅開了口：「這樣做真不光彩，就好像贏下二戰後卻敗選的邱吉爾。」

獵鷹附和：「他正是因為英國人民才敗選的，但也別忘了，他一九五一年就凱旋歸來了，而且之後幹了超過四年的首相。不過，廳長已經說了清楚，華威克的調查還在進行時，我們不能繼續調查拉蒙特和桑默斯。基於這個原因，潘克斯特偵緝警員暫時會被調去執行其他勤務，關於這個，我稍後會再說明。貝莉警員則會暫時留在羅姆福德，之後，我再找個適合的時機把妳調回總部。」

妮基這時也開口：「或許這樣也比較好，因為我還不確定桑默斯是否是黑警。上週他也只逮捕了兩名嫌犯，其中一名是偷捷豹車的慣犯，我們的人也已經想逮這個傢伙想好幾年了。」

其他的成員都靜靜聽著。

妮基繼續說了下去：「有傳言指出，桑默斯又有另外一筆功可記了，我在想，也許他的線人和拉蒙特一樣，是想找機會對我們復仇的人。」

獵鷹回說：「很有可能，所以我會想辦法讓妳回到總部，但動作也不能太明顯，以防被對方知道妳的意圖。」

妮基回答：「謝謝你，大隊長，我等不及要重新加入小組了。」

幾個人聽見時笑了出來。

潔琪這時轉換了話題，開口問道：「關於第一法庭那邊，有什麼消息嗎？」

「我實在不敢相信，拉蒙特『翻車』後，陪審團竟然還得花這麼多時間給出判決。我們必須有個計畫來未雨綢繆，萬一拉希迪真的獲釋了，你們其中一個人得全天候看著他；因為我敢擔保，無果他成了自由之身，肯定又會直接為非作歹。東尼・羅伯茲……他的名字是這樣沒錯吧？總之那傢伙也一樣，我一直覺得拉希迪不在老大的位置上時，應該就是由他來暫代一切事務。」

保羅回說：「他不是那塊料，在拉希迪回來之前，他最多就只能讓事情別出包罷了。」

「真是這樣的話，就把他們倆一起給逮了。無果羅伯茲膽敢想著再次起頭作亂，我會在他供毒給第一個客人之前就阻止他。之後我還要把他關在牢裡，讓他嚐嚐住在比他『過去十年來住的公寓』還小好幾倍的地方，究竟是什麼滋味。他說過自己記不得公寓的電話號碼，但他不必擔心，他在牢裡就用不著記電話了。不過，總之現在不必浪費時間，為判決結果做無謂的猜測了。」獵鷹說完後，傳給了每個人一份檔案。

妮基這時又開了口：「不好意思，大隊長。我得先離開了，我還得在幾小時內回到羅姆福德才行。」

「去吧，再去也沒幾次了。」獵鷹一邊說著，妮基一邊收拾著文件。她一關上身後的門之後，獵鷹先是等了一會兒，然後才再次開口說：「好了，現在她不在了，我們回歸正題吧。首先，華威克偵緝督察並沒有被停職，但我需要讓拉蒙特、桑默斯、貝莉警員認為他被停職了，尤其是貝莉。所以說……」

❊　❊　❊

團長安斯康姆看著成員的姓名表，然後點了七號成員。「普伊先生，可以先問問您為何覺得拉希迪先生無罪嗎？」

令安斯康姆不解的是，普伊為何會改變心意？開庭當週，他早就告訴過自己，像拉希迪這種人，哪怕是被關上一輩子也不足夠，甚至應該把他吊死才對。不過安斯康姆只是把身子往後一靠，打算好好聽聽為何他會這麼突然大發慈悲。

普伊開口說：「首先，我想先提醒各位一件事：我們都知道阿塞姆．拉希迪是倫敦金融城一家公司的負責人，這家公司頗有聲望，而拉希迪也從未被冠上過任何罪名，就連違規停車的罰單都沒有。這是布斯．華生大律師告訴過我們的。」

另一位成員說：「畢竟請了私人司機，要怎麼有違規停車的罰單？」

普伊斥責：「請嚴肅一點。我要說的是，桑格斯特的證詞是有些不可信的。他因為開立非法藥物給患者而遭到醫學總會除名，同時也曾是毒品成癮的罪犯；這樣的一個人所提供的證詞，難道該成為案件審判的依據嗎？」

又有另外一個成員回說：「你說的是有理，但我認為他無疑就是拉希迪手下的人。」

普伊無視打斷自己說話的成員，又兀自地說了下去：「另一方面，戈達德醫生動人的證詞倒是非常值得注意。他是個盡責又專業的醫生，就連他都說拉希迪先生曾捐贈超過一百萬英鎊到診所了，這可不像毒品大亨會做的事。你們也可以注意到，朱利安爵士並沒有對戈達德醫生進行交互詰問的打算。」

「那羅伯茲呢？他顯然從坐上證人席開始就在說謊。他還直呼拉希迪的名字，稱他為『阿塞姆』，難道你沒發現嗎？他還說自己不認識拉希迪？」

派瑞許女士終於加入了討論：「為了這麼薄弱的證據，就要一個人進監獄渡過餘生？我的孩子也會直呼任何人的名字，就連他們未曾見過的名人也是。」

這時八號成員也加入：「但他聲稱自己過去十年都住在同一層公寓，卻不曉得公寓的電話號碼！」

派瑞許女士頓時無話可說，但也沒有被鎮住太久。

她馬上回擊：「別忘了，檢方還把西裝的事當作陷阱，問拉希迪在哪裡買到西裝的，卻被反駁得體無完膚。」

又有另一個女人問道：「無果拉希迪是清白的，為什麼不坐上證人席面對朱利安爵士？」

普伊提醒道：「法官告訴過我們不必考慮這些事情，不坐上證人席是他合法的權利。」

二號成員也發問：「可是如果製毒工廠不是拉希迪的，他半夜出現在那裡做什麼？」

好幾名成員點頭附和。

安斯康姆以為早已經睡著的九號成員突然開口：「我認為他信不得。」

普伊又說：「就像那名警司說的，拉希迪正好符合毒品大亨的形象。」

二號成員則回說：「我必須說，我認為拉蒙特沒有說出全部的真相。」

方才投下第三個反對票的朗斯塔夫女士也加入討論：「別忘了，拉蒙特寧願犧牲自己的工作，也不願看到這個清白的男人無端入獄。」

「那是他的說詞，但我總感覺事情不只如此。」

朗斯塔夫女士質問：「比方說？」

六號成員坦白地回答：「我不曉得。」

團長安斯康姆提醒成員：「法官說過，必須根據在法庭上聽到的證詞來做決定，而不是猜測。」

眾人頓時鴉雀無聲，然後另一名成員又突然開了口。

「無果拉希迪只是個週末會去工廠光顧的一般顧客，何必刻意凸顯出自己是在外地工作的樣子？」

普伊大方地承認道：「我曾經去妓院被發現，所以我告訴你，只要能不被我妻子查到，要我裝成什麼樣子都行。」

那名成員又把問題拋了回去：「但拉希迪沒有妻子。」

朗斯塔夫女士又回擊：「可是他有母親在。」

團長這時提醒眾人：「可他母親連出庭證實兒子和自己住在博爾頓街都不願意。」

朗斯塔夫女士又補了一句：「況且，我認為拉希迪一點都不像個毒品大亨。」

幾個成員紛紛發出嘆息，這時安斯康姆才發現要給出一致的判決，似乎沒有原先想的容易。即便成員們用完午餐，稍事休息了一番後，結果貌似也沒有太大的改變。整個下午，成員們同樣的觀點說過了一遍又一遍，這都是因為安斯康姆曾表明過，每個人都有權表達自己的觀點。他的確是這麼認為。但同樣的觀點一說再說？那不是他想要的。

安斯康姆瞄了一眼手錶，又過了一小時後，三個投反對票的成員似乎仍沒有改變立場的跡象；這時他決定中止討論，待明天早上再繼續。至少，這是自他們討論以來，所有人終於一致同意的決定了。

＊　＊　＊

朱利安爵士說：「是我的錯覺，還是威廉今天真的沒有刮鬍子？」

他的妻子回說：「親愛的，我想他是刻意留那鬍渣的，那是現在的流行。」

「在奈多福可沒這回事。真該慶幸霍克斯比大隊長現在不在這裡。」

瑪喬莉又回答：「他在啊，他和妻子就在畫廊另一邊看林布蘭的畫。」

朱利安爵士輕聲說：「妻子叫什麼名字？再提醒我一遍。」

「喬瑟芬。他們的孩子一個叫班、一個叫艾莉絲。」

「我不知道該……」朱利安爵士才剛張口，貝絲的父母親便靠了過來。

「晚安，亞瑟、喬安娜。」朱利安爵士說完親了貝絲母親的臉頰。「你們有注意到威廉今天忘了刮鬍子嗎？」

亞瑟笑著回說：「那是什麼罪大惡極的事嗎？」

瑪喬莉也開口：「在我們家裡是。不過更重要的是，貝絲還好嗎？她看起來很焦慮的樣子。」

朱利安爵士回說：「那不是很正常嗎？畢竟博物館也不是三天兩頭都有梅爾畫作的揭曉儀式，何況這一切還是貝絲一手促成的。」

亞瑟也附和：「沒錯，但我也同意瑪喬莉說的，貝絲好像有什麼事沒告訴我們。」

喬安娜也問道：「是不是又懷孕了？真希望是這樣，我實在非常樂意當孩子的祖母。」

瑪喬莉說：「我也是。雙胞胎們長大得真快，昨天……」

這時貝絲走上前加入了他們：「你們在我背後偷偷說些什麼？」

朱利安爵士見狀直接說：「那妳要不要說說為什麼……」

「噓——」瑪喬莉打斷了他，這時一名博物館的服務人員上前遞給了朱利安爵士一杯香檳。

喬安娜直接對貝絲解釋道：「我們剛剛在聊雙胞胎的事，他們實在是長大得太快了。」

「阿爾特米西亞快要學會爬了，弟弟則總在一旁看著……」

突然間，木槌敲擊桌面的巨大聲響吸引所有人轉過了頭，博物館館長正站在一個高高的講台上，對台下的人露出微笑。

他開口說：「各位先生女士晚安，感謝各方與會，見證這個美好的時刻。我們馬上就要揭曉本館最新得到的維梅爾畫作《白蕾絲領》，我們能獲得這幅遺贈，都有賴於慷慨的克里斯蒂娜·福克納女士。」

接著全場迎來一陣熱情的掌聲，威廉則瞥向站在對面的克里斯蒂娜；她身旁站著一名男士，看起來十分有魅力，身高目測超過六呎，年紀比福克納要老得多。他的白鬍子修剪過、留著一頭白髮、臉上的膚色明顯曬過，肯定時常到海邊去。

「但在揭曉這幅曠世巨作之前，我想先宣布一件事。我們的畫作管理員山姆．華特史東先生，將會在月底退休。他已經在菲茲墨林博物館服務超過三十年了，所以，我認為交由他來負責揭曉的典禮比較合適。」

貝絲看著身為自己部門主管的華特史東緩緩走到麥克風前，看來簡直就像個衣衫不整的教師。他用著犀利的眼神看向台下的賓客，彷彿所有人都如同他難以管教的學生一般。

他開口：「謝謝你，提姆。來自荷蘭台夫特的約翰尼斯．維梅爾，無疑是十七世紀重要的荷蘭名家之一。可惜他只在世四十三年，流傳下來的畫作僅有三十四幅，能得到這些畫作的其中一幅，實在備感榮幸。」

華特史東很快地結束了致詞，然後向後退一步，拉下一條繩索；接著，一對絨布簾便往兩側分開，揭曉《白蕾絲領》。

全場賓客都深吸了一口氣，下一秒，便是一陣如雷的掌聲。

「謝謝你，山姆。」館長說完又面向賓客，繼續說了下去：「在讓大家好好享受這個特別的盛會之前，我想再向大家宣布一件事。這件事對某些人來說，或許算不上驚喜了。在此，我很榮幸地要和大家宣布：未來接替山姆擔任畫作管理員的，將會是貝絲．華威克女士，她是我們館內非常特別的人。」

掌聲變得越發熱烈，許多人都轉過了頭，對著新上任的管理員貝絲露出笑容。

館長繼續說：「我們館內最珍藏的作品有三件，包括魯本斯失傳已久的畫作、林布蘭的傳奇之作、還有大家眼前所見這幅維梅爾的曠世作品。我們之所以能得到這三件作品，貝絲有非常大的功勞。山姆建議讓貝絲來接替他的位置時，我當場就答應了，而館內的委員會今天早上也正式確認這項職務將由貝絲接任。」

威廉緊握著貝絲的手說：「畫作管理員。我真以妳為榮。」這時貝絲的親人們也聚到她的身旁，紛紛為她祝賀。

貝絲輕聲說：「無果沒有你和克里斯蒂娜，我也無法做到。」

威廉回說：「還有邁爾斯·福克納。他死的時機真是剛好。」

霍克斯比大隊長這時也上前開口：「我也是有一小份功勞的。」他握著貝絲的手道賀。

威廉倉促地附和：「我向廳長稟報消息時也都是這麼說的。」他話一說完，便馬上感到後悔，所幸獵鷹和所有人都不禁大笑了出來。

之後獵鷹湊向威廉，小聲地對他說：「兵工廠對切爾西的比賽見，時間和之前一樣，地點也是在老地方。」接著獵鷹便離開他們，上前仔細瞧瞧那幅維梅爾的畫作。

「親愛的，恭喜妳。」貝絲的身後傳來一個聲音。她回頭一看，發現是克里斯蒂娜，她的身後正跟著那名儀表出眾的男子。

「謝謝妳，克里斯蒂娜，館方永遠都會感激妳慷慨餽贈。」

克里絲蒂娜回說：「一切也得歸功於威廉，都虧了他，才發現原來邁爾斯把林普頓的房子燒了後，那些畫作沒有毀損，否則我現在就身無分文，得流落街頭了。」

威廉這時也湊上前：「流落街頭可一點也不適合妳。」他親了克里絲蒂娜的雙頰。

「我得向你們介紹，這是雷夫・內維爾上校。」接著她身旁的男伴便往前一步，莊重地和威廉與貝絲握手。

他開口祝賀：「恭喜上任，華威克女士。坦白說，您能接下這個職務，我一點都不意外，克里絲蒂娜早就和我說過您的事。」

一陣熱鬧之中，館長也靠了過來：「克里絲蒂娜！我真不知道該怎麼感謝妳才好。」

「提姆，這是我的榮幸。順道和你介紹，這是雷夫・內維爾上校。」

「先生，晚安。」內維爾開口時，威廉和貝絲悄悄溜到一旁，仔細端詳著那幅維梅爾的畫。

威廉對貝絲說：「我還以為有秘密要守住的只有我，但沒想到妳不只沒對我提到接任管理員的事，連克里絲蒂娜有新歡也沒說？」

「我原本也不確定能升遷，內維爾上校的事也是最近才知道的，這也是我第一次見到他。」

「我挺中意那傢伙的樣子。」威廉說的時候語帶嘲諷，顯然是在模仿著父親。

「中意也是應該的。雷夫是皇家海軍的上校，最近才剛退伍。」

威廉又說：「他感覺也準備好要對克里絲蒂娜『下錨』了。」

「你這無禮的傢伙，放尊重點。」貝絲說完轉過頭看了看克里絲蒂娜和雷夫，發現他們兩人正在和館長交談。

威廉又說：「他和邁爾斯那死去又無人哀悼的丈夫，還真是形成了不小的對比。」

「更別說他死去後，肯定會有一堆小夥子貼到克里絲蒂娜身邊，看中她的錢財，想要趁機占便宜。」

「不過我想，她一直都很清楚自己想從他們身上得到什麼。」

貝絲回答：「這個對象看起來倒比較有機會，所以就祝福她吧。」

「那麼，既然妳瞞了我這麼多事，能不能再問妳一件事？其他的畫作，是不是也都歸克里絲蒂娜手裡了？」

「她和我說過，邁爾斯全部的收藏都歸她了。我猜她可能打算把畫作全部賣掉，之後就能過上大家夢想般的生活。」

「那麼，希望內維爾上校不是來掏光她錢財的。」威廉語畢，又仔細瞧了瞧克里絲蒂娜身邊的那名新歡。

❊ ❊ ❊

克里斯蒂娜告訴館長提姆：「我們準備去蒙地卡羅幾天。雷夫也想去見見我在那裡的小天地，擺脫世間紛擾。」

提姆回說：「威廉可不是這樣形容你那小天地的，他說那更像是充滿名畫的宮殿。」「這也得多虧了我那逝去的丈夫。對了，那些畫再留也留不了多久，你有機會也該來瞧瞧。」

提姆回說：「那我可是再榮幸不過了。」事實上，貝絲早已提醒過他，克里斯蒂娜把算把所有的畫作都賣出。

克里斯蒂娜接著又說：「我們恐怕不久後就要離開了。我們明天一早還得搭飛機到尼斯，聖誕節後才會回來。不過我打算在新年時辦場晚餐派對，邀請幾個朋友參加，到時希望你也能一起來。」

「我很期待。」提姆說完稍微低頭致意，之後便和克里斯蒂娜與雷夫分開，轉而和其他賓客攀談。

克里斯蒂娜對雷夫說：「我們就偷偷溜走吧，已經在這裡待得太久了。」

她和雷夫牽著手，緩緩走向畫廊另一頭，然後離開；他們走下鋪著大張地毯的階梯，來到外頭的街上。

克里斯蒂娜的司機替他們打開勞斯萊斯的後座車門，讓兩人上車，接著才自己回到駕駛座。他慢慢地駛著車子，匯入傍晚的車流之中；車子終於拐過下一個彎，克里斯蒂娜才看向雷夫，對他說：「你覺得我們成功了嗎？」

18

「早安，福克納女士，很高興見到您。」

克里斯蒂娜不得不敬佩，布斯・華生竟能擺出一副正經的臉孔，如此厚顏地說著謊話。她坐到布斯・華生對面，無視了他的問候。

「邁爾斯希望我們見上一面，好避免以後產生一些誤會。」

克里斯蒂娜回說：「虧他想得真周到。」

布斯・華生沒有理會克里斯蒂娜帶刺的言語，繼續說了下去：「如您所知，他願意盡可能讓您過上安逸的生活。不過，他希望您配合幾項要求。」

「例如？」

「他可以為您在鄉間買棟房子、繼續支付切爾西那層公寓的租金、並且一週提供您一千英鎊。當然，車子和司機也能留在您身邊。」

「那麼，離婚協議談好的那五十萬英鎊呢？」

「很不幸的是，那筆錢並非經過正式程序談成的。不過，既然您最近賣掉了林普頓那棟房子的土地，以……」這時布斯・華生停下來確認了金額。「以七十七萬英鎊的價格售出，那麼，您應該不是沒錢才對。」

「提醒你一下，我和他還在離婚協議上談好了一件事：他必須為我的生活開銷負責，金額是一週至少兩千英鎊。」

「邁爾斯知道您會提起這個。他非常大方，願意提供一週一千五百英鎊。」

「畫作怎麼辦？應該有一半得歸屬於我。」

「就這方面，在法律上實際持有物品的人才是占上風的一方，而且畫作恐怕不是您能輕易得到的。」

「那麼生活開銷的費用就得是一週兩千。」

「好吧，但您必須承諾，萬一您未來不幸碰上麻煩了，也不得拿回菲茲墨林的那幅維梅爾畫作。」

「那也要邁爾斯不會偷那幅畫第二次。」

布斯．華生回說：「那是不大可能的，畢竟這樣一來，警方用不著多久就會發現他還活著了。」

「我無果同意的話有什麼條件？」

「您就得守好他過世的傳聞，特別是對您的朋友貝絲．華威克、還有她的丈夫。他們不能發現這名剛退伍、名叫雷夫．內維爾的海軍上校，原來就是邁爾斯。只要他們不發現，邁爾斯就能繼續進行事業。」

「但威廉過不了多久就會查到沒有這名海軍存在。」

布斯．華生又回說：「但這名海軍是確實存在的。那名真的雷夫．內維爾最近才拿了一大筆錢退伍，要不是因為邁爾斯，這筆金額之大絕不是他以前能想像得到。但邁爾斯給了他一個條件，就是絕不能踏進英格蘭一步。」

這時克里斯蒂娜語帶挑釁地說：「要是我拒絕，選擇把邁爾斯供出來呢？」

「那麼鄉間那棟房子就不再會是您的，倫敦的公寓也會重新經過租金審查，屆時您就負擔不起租金了，每週的生活開銷資助也會一筆勾銷。」

克里斯蒂娜又語氣嘲諷地回說：「你忘了還有車子和司機。」

「司機的話會請他打包走人，而那輛勞斯萊斯，可能也會不幸在車禍中報銷。您的朋友們也會想起來，畢竟您已經依賴司機多年，當然早已忘了怎麼開車。」

克里斯蒂娜不禁打了個冷顫，然後才開口回說：「就算是邁爾斯也沒有你這麼無情。」

「您大可這麼說，不過無果您真親自坐上了駕駛座，確實就得考慮到那樣的狀況。」

克里斯蒂娜試圖不去考慮那樣的狀況。

「既然談到您未來的事了，我還有一件事得提醒。那些畫已經不在蒙地卡羅了，邁爾斯的財產也都存在幾個不記名的帳戶，有些在蘇黎世、有些在日內瓦、還有些在伯恩。所以，無果您不想淪落到得依賴社會福利的津貼過活，我建議還是守好您那部分的承諾。」

「也就是說，以後都不能再見我唯一的朋友貝絲．華威克？」

「正好相反，我們希望您繼續和她見面。她必須相信您還是個寡婦，無果沒能做到的話，恐怕就要讓您成為真的寡婦了。」

「意思是說我得和邁爾斯住在一塊？」

「不是的，他完全沒有這樣的意思。只要您夠謹慎，就算要和以前一樣拈花惹草，他也毫不反對。不過在某些場合，你們倆確實得一起出現在大眾面前，這樣他的偽裝才會有說服力。」

「邁爾斯真覺得自己不會被揭穿？」

「我希望是如此，他不被揭穿對您也有利。他說自己在維梅爾畫作的揭曉儀式上騙過了所有人，簡直毫無漏洞；所以很顯然，那名瑞士的整形醫生醫術非常高超。別忘了，就連當時在他自己的葬禮上，他也是坐在我後排的座位，但沒有任何人起疑。」布斯．華生說完突然又問道：「還有什麼想問的嗎？」

「關於何時該配合他演戲，這個我要怎麼知道？」

「我會和您聯繫的，最晚在二十四小時前就會通知您。」

「還真是體貼。」

「福克納女士，希望您盡快同意條件，這個局面對我們雙方都是好的。不過，若您需要任何法律上的諮詢，也非常歡迎聯繫我。」

「還真是客氣，布斯．華生大律師，但幸好我已經有朱利安．華威克爵士擔任這個角色了，他人可好了。」

布斯・華生堅定地回說：「未來的話可不一定。」

克里斯蒂娜說：「你害怕他對吧。」她感覺自己這次終於稍微制住了布斯・華生。

布斯・華生躊躇了半晌，然後才開口回答：「並不是害怕，但我對他在法庭上專業的答辯技巧，確實抱持著一分敬意。總之，您不得再尋求他的協助。」

克里斯蒂娜還來不及反駁，布斯・華生便又說：「否則一切的事就到此為止。」語畢，克里斯蒂娜陷入了沉默。

布斯・華生把同意書翻面，遞給克里斯蒂娜一枝筆，然後又說：「在這裡、這裡、和這裡簽名。順帶一提，您當時在葬禮上的演技也十分精湛，總之，讓華威克督察認為邁爾斯已經死了，對您來說才是最好的事。」

※ ※ ※

隔天早晨的討論過程終於較有進展。派瑞許女士終於認同，拉希迪之所以會在半夜後到製毒工廠，唯一的可能就只有買毒。不過，派瑞許女士對於那項最主要的罪名還是沒有改變主意，她並不認同拉希迪涉嫌販毒、在背後擔任整起販毒活動的首腦。

團長安斯康姆再次針對了三項指控進行表決。就持有毒品這項較輕的指控上，他終於得到了十對二的有罪判決；不過針對較重的兩項判決，有罪對無罪的比數依然是九比三。

安斯康姆環顧了桌邊的成員，然後對著早已疲憊不堪的成員們說：「也許是時候去通知法官了，我們得問問法官大人是否願意接受多數裁斷。」

沒有任何成員反對。

惠特克法官仔細聽著團長解釋著自己碰到的棘手問題。

「我希望你們能再退席討論一遍，試圖取得一致裁斷；如果還是沒能達成，那麼我就接受至少有十名成員取得共識的多數裁斷。」

安斯康姆低頭向法官致意，接著，法庭的法警便再次帶領陪審團回到陪審團評議室。

惠特克回到了自己的辦公室。他掃視著桌子後方的書櫃，上面有一長排皮革精裝的書本。他抽出其中一本，然後坐下來查詢著書上的索引。他翻到第兩百一十三頁，確認了持有大麻能判的最長刑期，並思考著是否有任何加重情解的可能，能讓他增加判決的刑期。他皺了皺眉頭，反覆讀著書上的相關段落；這時，房門傳來了敲擊聲響，打斷了他的思路。接著書記官便走了進來。

他手還握著門把，一邊說：「法官大人，陪審團又回來了。」

❊ ❊ ❊

威廉開著車到羅姆福德時，貝莉警員正在外頭的街上，值十點到六點的勤務。貝莉方才忙著處理交通事故，所以晚了一些才回警局；雖然只是輕微的車禍，但其中一名駕駛沒有駕照，所以貝莉回到警局時，還得忙著填寫幾份表格。

直到傍晚六點三十二分，她才又走出警局。她身穿便服，往桑默斯巡佐住的公寓方向走去；途中，她到乾洗店拿回桑默斯的其中一套衣服，到了六點五十八分時才走進桑默斯的住處。

❊❊❊

威廉在車輛登記簿的最新一格欄位謄上資料，然後把筆放下來。他轉開車上的收音機，聽起了七點鐘的晚間新聞。

拉希迪的毒品案仍然是新聞最主要的焦點，唯一的最新消息，就是法官明天早上終於就會宣布判決。

父親下午和他通電話時對他說過：對於持有毒品，法官最重可判兩年刑期。

威廉那時回說：「所以說，就他謀財害命的行為，拉希迪幾乎等同是全身而退了。別忘了還有一件事，那就是他先前已經在監獄待超過六個月了，所以再過幾週就會是自由之身，但我們還是不知道他的新工廠在哪裡。」

獵鷹當時對他說：「等他被放出來你就會知道的。」

接著威廉的思緒又轉向了拉蒙特，他心想，拉蒙特和拉希迪同樣有罪；正是拉蒙特和布斯・華生相互勾結，才讓拉希迪能輕易得逞。妙的是，拉蒙特這名前警司最常說一句話，那就是：「有人犯罪警察才有錢賺。」可是威廉十分確定，既然拉蒙特現在任由布斯・華生差遣了，肯定遠比在警察廳時賺的還多。

威廉想像得到，貝絲還會再次問他是不是該把工作辭了，但他還沒想出夠有說服力的答覆。

公寓四樓出現了燈光時，威廉趕緊集中注意力。他已經在桑默斯的公寓外監視了五個晚上，早已大致摸清楚公寓的格局。這時，妮基肯定人在廚房，也許正在料理著晚餐。新聞播完後，收音機便開始播起了廣播肥皂劇《亞契一家》；威廉知道這個節目會令他越聽越上癮，於是便聽起了《四號檔案》。節目上正辯論著廢除上議院世襲貴族的議題，這時威廉看見桑默斯走進了房子，不久後，又看見他和妮基抱在一塊，接著妮基便把窗簾拉了起來。威廉只希望自己能聽見他們的交談內容。

原先，獵鷹向上級請求竊聽桑默斯的公寓，卻遭到特種行動部的助理廳長[19]以不能遠距蒐證為由否絕，理由。助理廳長建議，最好先提供更多確鑿可信的證據，再接著靠近桑默斯，並要求獵鷹依一九八五年的《截取通訊及監察條例》行事。

獵鷹還提出了第二項申請，請求竊聽桑默斯的電話，但同樣遭到拒絕。一直以來，廳長早就不斷提醒獵鷹，英國不是警察國家；雖然威廉非常同意廳長的觀點，但這也讓自己的工作更加困難。

※ ※ ※

妮基坐到沙發上，對身旁的傑利說：「晚餐再一會兒就好了。」這時，傑利澤正看著電視上的英格蘭足總盃，當晚播的是阿斯頓維拉對上切爾西的賽事。雖然傑利來自伯明罕，但他從小就想進到倫敦警察廳，所以打從離開學校的那天，就來到了倫敦這座大城市；不過儘管是這樣，他還是支持著伯明罕的拉斯頓維拉。

他對妮基解釋：「大概從五歲開始，你就會決定好自己要支持哪一隊，之後你就會支持這支隊伍一輩子，和他們共患難。」

妮基聽見後不禁也思考了自己的這一輩子，身子依偎著傑利。

「這台電視真棒。」她一邊說著，但是對裡頭播著的球賽毫無興趣。

桑默斯回說：「算是從那證物堆弄來的。」他的手勾起妮基的肩。「幾個月前我逮捕了一個傢伙，這傢伙的客廳有六台電視，不過最後留在警局證物室的只有五台。」

19 助理廳長（assistant commissioner）是倫敦警察廳職位第三高的職銜。

「我只看到四台。」

「也許是還有其他警察趁值班的警佐還沒填好案情紀錄，就把另外一台抱走了。這我倒不太意外。」

「但是，如果有小偷想對那些電視下手，你都不怕自己被發現，然後被告發？」妮基說著的時候，良心又感到有些不安，事實上她最近一直都是如此。

桑默斯張口回答，但眼睛絲毫沒有移開電視：「不大可能。再笨的小偷都知道，無果自己到時候被抓到，面臨到的指控會是偷六台電視，而不是四台。無論如何，小偷是鬥不過我的。射門！」

＊　＊　＊

威廉聽著廣播，東尼．布萊爾和夏舜霆[20]正在辯論三叉戟飛彈的議題；許多人認為，他們兩人都可能會成為未來的黨魁。這時，威廉看見桑默斯的客廳電燈關了，此刻時間是十點四十一分。他關掉收音機，在筆記本上又多添了一條紀錄。不久後臥室的一盞燈也關了起來，接著就像先前一樣，窗簾又被拉上，只能讓威廉再次期盼聽見他們倆的交談內容。畢竟，在枕邊聊的事，比電視機前的閒談還能帶來更多情報。方才威廉還聽見廣播，切爾西以二比一贏了阿斯頓維拉，不禁感到滿心歡喜；同時，他也期待桑默斯在床邊能多說一些，好透漏出更多情報。

※※※

「那一套新的擴音機是誰的功勞？」妮基一邊說著，一邊準備脫下衣服。事實上，她還不清楚自己究竟是站在誰那邊的。

桑默斯掛起衣服，然後說：「約翰．史密斯。」

妮基露出微笑問道：「是指那個政客？[21]」

「不是，他是我的頭號線人。有了他，我在閒暇時間才能用這些額外的奢侈品來消遣。」

「大家在餐廳裡都在說他的事。」

「那是應該的。當初布里克斯頓那批古柯鹼運來時，也是因為他，我才能逮到泰德．佩恩那傢伙。」

「既然佩恩那一口子現在都被安安穩穩地關在牢裡了，你會去處理透納家族的人嗎？」

---

20 東尼．布萊爾（Tony Blair）隸屬工黨，為前英國首相，在小說的此時仍為議員。夏舜霆（Michael Heseltine）隸屬於保守黨，曾任國防大臣。

21 當時英國的工黨確實有一位名為約翰．史密斯的政治家。

「若他們持續給我線索，告訴我他們那一帶每一個罪犯的情報，我就暫時不處理他們。」

妮基邊爬上床邊回說：「但他們是一幫騙子。」

「無果想繼續讓逮捕紀錄好看一些，有時就得睜一隻眼閉一隻眼。」

「那麼，約翰．史密斯是透納家的人嗎？」

「算是近親吧。」桑默斯說完挽起了妮基的手臂。

＊＊＊

見面的地點是他選的，但那是個她從未去過的地方。她推開彈簧門，接著便看見了自己的前上司；他坐在酒吧的尾端，那裡是個隱密的凹室，就連燈光也有些昏暗。她看見桌上已經擺了兩杯啤酒，但她上前走去時，對方並沒有站起來。

「我脫離險境了嗎？」那是拉蒙特的第一句話。

她喝了一小口啤酒，然後才開口：「是的。獵鷹告訴我，繼續查你也沒有意義。他覺得你受的懲罰也算多了，畢竟你也還了那第三個袋子裡所有的錢。我認為我能做的都已經做了，而且現在的情況很不確定，因為華威克依然覺得該逮捕你，把你徹底搞垮。」

「繼續試著讓那小渾球改變心意，我不會讓妳後悔的。擺在我們眼前的可是大把大把鈔票，除非妳是華威克那一邊的……」

潔琪回說：「我好一陣子沒見到他了。他目前遭到停職，肅貪小組也在調查從羅伯茲保險箱消失的七百英鎊。」

「妳會作證嗎？」

「也許吧。但別擔心，我不會站在威廉那邊的。」

拉蒙特又說：「妳只要說自己『當時不在那間房間』，就不會惹上麻煩。」

「可別忘了，讓我沒辦法拿回巡佐肩章的就是華威克。」

「如果我還在廳裡，肯定會讓妳比他先升官。」

「我知道你會的，布魯斯，所以我才覺得要是你還在小組裡就太好了。」

拉蒙特喝光了啤酒，開口說：「我們偶爾再像這樣見面吧，這樣一來，就能向讓彼此知道最新的情報。」

「當然好，但我的份呢？」

拉蒙特從暗袋拿出一個信封，往桌子另一邊推去，然後說：「我還能弄到更多。」

她把信封裝進袋裡，然後露出微笑。「我得走了，無果我得到了值得讓你知道的情報，會再聯繫你。」

＊　＊　＊

十一點半後，臥室的燈都熄了，於是威廉又在本子上做了另一條紀錄。事實上，威廉一點都不喜歡臥底工作，遑論窺探自己的同仁。不過獵鷹曾說過，就算真要逮捕貝莉警員和桑默斯，也還需要萬寶路的情報才能進一步確認。威廉身子往後一攤，想了想家裡的貝絲和雙胞胎，接著便幾乎睡了過去。

❊ ❊ ❊

遠方傳來喇叭聲，威廉頓時嚇得醒來。他揉揉眼睛，看了手錶，這時時間剛過凌晨四點。他抬頭望向四樓，發現公寓仍是暗的，才鬆了口氣。之後又過了數個小時，那層公寓的床邊才又亮起一道燈光。

❊ ❊ ❊

妮基試著忍住呵欠，嘴裡一面問道：「你今天有什麼打算？」

「預計十點得到法庭作證，當地的治安法院正準備對那個偷捷豹車的傢伙展開審判。」

「他會被關多久？」

「這是他第一次遭起訴，所以大概能得到緩刑。至於我，也許能趁機弄到他那輛二手的捷豹，而且里程還只有七百英哩。」

「但難道不會有人懷疑，你一個偵緝巡佐怎麼買得起一輛捷豹？」

「我只要說那是二手的就好，就像我們小組的督察，他開的也是富豪牌的二手車。」

「你們倆真是一對好拍檔。」妮基邊說邊靠近桑默斯，打算和他一起淋浴。

「妳無果想加入我們的小組，隨時可以告訴我。」

「我一個負責巡邏的菜鳥警員加入有什麼用？」

「妳在街上巡邏時可以蒐集情報，說不定能幫助逮捕到犯人。況且，無果妳把情報上報前先讓史密斯先生聽聽，搞不好還能趁機撈到好處。」

妮基再次思考著自己該不該回頭，把她現在知道所有關於桑默斯偵緝巡佐的事，通通回報給小組；但她同時也清楚自己無果這麼做，就會失去桑默斯和工作。

桑默斯踏出淋浴間，抓了條浴巾，對妮基問道：「妳呢，今天有什麼打算？」

「今天休假。我打算到圖丁看看我母親，帶她去吃個午餐。我可能六點左右會回來。」

「那麼到時我再開著新的捷豹帶妳去兜兜風。」

＊＊＊

威廉轉開收音機，聽起七點鐘的新聞。前一個晚上並沒有發生什麼事。桑默斯早上七點三十四分踏出房子時，威廉又在本子上添了另一筆紀錄；他正準備朝當地警局的方向駛去時，無線電突然聲響大作。他仔細聽著保羅報告，並向保羅表明一切事情等他回到廳內就會處理。

幾分鐘後貝莉也現身，但出乎威廉的意料，她走去的方向竟是火車站。於是威廉留在原地不動，直到看見貝莉搭了第一班車到中倫敦，才終於下車，走到對街的一座電話亭。

電話只響了幾聲，另一頭的蕾貝卡便接起電話。

威廉馬上便開口：「她回倫敦去了，很有可能會比我先回到妳那裡去。」

蕾貝卡回說：「沒問題，妮基知道我今天休假，所以看見我在家也不會太驚訝的。」

「但同時妳也得更留意拉蒙特。潔琪昨晚見完拉蒙特後，撥了電話向保羅報告，拉蒙特現在認為自己全身而退了。潔琪以自己纏上了麻煩、需要幫忙為由，從他那裡拿到了一個厚厚的牛皮信封袋，她已經把信封留在我桌上了。」

「潔琪真有一手，只希望妮基也能和她一樣就好了。」

「別急著對她失去希望，她說不定會良心發現的。」威廉說完後便掛斷了電話。

他回到車上，在本子上做了最後一條筆記。經過了五個晚上的臥底，威廉確信自己能告訴獵鷹：妮基已經不是同陣營的人了。不過獵鷹之所以要他繼續臥底，威廉也認同肯定有其原因。威廉闔上筆記本，轉開鑰匙發動車子，然後準備回到倫敦。他的車子駛過倫敦塔酒店。另一頭妮基剛好把鑰匙插入了公寓大門。而這時，威廉家中的貝絲則正被雙胞胎們擾了清夢。

＊＊＊

蕾貝卡聽見大門打開時，正在洗著碗盤。

她問了妮基：「要吃點早餐嗎？」這時妮基也走進廚房。

「不了，謝謝，我弄碗玉米片來吃就好，之後我就會去見我母親了。」

蕾貝卡露出笑容，又接著說：「能問問結果如何嗎？」

「這次挺特別的，是我從沒有過的感覺。」

蕾貝卡繼續懇求妮基：「多說點、多說點。」但說著時並沒有轉過身子面向她。

「他是房屋仲介，主要在克洛敦一帶，負責房屋、商店、辦公室的租賃業務，前陣子才成為一名初級的合夥人。」

蕾貝卡心想，這些細節未免過多了，顯然是事先仔細想好的，而且妮基也說得太過順暢，但她還是接著問道：「那麼，這個完美的男人叫什麼名字？」

「艾倫．米契爾，他原本來自諾丁漢，但現在住在羅姆福德。」

蕾貝卡大膽問道：「我什麼時候才能見見他？」

妮基回答：「時機還沒成熟，畢竟我想確認確認自己的感覺。不過既然都聊到這個了，妳的感情生活又如何？」

「還有什麼可說的？我本來就不擅長社交。妳看看，就算是妳，我一週也只能見上一次面呢。」

「工作的事情如何？現在妳不需要再跟蹤拉蒙特了，獵鷹有指派妳做什麼有趣的事嗎？」

「目前正在調查西區中部警察局的一名巡佐，我們認為他向當地一家脫衣舞酒吧的老闆收賄，這個老闆想藉此把酒類營業執照弄到手。」

「聽起來挺有趣的。」妮基說著時把牛奶加入了碗中的玉米片。

「不過，無果妳知道實情的話，其實這件事倒挺令人難過的，而且也有些卑鄙。」這時蕾貝卡不禁心想，她編造出來的故事，竟比妮基口中的艾倫那套來得可信多了。一個克洛敦的房屋仲介、前陣子才成為初級的合夥人、又正好住在羅姆福德？

＊　＊　＊

「是否能請被告起立？」

阿塞姆・拉希迪從被告席站了起來，面向惠特克法官，一副事不關己的樣貌。

惠特克法官打開了紅色的皮革文件夾，低頭看向方才在早上寫下的字。「拉希迪先生，你持有一百四十克大麻，因此被判有罪，我在此判處你兩年有期徒刑，這也是該指控在法律上的最長刑期。」惠特克難以掩飾自己對拉希迪的輕蔑，事實上他甚至非常樂意判處拉希迪無期徒刑。

他闔上文件夾，準備步出法庭，但這時拉希迪開了口：「謝謝庭上，請務必代我傳達對貴公子的祝福。」

惠特克吼道：「把那傢伙帶進監獄吧。」

19

他們站在那幅維梅爾的畫作前欣賞時，貝絲開口說：「能收藏到這幅作品，可真是菲茲墨林的光榮。」

克里斯蒂娜回說：「這幅畫的落腳處沒有比這裡更適合的地方了。不過，我真得說，自從邁爾斯去世後，許多藝術商和拍賣行都搶著找上門，想知道我打算怎麼處理那些剩下的畫作。」

「無果妳有打算賣掉畫作的話，我們這邊很樂意幫忙給點建議，為妳的慷慨解囊稍微盡點報答之意。」

克里斯蒂娜回答：「真是客氣，但我倒不是因為要賣畫才邀妳一起吃午餐的。」

貝絲揚起眉毛問道：「難不成是想說說蒙地卡羅的事？」

克里斯蒂娜沉沉地回說：「我們在那裡簡直過得完美。雷夫善良又體貼，是很好的陪伴。對了，我可是看在我們都是女生的份上才偷偷告訴妳：他的床技也挺不賴。」

「真替妳高興，不過威廉是有些擔心……」

「擔心雷夫可能只是看上了我的錢？」

貝絲面露出尷尬的神情。

「不如你們改天晚上來我這裡吃頓晚餐吧，這樣一來你們就能好好認識他。」

貝絲又說：「我沒有那個意思，只不過威廉總是……」

「總是習慣從警察的角度來看事情對吧？說到這個，他最近如何？」

貝絲回答：「感覺總是忙進忙出的，但不確定他在忙些什麼。」她深怕自己一不小心就說溜了嘴。

克里斯蒂娜笑了出來，意有所指地回說：「難不成有其他女人了？」

「目前看起來不像，除非對象是個露宿街頭的女人吧。」貝絲說完又急著轉移話題：「對了，妳還打算搬到佛羅里達去嗎。」

「不需要了。畢竟我現在在梅費爾有公寓、別墅、遊艇，更別說還有個會帶我到海上兜風的上校。」

「聽起來妳對雷夫是認真的。」

「我是認真的沒錯。他改變了我的人生。辛納屈那首歌可唱得真貼切：第二次的愛情更加濃烈[22]。不過，詳細的事等午餐時再一一和妳說吧。」克里斯蒂娜說著時挽起了貝絲的手，然後一起步出畫廊。

＊　＊　＊

他看了看錶，時間顯示下午兩點二十分。三點球賽就要開始。這時，四萬名球迷紛紛朝同一個方向湧入，多數都圍著紅白相間的披巾；不過，也有不少人馬圍著的披巾是藍白色的。這兩方球迷勢同水火，雙方只有一個共通點：他們都認為自己的隊伍才是贏家。

許多球迷湧向了吉萊斯皮路，這時，一個獨自一人的身影漫步走過阿森納地鐵站，他同樣圍上了紅白相間的披巾。不久後，另外一個圍著相同披肩的人走到了他身邊。

大隊長開口說：「我聽你說吧。」他身旁的年輕男子不修邊幅，像個剛出獄的男人似的，看上去一點都不像是個前陣子才升職為督察的肅貪小組成員。

威廉也開了口：「單看桑默斯的逮捕紀錄，就會認為他是個出色的警察，但他實際上比狐狸還要狡猾。」

「他和貝莉警員還有一腿嗎？」

「蕾貝卡是這麼覺得，但誰知道他們倆的感情會持續多久？不過如果依桑默斯先前的慣例來看，他和貝莉在一起的時間，倒已經遠遠超過先前有過的幾段感情了。」

「我想，他大概就像賭客一樣，有一套不會對女人失手的方法。」

「等他得孤注一擲的時候，情況就不一樣了。」

「願聞其詳。」

22 指法蘭克．辛納屈（Frank Sinatra）的歌曲〈第二次的愛情〉（The Second Time Around）。

「羅姆福德有兩幫主要的犯罪集團，分別是透納家族和佩恩家族。我認為桑默斯偵緝巡佐收了透納那夥人的錢，因為佩恩家族的人目前有一半都被關在苦艾監獄了，而透納家族的人，頂多就只是偶爾上上治安法庭，除了被判罰金或是緩刑之外，很少背負更重的罪名。」

威廉一邊說著，海布里球場已經映入了眼簾，隨著他們一步步朝球場走去，一大群球迷的喧嘩也變得更為嘈雜。

獵鷹問道：「有沒有機會滲透進去佩恩那幫人裡面，然後照著桑默斯的那套反將他一軍？」

「他們那一家關係很緊密，不會隨意和警察接觸的。」

獵鷹點了點頭，進入球場大門，然後直接穿過了驗票的閘門。

威廉繼續說：「不過，我知道那個家族裡有個人是做正經工作。那人叫作亞當・佩恩，在巴金和達格納姆區市政會的住宅部門任職，不只已婚，還有兩個小孩，在那個家族中算是『標新立異』。他的處境非常尷尬，畢竟掌管羅姆福德一帶毒品交易的，就是他的父親雷格，他的哥哥也是毒販。」

「他會和其他家族成員聯繫嗎？」

「就只有他母親。他每兩個週末見他母親一次，至於其他成員則常出沒在白鹿徑球場支持他們的托特納姆熱刺隊。」

「試著和他接觸，也問問他願不願意轉達消息給他母親，說我們想見見雷格・佩恩。雖然希望可能不大，但還是值得一試。」

威廉點了頭，然而表情看起來並不是非常認同的樣子。

他們又往前走了一會兒，接著威廉又問道：「我不在的時候，小組的其他成員都在做些什麼？」

「蕾貝卡還在跟蹤拉蒙特，拉蒙特似乎又欠了賽馬投注站一筆錢了；同時，潔琪也在調查他是否和桑默斯還有接觸。至於小組外的人，目前都還以為你遭到了停職，還在替你的案件審判做準備。」

威廉回說：「要是這個假的審判團隊認定我有罪，看來我就得考慮加入透納那群人了，不僅報酬高，工時還低。」

霍克斯比說：「別開這種玩笑了，因為我擔心拉蒙特恐怕就是看中了這點。我懷疑他現在直接在桑默斯手下做事，而桑默斯說不定正是收了透納那幫人的錢，透納他們又恰好是拉希迪眾多下游的其中之一。受那傢伙吩咐的人可多著呢，連許多將軍們都羨慕的了。」

「拉希迪預計什麼時候會出來？」

「也只是一個月內的事情罷了，等他出來後，我要你放下手邊所有工作，然後從他踏出監獄的那刻就跟蹤他的一舉一動，直到我們確定把他送回了監獄裡面。不過在這之前，你還有大把時間能去接觸亞當·佩恩。但也別忘了，如果他父親認為你是在欺騙他，哪怕只是一丁點懷疑，肯定會把你大卸八塊。」

「謝謝你，大隊長，這聽起來還真是刺激。」威廉說著的同時，兩人又繞回到了球場大門。

獵鷹說：「兩週後再見吧，到時我們會在對上萊斯特城的比賽碰頭。但如果有什麼值得向我報告的事，也儘管打電話到我家裡。」

獵鷹走向了身旁最近的驗票閘門，威廉則朝兵工廠球場的地鐵站走去，然後步上了一節空無一人的車廂，回到了富勒姆。

＊＊＊

布斯．華生說：「要是大律師公會發現你還活著，而且我還替你提供法律服務，我無疑會被取消執業資格，說不定還得入獄。」

「布華，所以我從不抱怨你高額的律師費。」

「不過，邁爾斯，以後我們所做的任何事，都必須是以雷夫．內維爾上校的名義，畢竟就我看來，邁爾斯．福克納這個人已經死了，而且我還參加了這個人的葬禮。」

「我也參加了我自己的葬禮，而且當時除了你以外，沒有人對我起疑。事實上，也是因為這樣，我才有信心執行我長遠的計畫，繼續我第二階段的任務。現在，我準備步入計畫的第三階段了。不過，先說說你上次和克里斯蒂娜見面時談得如何吧？」

「她稍微和我爭執了一番，但問題不大。我做了讓步，同意她一週兩千英鎊的生活費，但也已經解釋清楚她的條件。」

「她不怕我們弄得她傾家蕩產嗎？」

「事實上，她正是害怕這點才願意接受那些條件的。」

「很好，那麼這件事就辦妥了。我們繼續吧，因為目前又浮現另一個問題了。」

布斯·華生轉開鋼筆，準備寫下筆記。

「那些所有價值數百萬英鎊的畫作還在我手裡，但我如果在公開的市場賣掉其中一幅畫作，肯定會有好管閒事的人開始懷疑我是否沒死，尤其是華威克偵緝巡佐那傢伙，雖然他先前也同樣來過我的葬禮就是了。」

「何不讓克里斯蒂娜把畫作放到市場上拍賣呢？這樣一來誰也不會懷疑。」

「這個辦法我已經想過了，但風險還是太高。我和她談條件，是為了確保她守好該守的本份，讓她覺得如果沒盡到自己該盡的那份，她唯一的金援管道就會被切斷，讓她家破人亡。所以說，哪怕只是讓她碰到其中一幅畫，她可能都會變賣掉，把錢收進自己口袋，然後消失得無影無蹤，更別說她可能還會把全部的畫都賣了。而且在她人間蒸發之前，說不定還會供出我是雷夫·內維爾上校，把我逼到絕境。」

布斯·華生又接著建議：「公開市場行不通的話，那麼封閉市場如何？我這裡正好有幾個手頭上有大量現金的客戶，他們礙於政府最近的洗錢防制政策，正為這一大筆難脫手的現金而困擾著。」

邁爾斯回說：「似乎也沒有更好的辦法了，很適合我們的供需方式。你的其中一名客戶可以從我這買一幅畫，好處理掉他們手上多餘的現金，然後再把畫拍賣掉，拿到合法的支票。這樣一來，這個客戶也能把錢存進任意一家銀行，我則從中抽取至少百分之五十的利潤。」

「那麼畫作從哪裡來的該怎麼解釋？」

「就說是克里斯蒂娜·福克納女士去世的丈夫留給她的遺產，客戶只要解釋是從她那裡買來的就好。」

「她肯定也會想分一杯羹的。」

「那麼畫作賣掉的錢，就從中抽百分之十給她吧；也向她保證，只要她信守承諾，還會有更多賣畫的錢能分她。她對那些畫作絕對毫無興趣，但對錢肯定有興趣。現在，就交由你來決定這第一個買畫的客戶是誰了。」

「你的朋友阿塞姆·拉希迪大約再過一個月就會出獄了。真巧，我正好知道他手頭上有一百萬英鎊，就放在一家銀行的金庫；這筆錢他也無法轉移到一般的銀行帳戶裡頭，尤其等他出獄的那刻，各個單位肯定還會像獵鷹般地緊盯著他。」

邁爾斯回說：「『獵鷹』是吧？可真是太不巧了。但何不安排和他見個面呢？」

「這只會衍伸出另一個問題。」

「什麼問題？」

「如果我同時找你們來到我的事務所，可能也會讓威廉・華威克找上門來，說不定他還會暗中做著筆記。」

「但克里斯蒂娜說他遭到停職了，而且還得面對懲戒團隊的審判。」

「這也不代表他就會乖乖坐以待斃，閒在那裡沒事幹。我們得挑個他絕對想不到的地點碰面才行，而且我心裡已經有一個絕佳的地點了。不過即使是這樣，和拉希迪先生見面還是會造成其他問題。」

「比方說？」

「知道你還活著的人就會又多一個。」

「阿塞姆是夥伴，而且不管怎麼樣，他乖乖管好自己的嘴巴，也只是有百利而無一害。」

布斯・華生又說：「等到他不是夥伴時就難說了，到時他只會迫不及待把這件事說出來，把我們吃得死死的。」

邁爾斯回說：「如果他出獄後還想繼續他的事業的話，就絕不會這麼做的，也就是說我們的命運都握在彼此手裡。」

「那麼，等他出來以後我就馬上安排和他見面，然後再告訴你時間和地點；不過，地點絕不會是在我這裡。對了，你原先還在監獄裡時和他處得如何？」

「算是欣賞他，但我對他一點也不信任。」

「真是有趣，他也說了同樣的話。」

20

「來賓二十二號！」

威廉站在後方，耐心等待著那對的時刻。那天早上，住宅部門的櫃檯有三名負責的人員，他們就坐在厚厚的玻璃隔板後，有如銀行櫃員一般。

儘管他在市政會九點鐘開門時便抵達，還是得等待長長的排隊人龍，他還向服務台的那名女人解釋了自己來到這裡的緣由。

獵鷹提醒過他：「無論何時都實話實說。這樣一來，就不容易出些愚蠢的差錯，讓自己被識破。」

「我已婚、育有兩名孩子（實話）、目前住在富勒姆（實話）、先前在達格納姆的福特汽車公司找到一份工作（謊話）、想來這裡諮詢關於房子的資訊（謊話）。」

服務台的女人遞給他一份冗長的資料表和一支短短的鉛筆，另外還交給了他一個小小的圓形木製號碼牌，上面刻著二十六號。

女人說：「請把表格填妥，喊到您的號碼時，就把號碼牌交給替您服務的櫃檯人員。」

威廉挑了一旁的第二排座位坐下，正好面對著亞當．佩恩。他填完資料後，便仔細地打量三名櫃檯人員。他知道，若要到佩恩的窗口那裡去，只有三分之一的機率；於是，他不斷思考著要怎麼盡可能讓自己選到那一個窗口。

「來賓二十三號。」

威廉發現佩恩替人服務時總是不慌不忙，看上去十分友善，展露出令人放心的儀態；他聽對方訴說著問題時，也彷彿總能讓人安心下來。佩恩一邊聽著，一邊做著許多筆記，還時常拿出房子的照片給客人過目，每個客人離開時，無不面露出滿意的神色。威廉心想，這樣的一個人，真能和自己一同達成任務嗎？

「來賓二十四號。」

一個挺著大肚子的孕婦這時拖著腳走上前，坐到了佩恩對面。她隔著玻璃隔板，把填好的表格推給佩恩，然後開始說著自己的事。威廉已經計算過：佩恩平均得花十一分鐘辦理每個客人的業務；佩恩左邊那名看起來毫無幹勁的年長女人，約莫得花七分鐘；至於佩恩右邊的年輕男子，則大約得花八分鐘。

「來賓二十五號。」

一對帶著嬰兒的年輕夫妻站了起來，走向佩恩左邊的窗口。威廉看了看手錶，非常確定在佩恩服務完那名孕婦之前，那名年輕男子就會先服務完自己的客人。

「來賓二十六號。」

輪到了威廉，這時他靠向了坐在他左側的年長男性，對他說：「先生，我不趕時間，不如讓給您先去吧？」

「謝謝。」那名年長男性說完後，兩人便交換了號碼牌，接著那名男性便緩緩走向了那名年輕男子的窗口。

「來賓二十七號。」

威廉輕聲說：「真該死。」那名年長女人辦事的速度實在太快了，然而威廉又找不著究竟是誰拿了二十八號的號碼牌。

「來賓二十八號。」

威廉迅速離開座位區，直接飛快走向佩恩的窗口，這樣一來，二十八號客人就只能到那名年長女人的窗口去。

佩恩開口說：「早安，需要什麼服務？」

威廉遞出資料表，佩恩先是不疾不徐地瀏覽了表格的細節，才終於又開口。

「您恐怕沒辦法取得房屋的優先權，但我能將您安排到市政會的候補名單。不過，我們可能至少在一年內都無法幫您配對到適合的房子。」佩恩說完又從桌子下方的抽屜抽出另一張資料表，開始振筆疾書地寫著。

威廉問道：「有什麼插隊的辦法嗎？」

佩恩堅定地回答：「先生，沒有辦法。每一位客人都必須經過我們的評估，所以您和其他人一樣必須耐心等待，直到有適合的房子能安排給您。」

「假如我是你父親的朋友也一樣嗎？」

佩恩停筆，顯然無法掩飾自己尷尬的樣子。接著他才開了口：「您認識我的父親？」

「並不認識，但我想見見他。」

「那麼我得請您離開了……」佩恩這時低頭瞄了一眼威廉的表格，才又開口：「華威克先生。我想您找錯人了。」

「這對我們雙方都有好處。」

「華威克先生，如果您不馬上離開，我就不得不報警了。」接著他便把手放到了一旁的電話上。

「我就是警察。」威廉一邊說著，一邊掏出了自己的警察識別證，佩恩見狀嚇得臉上頓時失去血色。

於是佩恩便又開口：「督察，請問我能幫上什麼忙。」他們倆的角色彷彿頓時對調了。

「我需要和你父親私下聊聊。」

「我已經好幾年沒和他聯絡了。」

「這我知道，但你每兩個週末都會和母親見面一次對吧，所以也許她能安排讓我們見上一面。」

佩恩堅定地回說：「絕不可能，我不想和我父親做的事有任何瓜葛。」

「這我也明白，不過如果你能幫忙，絕對會為我們的案情帶來很大的改變。」

「偵緝督察，您想以惡制惡，但這並沒有幫助，我得再次請您馬上離開。」

威廉從暗袋掏出了一張名片，隔著玻璃隔板把名片推向了佩恩。「如果你改變心意，歡迎隨時打給我。」

「我不會的。」

威廉不情願地站了起來，這時佩恩則撕掉了威廉的資料表，然後扔進廢紙籃內。

「來賓三十號。」

威廉步出擁擠的市政會，在門口的台階上停了下來，思考著方才的經過。他不願就這麼告訴獵鷹，說自己的任務失敗了，並且沒能和佩恩家族中唯一的守法公民搭上線。這時，威廉看見了她，於是迅速溜到一根柱子背後，直到那她從自己的身旁經過。對於沒能成功尋求到亞當·佩恩的協助，獵鷹或許是會感到失望；不過，若說獵鷹知道他被貝莉警員看到……

＊＊＊

服務生端上了他們的下午茶，這時喬瑟芬·霍克斯比問道：「雙胞胎最近如何？」

貝絲回答：「他們最近胃口可好了！他們倆吃剩的食物，都成了我和威廉的下一餐。」

喬瑟芬笑了出來，然後又替貝絲倒了杯茶。

「還有衣服也是。我記得我小時候穿的都是學校的灰色制服，一路就這麼穿到了十七歲；到了十七歲，我才有第一件牛仔褲穿，偏偏我父親也不同意我穿牛仔褲。後來我打算穿迷你裙時他說了什麼，您也可想而知了。」

喬瑟芬點了黃瓜三明治，然後回說：「我第一套洋裝的長度可是快到腳踝了呢。」

「還記得那時穿的橡膠鞋嗎？」貝絲說完兩人一同笑了出來，接著又說：「所以說，我得趁回家餵那兩個孩子之前，先好好趕緊享用我的三明治，如果我吃得太快可別介意。」

喬瑟芬又問道：「妳工作時雙胞胎又是交給誰帶？」

「我和威廉的母親會把他們照顧得好好的。我們也請了一個保母，她經常得超時替我們照顧孩子，賺的錢都快和我一樣多了。」

「你和威廉還真是現代夫妻的最佳寫照。」喬瑟芬說完又挑了另一個三明治。「傑克說什麼也不讓我回去工作。」

「還真不曉得現在有哪裡能找到賣黃瓜三明治的店？」

喬瑟芬回答：「說到黃瓜三明治，肯定還少不了司康和奶油醬，不過我想，恐怕只有在溫布敦網球賽舉行的那短短兩週才會有人賣了。話又說回來，我猜妳會找我，肯定不是為了三明治這種事吧？」

貝絲坦白地說：「不是。我只是最近有些事想弄個清楚，所以心想，您或許能協助我拼湊出一些事情的真相，而且我認為比起直接問威廉，藉由霍克斯比大隊長更能知道些情況。」

「不可能的。傑克在家時絕口不提工作的事，甚至會讓人忘記他是警察了呢。不過，妳倒能和我說說妳想查些什麼事，我再看看能不能幫上忙。」

「我知道威廉最近被暫時停職了，沒辦法回去工作，除非廳裡的審判團隊確定了他的清白。」

「關於這件事，傑克一定會說那一切都只是『暫時』的。」

貝絲回說：「那我就放心了。但威廉總是幾乎整晚不在，這又該怎麼解釋？而且他最近只在週末時刮鬍子，還穿得像個園丁似的，我們家可沒有花園呀？」

喬瑟芬在司康上塗了點覆盆子果醬，然後才又回說：「傑克平時老是西裝筆挺的，我記得他只有打扮成那樣一次，那次他是去執行臥底任務了。不知道這能不能讓妳有些頭緒？」

「我只想起了上週替威廉燙褲子時，在口袋裡找到了他到羅姆福德一間餐廳的用餐收據。」

「這我就不知道該怎麼幫妳了。」

「更令我沒想到的是，他支持的球隊明明是切爾西隊，但他上週六吃完午餐出門時，圍的卻是紅白色的披巾。」

喬瑟芬說：「看來他們錯就錯在這第一步，因為傑克從小就支持兵工廠隊。」

貝絲又說：「我聽不明白。」

「打從我和傑克第一次約會時，他就告訴了我一堆包柏・威爾遜和法蘭克・麥連托[23]的事。」

「這下您完全把我弄糊塗了。」

「上週六兵工廠和切爾西在倫敦這裡正好有比賽，也就是說他們倆那天下午去了哪裡，顯然很清楚了。」

「不過，既然威廉現在正在接受調查，應該是不允許和大隊長見面的吧？」

「有沒有接受調查，難道妳有證據嗎？」

貝絲想了好一會兒，才又開口：「沒有，這件事是他對我說的。」

「男人只會說出想讓妳聽見的話，警察更是這麼一回事。我猜妳大概查錯方向了。不過，如果他對妳承認了調查的事是假的，也別讓他知道妳其實早就揭穿了實情。對了，既然妳這媽媽吃不飽，那麼最好來點巧克力蛋糕……」

※　※　※

大隊長說：「瞭解。」接著，他又繼續開口：「現在，既然貝莉警員已經離開去羅姆福德了，那麼你們就來報告一下貝莉最近的動向吧。華威克偵緝巡佐，先從你開始。」

威廉翻開筆記本，然後說：「過去一週，貝莉警員每晚都待在桑默斯偵緝巡佐位於羅姆福德的公寓。她不只替桑默斯採買、洗衣，還有一把他的公寓鑰匙。週四時，貝莉為了下個月的假期，訂了兩張到西班牙馬拉加的機票，我想，我們無疑可以確定他們在一起了。」

獵鷹把注意力轉向長桌的另一邊，繼續問道：「潘克斯特偵緝警員，有什麼要補充的嗎？」

蕾貝卡無需筆記本便直接開口回應：「過去兩週，妮基從來沒有在我們的公寓過夜。週六早上她短暫出現了一下，然後告訴我關於她新伴侶的事，她對這個新伴侶的描述，和桑默斯偵緝巡佐差得可遠了。」

保羅這時問道：「妳有追問細節嗎？」

「有的。她說這個人叫艾倫．米契爾，在克洛敦擔任房屋仲介，但沒有說是哪一家房屋仲介公司。」

保羅回說：「就別再問她更細節的事了。現在我們弄清楚事實了，所以別輕易讓她對我們起疑。」

「瞭解，長官。」蕾貝卡說著時鬆了一口氣。

潔琪也說：「可憐的妮基，看來她分不清自己是多了個床伴，還是多了個會毀掉她的人。」

23 包柏．威爾遜（Bob Wilson）與法蘭克．麥連托（Frank McLintock）皆為著名的蘇格蘭足球員。

獵鷹沒有多做評論，只是繼續說：「這樣吧，威廉。你可以不必再整夜盯著妮基了，現在你改監視桑默斯偵緝巡佐吧，特別觀察觀察他白天的行動。我想再多瞭解他那名叫作約翰·史密斯的線人，尤其這個人是不是真的存在？」

蕾貝卡說：「肯定存在的，否則桑默斯的錢會去哪？」

潔琪回說：「若這個人真只是桑默斯胡謅的，那麼錢肯定是進了他自己的口袋裡吧？」

蕾貝卡又問：「有可能這麼容易嗎？」

獵鷹回答：「黑警確實有可能會捏造說自己有線人、這個線人經常提供情報，殊不知，這些情報其實是警察自己早就知道的。這種事也不算罕見。所以說，當大家都以為這個警察需要付錢給線人時，實際上錢根本就留在這個警察的口袋裡。」

保羅說：「我近期才遇過這種行騙手段，但方法有些不同。一起重大犯罪事件發生後，有一名腐敗的警察偽造了情報文件，製造出案件發生之前，就有線人提供情報給他的假象。這就是所謂『兩全其美』的手法。」

獵鷹附和道：「我肯定是不年輕了，竟從沒聽過這樣的手法。」

潔琪說：「變得更加狡猾的不只是騙子而已，連那些污警也是。」

獵鷹回答：「如果要領先他們一步，我們也得再機靈點。」

這時威廉突然開口：「這樣一來，桑默斯為什麼會有一輛新的捷豹，也就說得通了，包括他為什麼還會有華麗的西裝能穿、能去馬拉加渡假。不過，如果我們能證實沒有約翰·史密斯這個人，絕對能讓我們進一步證明桑默斯是污警。」

獵鷹回說：「我大概知道有什麼方法能辦到了。」獵鷹說完發給小組成員每人一張紙，然後又說：「我給你們三個人一週時間，分頭去執行我在紙上說明的任務，可以的話最好再多找點線索出來；這樣一來，下週一我們召開會議時，就能進一步交由華威克偵緝督察來展開接下來的行動。說到這個，對小組外的人和貝莉警員而言，華威克偵緝督察目前還是遭到停職的狀態，而且審判至少還要六週後才會進入程序。所以說，你們應該很清楚自己還有多少時間，能去逮住拉希迪、拉蒙特、桑默斯、羅伯茲。還有其他問題嗎？」

潔琪這時說：「大隊長，我有一個問題。如果我又從拉蒙特那拿到了牛皮信封袋，能用裡頭的錢去馬拉加渡假嗎？」

21

蕾貝卡跟隨拉蒙特，搭著手扶梯往下。手扶梯上擠滿了人群，萬寶路則跟在蕾貝卡身後，距離只有幾步。拉蒙特並沒有發現蕾貝卡，而兩人也絲毫沒注意到後方的洛斯。

拉蒙特走向月台尾端，過了不久，下一班地鐵便呼嘯進站。他踏上後面的車廂，雖然車上幾乎空無一人，他卻選擇坐在一名正讀著《倫敦標準晚報》的男子身旁。他們彼此並沒有打招呼。

蕾貝卡坐到車廂的另一頭，打開自己的平裝書，但眼神並沒有盯著書上的字。

桑默斯先是開了口：「警司，您說想要見上一面。」他還是沒辦法不那樣叫自己的老長官。

拉蒙特問道：「你那裡有沒有什麼事能讓我幫忙，我最近快變成窮光蛋了。」

「現在沒有，不過再過幾週，我們就有事能做了。」

「我等不了太久。」拉蒙特說著時刻意掩飾自己的失望。「我還有一、兩張帳單得解決，不能再拖了。」

「我很替你感到抱歉。」桑默斯一邊說著，實際上心裡卻樂不可支，因為這意味著他已經徹底支配了拉蒙特。接著他又拿出身為巡佐的架式，佯裝一副好意地問道：「實際上是什麼樣的帳單呢？」

「最近賽馬的結果不是很好，投注站追討得我快喘不過氣了。」

「他們還可真會追。」

「還有，那棟新房子的價錢比我的預算高了不少，假如我妻子知道得把房子還回去，肯定會把我給宰了。」拉蒙特說完停頓了一下，才又繼續開口：「你還沒結婚對吧？」

「還沒，我的真命天女還沒出現。」

「所謂的『真命天女』我可是找到過三個，但沒有一個是想像中完美的。議員吉米・戈德史密斯那句話可說得真對，女人就像私家飛機和遊艇，哪怕願意和你上床，也最好租來用用就好，不值得買。」

桑默斯大笑出來，讓蕾貝卡不禁環顧了四周，萬寶路則無動於衷。

桑默斯接著說：「我倒不擔心這個問題，警局裡有一票能滿足我需求的女人，更別說街上了。」

「我還以為你有女朋友了呢。」拉蒙特說完瞥向車廂的另一端。

「再過不久就和她玩完了，她的有效期限也差不多到了。」

這時拉蒙特突然輕聲說：「我以前好像在哪看過那女人。」

桑默斯朝蕾貝卡的方向望去，嘴裡說：「看起來不是我喜歡的類型。」

「你覺得她在跟蹤我們嗎？」

桑默斯又更仔細地看了一眼。

蕾貝卡渾身不對勁，知道那兩個男人已經開始打量自己。地鐵到了下一站時，她就得趕緊下車，告訴威廉自己的臥底身分已經被識破了。其實早在先前，威廉就相當意外她竟能臥底這麼久。蕾貝卡將手上的書翻頁，這時她才驚覺自己每次搭上環狀線時，假裝讀著的書竟都是同一本小說。

地鐵駛近綠園站，蕾貝卡下了車，絲毫不敢回頭張望，然而萬寶路依然沒有任何動作。隨著蕾貝卡消失在視線中，拉蒙特又開口：「或許是錯覺罷了。」

桑默斯說：「下一站就輪到我下車了。」一會兒，車子漸漸停了下來，這時他又說：「東西到了之後我就會聯繫您的。」車門打了開來，這時他又補上一句：「警司，您先前的制服還在嗎？」

＊　＊　＊

威廉說：「我去看球賽了。」

貝絲不禁想問，威廉何必大費周章欺騙她呢？誰都知道他出門絕不是去看球賽，難道威廉還認為她被蒙在鼓裡嗎？這天，切爾西隊的比賽明明遠在新堡，除非有架直升機來接威廉，否則他不可能在球賽開始的三點前抵達。除此之外，每隔一週的週六，他總是會圍著紅白色披巾出門。喬瑟芬・霍克斯比告訴過她，紅白色是獵鷹支持隊伍的代表色，威廉則相當厭惡這支球隊。所以，威廉顯然打算去見獵鷹，又或者，難道那個披巾也只是個幌子？

貝絲考慮著是否要跟蹤威廉，但最後還是決定作罷。第一，威廉肯定用不著走到第一個轉角前就會發現她；但還有第二個更重要的原因，那就是她還相信著威廉。貝絲心想，肯定是威廉正在執行臥底任務，沒辦法向她透漏工作內容。可是，他明明遭到了停職，不允許去執行任何警方勤務，除非等到審判團隊確認了他的清白。難不成果真被喬瑟芬料中，停職只不過是在掩飾？

威廉打開大門時，玄關的電話突然響了起來。

貝絲走出廚房，但威廉說：「是打給我的，但妳得告訴打來的人，等球賽結束再打給我，我可不想錯過開賽。」

貝絲接起電話：「喂？」

電話另一頭傳來了低沉粗獷的聲音：「我想找妳丈夫。」

「他碰巧出門了，但如果你願意晚點再打一次……」

「不需要。」

「請稍等。」她有種感覺，或許這通電話和威廉瞞天過海的騙局有關，於是繼續說：「我看看能不能出去追上他。」接著，貝絲便放下話筒，跑出了大門，看見威廉正邁開步伐走著。

她扯開嗓子大喊：「威廉！」然而，威廉卻只是自顧自地走著。貝絲開始跑了起來，不斷喊著他的名字，最後威廉才終於停下腳步，轉過了身子。

貝絲還來不及緩一緩呼吸，便直接開口：「電話裡那個人想找你。他說如果你不聽，就不會再打來了。」

這時威廉全力奔回家，就怕電話另一頭的人是亞當・佩恩。或許是佩恩已經和他母親談過了。威廉跑向敞開的大門，一把抓起話筒說：「我是威廉・華威克。」

「你為什麼想見我。」電話另一頭傳來的是威廉不認得的聲音，聽上去不甚友善；不過，這時他很清楚對方是誰了。

「佩恩先生，我目前正在執行一項臥底調查的任務，這個任務不會牽連到你或你的家人，我的目標是透納那一夥人、還有和他們相當緊密的一名關係人士。」

電話另一頭的聲音回說：「肯定是桑默斯偵緝巡佐對吧、還有他最得力的值班巡佐。」

威廉驚訝得說不出話，一時之間，雷格・佩恩打亂了他的陣腳。

這時也回到了家中的貝絲輕輕關上大門，然後走回廚房，但沒有完全關上廚房的門。

「督察，我知道你目前遭到停職，所以說你的目的究竟是什麼？」

威廉還沒從方才的驚訝中回過神，但他決定說出事實，因為只有這樣才能讓佩恩和自己站在同一陣線。「我們合理懷疑，桑默斯和他的值班巡佐密謀勾結透納那一群人。」

佩恩又回說：「透納他們最近也把觸角伸到貝莉警員身上了，不過我倒還不確定她是站在哪一邊的。」

威廉不禁思索著，電話另一頭的這個男人究竟還知道些什麼。

「我不確定的還有一件事，那就是拉蒙特前警司在他們一連串陰謀中，到底扮演什麼樣的角色。當然，我知道桑默斯之前還在轄區巡邏時，拉蒙特曾在羅姆福德擔任督察，但那也是拉蒙特被調到總部、加入緝毒小組前的事了。之後，雖然他的特洛伊木馬行動成功了，卻突然一聲不響地辭職。我的猜想是，他大概是在拉希迪案開庭時，扯了通篇的謊話，之後拿到一大筆錢。但我敢說，那筆錢他肯定又一下子就花光了，因為他現在已經再次把自己弄得身無分文。我一點也不意外，畢竟他每次賭馬老是會把自己輸得精光。」

威廉突然插了話：「佩恩先生，有什麼事是您不知道的嗎？」

「那倒有。我不知道為什麼你想見我。」

「我想設下陷阱，逮住桑默斯和透納一幫人，讓他們短時間內難以東山再起。」

「所以你是想叫小偷去抓小偷？」

威廉直截了當地回說：「是可以這麼說。」接著他又詳細描述了自己的計畫。佩恩並沒有打斷他，只是時不時對威廉拋出幾個精明的問題。

威廉終於快要說完時，佩恩又說：「真了不起，獵鷹也挺能幹的。不過我得和家族的人談談，再告訴你我的決定。」

他們掛了電話。威廉放下話筒後看了看錶，知道自己沒能及時趕上球賽了，他得等到比賽結束後再撥電話到獵鷹的住家；不過，至少他得到了值得向他報告的情報。

他走向廚房，貝絲和雙胞胎正在裡頭。

他直接開了口：「看來我是不用去看球賽了。」但他說完並沒有解釋原因。

「為什麼呢？你的直升機沒來接你嗎？」

威廉又陷入沉默，這已經是今天的第二次。

貝絲說：「也是時候告訴我你都在幹些什麼了吧？顯然你根本沒有被停職。」

威廉感到無可奈何，這天發生的事，都實在太過於讓他猝不及防。

＊＊＊

葛蕾絲說：「我們倒也能領養個孩子，只不過現階段不大可能。」

瑪喬莉回說：「太可惜了，孩子要是有妳和克萊兒當雙親，肯定是很幸運的一件事。」

「那是媽媽您慷慨，但可惜這樣認為的人不多。其實最近才有一個法官告訴我，領養是不符合自然法則的。」

這時克萊兒也說：「有個很開明的自由派議員，最近在國會提出了私人草案，主張兩名同性伴侶能夠合法領養孩童。」

葛蕾絲說：「不過據我所知，草案不會通過二讀，如果真要等到草案合法，可能也得花上好幾年，到時就太晚了。」

這時朱利安爵士開口問道：「妳們想要男孩子還是女孩子？」朱利安爵士語畢，其他人都相當驚訝。

葛蕾絲看著克萊兒，然後回答：「那對我們來說並不要緊，就像甘草糖一樣，無論是哪一種口味你都愛，所以無論是領養哪個孩子，我們都會愛他一輩子。」

所有人都笑了出來。

威廉也開了口：「你們想要的話，雙胞胎六歲前都可以交給你們。」

馬喬莉問道：「為什麼是六歲？」

貝絲解釋：「他們到了那個歲數後，就會一頭栽入足球的世界了。」

威廉又說：「彼得將來會進到切爾西隊的，不過不知為何，切爾西隊上週竟〇比三輸給了南安普敦。」

這時朱利安爵士突然問道：「說到輸掉，審判你的日子確定了嗎？」

威廉回答：「還沒。」他聽上去顯然對這個問題早有準備。

貝絲專心地盯著其他人，想觀察眾人作何反應。

朱利安爵士說：「你能盡快回到工作崗位上最好。你也能把相關的文件給我看看，讓我給你一些建議。對了，那些針對你的指控簡直薄弱極了，就算是葛蕾絲也能幫你擺脫掉的。」

葛蕾絲說：「爸爸，還真是謝謝您給我信心。但很不巧，他們本來就派我和克萊兒去辯護，而且我們不需要再聘事務律師。」

「說得不錯。」朱利安爵士一邊附和，一邊伸手拿酒。

和雙胞胎一起坐在地上的瑪喬莉開口：「還有一件重要的事，我和朱利安已經決定好，要用信託基金來付彼得以後的學費了。」

葛蕾絲不禁疑惑：「那麼阿爾特米西亞呢？」

「這個貝絲的父母親會負責，事實上，一開始就是亞瑟和喬安娜提出這個點子的。」

威廉撥撥彼得的頭髮，一邊說：「這兩個孩子還真幸運。」

「我認為伊頓公學和切爾滕納姆女子學院不賴。」朱利安爵士很清楚自己這番話肯定會引發其他家人熱議。

然而貝絲說：「我倒覺得富勒姆的綜合學校就很足夠了。」

瑪喬莉見狀忍不住說：「真有趣，看來這話題我們永遠吵不完，乾脆彼此大打一架算了。」

「要上哪間學校我們已經決定了。」貝絲一邊說著，也和雙胞胎一同坐到了地上。

這時朱利安爵士又開口：「我小時候可不是這樣的。」話一說出，場面又變得更加尷尬。

瑪喬莉說：「你曾幾何時有過小時候？你一出生就像個中年人似的。」朱利安爵士頓時語塞。這樣的反應在其他家人眼中並不常見，威廉也藉機開了口。

「我們也差不多該走了，孩子們今天出門得夠久了。」

彼得和阿爾特米西亞被抱到車子的安全座椅上，繫上了安全帶，接著眾人便向他們揮手道別；威廉緩緩地將車子駛離屋子的車道，車上播起了美國歌手哈利．查平的〈更好之地〉。

車子彎進一條主要道路後，貝絲終於開了口：「我覺得你父親絕對知道根本沒有審判這回事，也很清楚你沒有被停職。」

「為什麼這麼覺得？」

「如果他真覺得你碰到麻煩了，剛剛肯定會一連串問題問個沒完，而且，只要他還有一口氣在，絕不會讓葛蕾絲替你辯護。」

22

獵鷹說：「明天早上十點，阿塞姆．拉希迪就會從彭頓維爾監獄被放出來了，到時肯定會有一批人馬在外頭等他。我要你們三個全天候盯著他，只要拉希迪的動向貌似不是要前往他在金融城的辦公室、或是他母親在博爾頓街的住處，就立刻讓我知道。我也和緝毒小組的新組長華茲警司說明過狀況了，他會請六十名警力待命，他們隨時會伺機行動。這次，我們得趁拉希迪逮到機會、把觸手伸向第一名客戶之前，就阻斷他的行動。」

保羅也說：「還有在拉希迪服刑時接手生意的那些人，也得通通逮住才行。」

「這次和特洛伊木馬不一樣，我們會和他們正面對決，所以別再扭傷自己的腳踝了，阿達加偵緝巡佐。」

保羅面露出尷尬的表情。

蕾貝卡已經聽聞過特洛伊木馬行動很多次了，但她還是一副不知情地問道：「巡佐，您是怎麼扭傷腳踝的？」

潔琪試著藏住笑意。

然而保羅只是說：「那是妳來到這裡前的事了，潘克斯特偵緝警員。」

獵鷹繼續說：「幾天前，有一大批哥倫比亞來的毒品運到了費利克斯托，華茲警司認為這肯定不是巧合，所以他已經對所有港口全面發出了警戒。」

這時保羅也問道：「還有其他情報嗎？」

「警司認為拉希迪手下的毒販，肯定會在接下來幾天到倫敦四處分送大量的古柯鹼和海洛因。我這裡有一份名單，上面是可能會和他們碰頭拿毒的人。」獵鷹一邊說著，一邊打開了厚厚的資料夾。「其中一個人剛好會出現在羅姆福德的轄區，他是來自一個叫作佩恩家族的成員，貝莉警員，我想妳應該也已經碰過這個家族的成員了。」

妮基回答：「沒錯，他們都是狐群狗黨，不過也幸虧有了桑默斯偵緝巡佐，他們的人比起在外為非作歹，多數都進監獄裡了。」

「很好。那麼，大家就各自為明天早上拉希迪出獄時做準備吧，事情如果有什麼進展，也務必讓我知道。」

小組的成員接著便整理好自己的資料，離開了獵鷹的辦公室，並一一回到了自己的座位，貝莉警員則準備離開總部，前往羅姆福德。不過在這之前，潘克斯特警員已經早一步出了總部大樓，來到對街的某處，這裡能讓她看到聖詹姆士公園地鐵站。

蕾貝卡並沒有等太久就見到妮基出現，她看見妮基跑下地鐵站的階梯後，便回到總部向阿達加偵緝巡佐報告。十五分鐘後，成員們再度集合到獵鷹的辦公室，這時威廉已經在裡頭等待著所有人。

獵鷹開口：「我們已經刻意讓小兔子掙脫了，但我們得像獵犬一樣，繼續多追她一會兒，再見機行事。」

潔琪問道：「大隊長，您有什麼打算？」

「週五午夜一點，萬寶路會把毒品送到雷格．佩恩的住處。一定得正好是一點，因為只要操之過急，會引起桑默斯或貝莉懷疑。」

保羅問道：「他們如果進到屋裡，我們要跟著行動嗎？」

獵鷹堅決回說：「不必。如果這麼做，桑默斯一看到我們的人出現，肯定會說自己正打算逮捕佩恩，然後厚顏無恥地認為是多虧了他，突擊才能成功。我們要做的，是讓他替自己設下圈套，然後再由我們把他困在圈套裡。等到萬寶路送完一公斤的古柯鹼和一萬英鎊的現金，我們就來看看，桑默斯是否會在逮捕佩恩後，老老實實地把毒品和現金全數帶回警局。假如到時他手上的錢不及一萬英鎊、毒品的量和我們安排好的不一致，那麼就能證明我們對他的懷疑是對的。」

潔琪又問道：「接著我們就對他展開行動嗎，大隊長？」

這時威廉回答：「不，我們得先留住這一手。我還想找出究竟有多少人也牽連其中、那個地方的人是怎麼運送古柯鹼、並如何處理大量現金。別忘了，我們還會事先記好鈔票上的序號。」

潔琪繼續問了下去：「假如萬寶路踏出佩恩的房子後，遭到桑默斯逮捕怎麼辦？」

「那麼我們就能知道，桑默斯或許有那麼一分正直。不過他如果是黑警，肯定不會對區區一名送毒的有興趣，他有興趣的是他手上的毒品。」

潘克斯特偵緝警員這時開口：「但他也許會安排某個人去跟蹤萬寶路，這樣一來就會發現萬寶路是我們的人。」

「這不必擔心，蕾貝卡。這個人跟不到第一個轉角，就會被萬寶路甩掉了。不過，這也不代表萬寶路沿途就不會遭到突擊，因為桑默斯行事很精明，肯定也有替代方案能讓他從惡棍變成英雄。所以到時候得做好萬全準備，隨時聽從命令行動，就算是大半夜也是。」

蕾貝卡又問道：「那麼貝莉警員呢？」

獵鷹回答：「她也許會被捲入紛爭之中，不過如果真是這樣，後果也是她自己該承擔的。」

蕾貝卡說：「大隊長，我想還有一件事該讓您知道。」

這時所有人都看向潘克斯特偵緝警員。

「妮基懷孕了。」

＊　＊　＊

妮基告訴桑默斯情報時，桑默斯感到滿是雀躍。

「妳是說，週五半夜會有人送毒到那裡？」

「沒錯。」妮基一面說著，一面將平底鍋裡的牛排翻面。

「妳從哪裡得到這麼重要的情報？」

「從街上一個負責送毒的口中知道的，不過，他要我對他送毒的事睜一隻眼閉一隻眼，以作交換。」

桑默斯坐到廚房的餐桌旁，然後說：「妳學得可真快。」

妮基把牛排放到桑默斯前方，然後問道：「你會把這個情報當作是線人給的嗎？」

「當然不會，我們得自己把握住這個機會，這樣一來能才能賺一票大的。」

妮基坐到桑默斯對面，思忖著他的回答。她知道，這顯然又是一次脫身的機會。她肯定會這麼做的——要不是桑默斯做出了那般出乎意料的行為。

＊＊＊

計程車的載客燈號沒有亮起。威廉坐在車子後座，眼睛一刻都沒有離開監獄大門。即便如此，他知道至少還要三十分鐘，拉希迪才會出現。威廉每隔幾秒就看一次手錶，然而監獄大門依舊只是緊閉著。

一輛深藍色的賓士快速駛過一旁，停在監獄外頭，彷彿監獄只是間鄉村旁的酒吧似的。

威廉問道：「是同一輛車嗎？」

丹尼回答：「不是的，督察。雖然車牌同樣都是AR1，但那輛是最新車款，恐怕是剛出廠的。」

威廉試著再仔細瞧瞧那輛車，然後又問：「是同一個司機嗎？」

丹尼回說：「司機指的是像我這樣，他那樣的穿著倒比較像私人的豪車司機，不過，總之那是同一個人沒錯。」

威廉笑了笑，儘管這個早上，似乎並不是個適合笑的早上。附近的教堂鐘樓敲了十聲鐘響，然而監獄的門還是沒有打開。

丹尼開玩笑地說：「也許是那傢伙太喜歡監獄了，捨不得出來。」最後，監獄大門終於打了開來。走出監獄的，是一名矮小、渾身肌肉的男子，他身上滿是刺青，手上提著黑色皮革提袋。

丹尼沒有看那名男子第二眼，便直接說：「肯定是個強盜犯。」接著，那名剛被放出的男子先是看了那輛賓士一眼，對著車裡的駕駛比出了勝利手勢，然後才朝最近的公車站走去。

之後又有兩名囚犯走出大門，威廉見狀不禁想著：這些人重獲了自由，但又能持續多久呢？對他們某些人來說，監獄簡直就像第二個家；有些人平時就得流落街頭，所以只要犯點不算太重的罪，反倒能換來一個有著溫暖牢房可待、三餐能夠溫飽、還有電視可看的冬天。

終於，那個威廉絕不會認錯的身影出現了。那是阿塞姆．拉希迪。和其他囚犯不同的是，拉希迪在監獄中不僅沒有變得臃腫，看上去反倒瘦了一些，因此當威廉看見他時，絲毫用不著說出那就是他這樣的話。拉希迪的裝扮和最後一次開庭時一樣，穿著類似的定製西裝、白色襯衫、絲綢領帶。威廉不禁思考：他的外套暗袋，還有沒有哈洛德的標籤？拉希迪看起來倒比較像個典獄長，只不過就連這個監獄真正的典獄長，每晚回家時開的車子，也只不過是一輛莫里斯牌的小車。

那輛賓士的司機跳出車外，替老大拉希迪打開後座車門，一切看起來彷彿就只是個稀鬆平常的週一早晨：司機來到拉希迪位在鄉間的莊園、接送他到金融城工作。那名司機摸了摸帽頂，這時拉希迪便快速坐到了後座。那輛車子緩緩地駛過威廉的計程車時，威廉趕緊低下頭，躲避那輛車的視線，接著那輛車便向左拐了過去。

丹尼將計程車迴轉，然後小心翼翼地和那輛賓士保持距離。他設法悄悄躲在其他黑頭計程車的後方，以防拉希迪的司機發現自己正被尾隨。

經過伊斯林頓上街時，威廉由擋風玻璃望出去，說：「他有可能正要前往布里克斯頓、或是博爾頓街的住處。」

那輛賓士並沒有過河，而是持續往東開著。三十分鐘過後，他們經過了兩座站得昂然挺立、手上扶著鐵製盾牌的銀色龍像，這說明他們已經來到了倫敦金融城。

威廉說：「肯定是要到他的辦公室去。」

那輛賓士終於緩緩停到了馬塞爾奈夫公司外頭。車裡的司機再度跳出車子，替老大拉希迪打開後座車門。

拉希迪踏入自己的茶葉公司時，又有另一名戴著像是警帽的男人對他敬禮，一切看起來都一如往常，彷彿拉希迪先前從未離開公司似的。

威廉無需跟著拉希迪進到裡面。他知道拉希迪會上到十二樓，前往自己的辦公室。威廉想知道的是拉希迪何時、以及會從哪個出口離開這棟大樓。這時，那輛賓士駛離了拉希迪的公司。

威廉說：「丹尼，你就待在這，視線一刻都別離開門口。假如你看見拉希迪出現，就立刻用無線電讓我知道，我會趕緊回到這裡。」他接著便打開車門，但一腳正要踏到人行道上時，又說了一句：「萬一你真的跟丟他了，就直接去找個乘客來載吧，因為那就會是你這週唯一能賺到的錢了。」

丹尼笑不出來。威廉則朝著沼澤門地鐵站的方向快步跑去。

威廉先前花了好一段時間，才摸清楚拉希迪是如何在不被其他人發現的情況下，靜悄悄地離開公司。他來到一處有利的監視點。這裡就在一家小報攤旁，由這望去，能看見大樓最不引人注目的出口；這個門口鮮少人知道，除非是在大樓內部工作的人。只要有人從這裡出去，在這個監視點都能夠盡收眼底。

他很認命地知道自己可能得待上好一陣子，畢竟拉希迪可能正在裡頭，瞭解著自己不在公司時，內部所發生的事。拉希迪先前甚至曾向法官承諾，自己決定重新做人，不過威廉倒認為這不太可能。

等到約莫六點鐘時，也許丹尼就會用無線電通知他，到時候他們得跟蹤拉希迪回到博爾頓街；他肯定會在博爾頓街的房子和母親共進晚餐，在她的家中享受第一個自由的晚上。更不用說，倘若他稍有懷疑自己已經遭到跟蹤，那麼他更應該會這麼做。

時間過了一小時。在這期間，許多金融城的上班族陸續進出了這個隱密的門，然而卻始終不見拉希迪的身影。威廉感到越發無聊，甚至思考著是否要回到溫暖的計程車，在後座和丹尼一起等上一會兒。不過威廉很清楚，拉希迪一定會在這個空檔溜出來，把公司的事都拋在腦後，再次去幹些其他的勾當。

漫長的等待進入了第三個小時，這時威廉決定花二十便士買份《倫敦標準晚報》，然而每次都只是看了一眼頭版頁的標題，便又忍不住抬頭看了看那道門。

交通管理員上前問道：「您還要繼續停在這嗎？」

「我會停到事情辦妥為止。」丹尼一邊說著，一邊拿出了自己的警察識別證。

那名交通管理員摸了摸帽沿，有點意外這名坐在計程車駕駛座的人竟不是金融城的警察，而是倫敦警察廳的人。

威廉一動也不動地待在原地，一個小時又一個小時地等著，感覺自己越發感到寒冷，也越發失去了耐心。最後，側邊的門終於出現了一個身影，他穿著寬鬆的灰色運動服，頭部用連身帽蓋著。那樣的裝扮威廉絕不可能忘記。接著，那個身影便和傍晚剛下班的人潮匯聚在一塊，並走向電扶梯。雖然威廉沒有看見他的臉，但他身上穿的運動衣、走路的方式，一切都讓威廉覺得肯定不會錯。更重要的是，他的手上還戴著那副熟悉的黑皮革手套。

拉希迪站上電扶梯，威廉則偷偷跟在後頭，他和拉希迪之間還隔了一個肩膀寬大的男人，恰好成了威廉的掩護。然而，威廉還未搭到電扶梯的最後一階，拉希迪便消失在他的視線當中；不過，拉希迪會走向哪裡，威廉也並非毫無頭緒。他走向地鐵的北線，來到往南的月台，這時地鐵恰好也駛近站；他看見拉希迪從月台尾端踏上車廂，於是也悄悄溜到了離他最近的車廂去。

威廉十分確定拉希迪會在哪一站下車，但每當地鐵到站時，他還是不斷確認著。不過，威廉的判斷果然是對的。地鐵駛進了斯托克韋爾站後，拉希迪才終於踏出車廂。拉希迪接著走到維多利亞線換乘，又搭了一站來到布里克斯頓。

拉希迪又再次消失在他的視線外，不過威廉仍非常確定拉希迪會往哪個方向去。他先是不疾不徐地走到月台，然後又刻意混入等待著地鐵的乘客中，在月台遠邊待著。他不想再進一步靠近拉希迪。這時，威廉也終於確定拉希迪既往的行動方式並沒有改變。接下來，保羅便會趁明天下午守在地鐵站外，等待著拉希迪，期盼能跟隨他的行蹤，找出他這回又要在哪兒犯下不法勾當。

威廉向右一瞥，發現拉希迪正在和一個男人握手；這個男人的兩側還各伴著一名渾身肌肉的保鑣，讓威廉一眼就認出男人的身分。這時他知道，拉希迪已經正式重操他的舊業了。一陣風從陰暗的隧道吹來。下一班地鐵到站了。威廉正打算回到總部時，看見拉希迪又往前站了一步。那兩名保鑣趁著拉希迪來不及反應，便各自抓住他的手臂，接著用力一拽，將拉希迪推到了鐵軌上。

車子嘎的一聲停了下來，但一切都已經太遲。金屬與肉體撞擊的駭人聲響嚇得許多乘客放聲大叫，部分人群也朝四周散開。

威廉立即奔向那三個男人，但他們顯然就連犯案的位置都考慮得十分周到，特地選在了一個鄰近出口的位置；威廉還來不及跑上通往出口的電扶梯，三人便已逃到電扶梯的最上面一階，並衝過了一些乘客身旁，嚇著了這些乘客。威廉繼續朝他們追過去，三步併作兩步踏上電扶梯，然而當他來到電扶梯頂端時，三人幾乎早已經跑到了出口。

那三個人之中有個較老的男人，正氣喘吁吁地試圖跟上另外兩名較年輕、體格也較好的保鑣。威廉就快追上他了，但正當他準備向前一撲時，突然有兩隻手臂從後方擒抱住他；儘管他距離那個老男人只有一步之遙，這時卻被硬生生地被制伏住。他的手臂被一名男子強拉到背後，接著另外一個人又將他的雙手銬住。

威廉背後傳來了一個聲音：「你被逮捕了。」

＊＊＊

威廉一回到總部，便立即向大隊長報告這樁蓄意謀殺拉希迪的兇行，也說明了他被誤逮的情況。

獵鷹給了令威廉出乎意料的回覆：「至少我們少了一個麻煩。現在拉希迪動不了你了，不過偵緝督察，我倒比較想知道，你認不認得那個和拉希迪握手的男人？」

「我認得，大隊長。那正是東尼・羅伯茲，也就是那個手上有十一家報攤的人，他出庭作證時宣稱自己過去十年都住在拉希迪的公寓。拉希迪不在時，肯定就是他在操縱拉希迪的貿易版圖。他一定是在這期間，決定要和隱姓埋名的生意夥伴一起接手拉希迪的事業。」

獵鷹回答：「他這麼做不僅鑄下了大錯，也愚蠢至極。羅伯茲頂多只有當老二的料，把他自己的老闆給宰了，無疑只是讓我們更容易搞垮他們的毒品帝國。」

「大隊長，下一步您想要我怎麼做？」

「你可以回家了，督察。我會把事情交給謀殺小組來辦。」

對於自己沒能成為逮捕羅伯茲的警察，威廉感到有些失落。不過他希望事情能交給保羅來辦，這樣一來，保羅先前扭傷腳的事也就不再會是眾人的笑柄了。

＊＊＊

威廉搭著地鐵回到富勒姆大道站，路途上，他心想獵鷹也許已經派出謀殺小組到布里克斯頓了，或許不久後就連緝毒小組也會出動。就算他趕緊寫好報告，並交到獵鷹的秘書手上，肯定也只是為時已晚。他必須等到小組一早召開會議時，才能知道其他的人在事情發生後究竟做了些什麼。

他回到家時，發現貝絲和雙胞胎正在浴室裡頭，浴缸裡的水漫得整地都是。貝絲第一句話便說：「你聽說拉希迪的事了嗎？」然而威廉只是一片沉默，彷彿一切都不言而喻。

「等等再告訴妳細節吧，我甚至還被誤以為是謀殺拉希迪的人，遭到了逮捕。」威廉輕聲說著時，電話突然響了起來。威廉離開浴室，接起了樓梯旁的電話；貝絲和孩子們則繼續待在了浴缸內，四處滿是他們噴濺的水花。

電話另一頭的人沒有一句寒暄、沒有表明自己是誰、也沒有多餘的閒聊，但威廉很清楚他是誰。

「我和家裡的人談過了，我們願意照你的計畫走，不過有個條件。」

威廉不必等他開口就知道那個條件是什麼，不過他心想，獵鷹如果聽聞這個條件，不知會如何反應？威廉走回浴室，這時貝絲已經在幫孩子們擦乾身體，替他們換上睡衣。

貝絲問道：「誰打的電話？」

威廉沒有直接回答她的問題，自顧自地說：「我得去打一通電話。」接著他便一手個抱住一個孩子，帶著他們回到臥室，臉上還咯咯笑著；他替雙胞胎蓋好被子，關上房裡的燈，然後又回到樓梯間拿起話筒，撥了那通沒有登記在公共電話簿上的號碼。

「這裡是霍克斯比大隊長。」

23

毒品大亨遭推落鐵軌身亡

獵鷹看了一眼《每日郵報》的頭版標題，然後就把報紙扔到一旁。

接著他向眾人宣布：「昨天發生了一件事：東尼・羅伯茲和兩名隨從昨晚遭到逮捕，三人今天就會被指控涉嫌謀殺拉希迪。另外，緝毒小組也趁機出動，阻止了布里克斯頓的一起毒品交易，這起交易似乎是他們為了接應拉希迪出獄，事先就安排好的。」

潔琪說：「真等不及想看看明天的報紙標題了。」

「是我先向廳長報告了事後可能發生的情況，所以功勞都在我身上，你們的名字不會出現在報紙上的。」

小組的成員都哄堂大笑，拍案叫絕地表示贊同。

「阿達加偵緝巡佐，既然是你逮捕了羅伯茲，那就交給你來說明最新情況吧。」

保羅於是開口：「謀殺小組接到了高級調查長官的電話後，就立即展開了行動。大隊長，您先前一直懷疑羅伯茲聲稱持有的那十一家報攤，果不其然，都只是羅伯茲精心編造的幌子，實際上，這些報攤都是讓拉希迪用來洗錢。雖然羅伯茲手下的人多數口風都很緊，但有其中一人知道自己可能會被指控協助犯罪後，終於洩了密。我們循著她的情報找到當地一家妓院，正好把羅伯茲逮個正著。我們逮捕他時他並沒有反抗，那時他身旁，不，應該說他『身上』還有個年輕女子。後來這個女子成了我們最大宗的情報來源，我們也承諾不會讓她的名字出現在報紙上。她的母親似乎就是當地一個保守黨協會的主席。」

獵鷹回說：「果然每個人都是有把柄的。那麼羅伯茲的兩個共犯呢？」

「他們倒也挺不靈光的。我們在當地一間酒吧逮到了他們，當時他們還正在大肆慶祝。雖然他們有試著反抗，但那樣的反抗也算不上什麼。今天早上，他們就會和羅伯茲一同出現在治安法庭，三個人都會遭受到謀殺的指控。」

獵鷹聽完後把注意力轉到潔琪身上，說：「羅伊克羅夫特偵緝巡佐，聽說妳那天晚上也得到了不錯的情報？」

「大隊長，正如同保羅說的，羅伯茲和拉希迪不一樣。他面臨到謀殺的指控後，就立刻妥協了，而且還把過錯推到那兩名惡棍身上，甚至告訴了我們拉希迪最新的製毒工廠位在哪裡。他宣稱自己是背黑鍋的，是先前有人付錢給他，要他在法庭上說自己住在拉希迪的公寓。我一提起無期徒刑這四個字，他就表示自己願意供出其他人的犯行，想藉此換得較短的刑期。」

獵鷹回說：「我們確實是能替他爭取個幾年的刑期，這樣一來，他出獄的時候也比較好立刻進到老人院裡。」

又有更多成員拍了桌子，表示贊同。

獵鷹接著說：「說到羅伯茲的口供，那麼我也能向大家報告：華茲警司和他手下的六十名警力，昨晚掃蕩了整個布里克斯頓，有一群小嘍囉和送毒的成員全都人贓俱獲，更重要的是，那些我們追了好幾年的大毒販也都到手了。我向廳長表示，這樁案子的成功大概只僅次於特洛伊木馬案。」

這時保羅問道：「不過，他們有搜到足夠的證據來支持指控嗎？」

獵鷹回答：「共搜到了七公斤的古柯鹼、三公斤的海洛因、無數袋的大麻。晚點我就會把這些毒品的照片給媒體。」

潔琪也說：「但是華茲警司認為，這些只不過是一大批毒品中的一小部分。這一大批毒品是最近從哥倫比亞運來的，還有一部分已經流通到了倫敦各處。」

獵鷹望向桌子另一邊的貝莉警員，然後問道：「有毒品流到羅姆福德嗎？」

妮基回答：「大隊長，據我所知是沒有。根據六十六號逮捕紀錄，這裡最近沒什麼動靜。過去一週沒有重大的毒品逮捕案、也沒有毒品被上交到局裡。」

獵鷹又說：「但是說到這個，如果有毒品流向羅姆福德，最有可能收到毒品的是透納家族對吧？」

「並不是的，大隊長，應該是佩恩家族的人才對，透納那幫人最近反倒挺安份的。」

蕾貝卡在心裡想著，這要不是妮基在說謊，就是桑默斯還不完全相信她，所以還沒有對她坦承自己的意圖。蕾貝卡身為一名偵緝警員，先是在心裡懷疑了妮基一番，然後才意識到自己身為妮基的朋友，應該試著相信妮基。

獵鷹說：「我希望你們在正午之前，把各自的報告放到我桌上。」接著，他對唯一還沒有說過話的蕾貝卡問道：潘克斯特偵緝警員，妳有什麼要補充的嗎？」

「大隊長，那名蘇荷區的脫衣舞酒吧老闆，先前申請延長的酒類營業執照遭拒了，至於那名巡佐則被撤職，只能負責回到轄區巡邏。」

蕾貝卡還有一條最新的秘密情報，但一切都得待妮基離開前往羅姆福德，並等小組成員在一小時後重新召開會議時，她才能夠報告這條情報。

獵鷹點了點頭，感覺到視線難以停留在貝莉警員身上。他心裡一面想著：究竟還要多久，貝莉才會說出懷孕的事？誰又是孩子的父親？畢竟他知道，最有可能是父親的那個人，最近絕不是在克洛敦活動。

❊　❊　❊

人們說，從一場喪禮便能看出一個人的名氣有多響亮，只可惜往生者自己沒能親眼見證到。

然而參加阿塞姆・拉希迪葬禮的人數，充其量也只能用屈指可數來形容。拉希迪的遺體入土時，他的母親是唯一流下眼淚的人，畢竟眼前那殘破不堪的遺體，正是她唯一的孩子。葬禮儀式上的天主教牧師，先前也從未見過拉希迪；事實上，要不是拉希迪的母親是布朗普頓聖堂的常客、加上她總是慷慨捐款給教堂，牧師根本不會答應主持這場儀式。

布斯・華生站在一小群哀悼者後方，隔著一小步的距離；他身穿深色服裝，顯然是為了葬禮特地穿的。他低下頭。這是他最後一次以拉希迪律師的身分出席場合了，不過，他也在暗地裡期望：拉希迪身邊唯一的那名親人，也許很快就會知道自己需要他的協助。

這時，遠邊正站著兩名壯碩的男子，西裝穿在他們身上，看起來都變得格外服貼；他們緊緊盯著儀式，彷彿深怕拉希迪的遺體會奇蹟似地復甦。接著，四名掘墓的人走進了聚集的一小團群眾，在場的人數頓時多了一倍。

威廉則站在更遠處，他的前方，還有一座巨大的三天使紀念雕像當作掩護；他的後方則有一名攝影師，負責拍下所有出席葬禮的人員，他得在中午之前把照片放到獵鷹大隊長的桌上。

牧師最後賜福完成後，畫了個十字聖號的手勢，但是並不認為這個罪大惡極的逝者能夠進入天國。

天空下起了幾滴雨，於是布斯・華生撐起雨傘，陪同拉希迪女士回到早已等待著她的車子一旁。

她用有些微弱的聲音說：「布斯・華生大律師，謝謝你前來出席阿塞姆的葬禮。」

布斯．華生莊重地回說：「許多人對他總是有很大的誤解。女士，假如以後有我能幫上忙的地方，請儘管聯絡我。」他一面說著，一面遞上一張名片，名片上的字還有著凸版的印刷。

拉希迪母親回答：「布斯．華生大律師，事到如今，我有件私事確實需要您的建議。我兒子畢竟是在沒有留下遺囑的情況下去世的，所以我需要有人告訴我該怎麼處理他的……」她話說到一半遲疑了半晌，才接著說：「處理他那些棘手的財產。」

布斯．華生打開黑色賓士的後座車門，把傘拿低，並將身子側到一旁，好讓他的這名新客戶上車。

「拉希迪女士，我認為最好還是先等一會兒，讓您好好收拾心情之後，我再和您聯繫。」

「別讓我等太久了。」她話一說完，布斯．華生便替她關上車門。

＊＊＊

貝莉警員前往羅姆福德後，小組成員重新召開了會議。大隊長說：「記住，永遠都要跟著錢的流向行動。不過，我們先來談談最新得到的情報吧。上週五半夜一點時，萬寶路去了趟佩恩的住處，他表示自己看到大約在一百碼外停著一輛車子，車上有兩名男子盯著他看。」

「萬寶路進到屋裡後，把一公斤的古柯鹼和半公斤的海洛因交給了佩恩的父親，他的名字叫雷格，除此之外，也給了他一萬英鎊的現金，這些鈔票的序號我們都已經掌握了。全部的東西都裝在了英伯瑞超市的袋子裡，而收據也都在我這裡，行動是經過助理廳長許可後執行的。」

「之後萬寶路便走出屋子，並開車走人，不過他等到確定後方沒有人跟上後，又掉頭把車子開到一個能看清楚佩恩家門口的地方，這個地方也是他事先前調查好、確認自己不會被看到的。」

「過了幾分鐘後，那輛車子裡的兩名男子下了車，進到雷格．佩恩的屋內。」這時獵鷹將幾張照片傳下去，然後又說：「萬寶路的照片拍的是不怎麼樣，不過畢竟他也不是攝影大師大衛．貝利，更何況他沒辦法用閃光燈，而且離屋子也有一段距離。」

小組成員們端詳了照片好一陣子，接著獵鷹才又問道：「各位有什麼想法？」

潔琪回答：「那個高個子的是桑默斯，另外一個穿著雨衣的，會不會是和他一起為非作歹的搭檔卡斯爾偵緝督察？」

威廉反駁：「我不這麼認為，卡斯爾老多了，不過他右手拿的是什麼？

保羅也開了口：「那是拉蒙特才對。」他拿著放大鏡，仔細盯著其中一張照片。

獵鷹問道：「為什麼這麼覺得，阿達加偵緝巡佐？」

「他戴著警帽，如果我沒看錯的話，帽沿上應該是銀色的鑲邊。」

「假扮成警察算是事小，不過拉蒙特還是犯下了一個會讓他後悔一生的錯。」獵鷹一邊說著，一邊發下另一疊照片，照片裡的是那兩名男子二十分鐘後踏出屋內的樣子。

「看出差別了嗎？」

潔琪回答：「桑默斯這時拿著英伯瑞超市的袋子了，也就是萬寶路先前拿進去的那一袋。」

「這代表什麼，羅伊克羅夫特偵緝巡佐？」

「毒品和錢現在在他們手上。」

「更重要的是？」

蕾貝卡繼續回答：「沒有人被逮捕，所以他們肯定和對方談好了條件。」

獵鷹又說：「別忘了，貝莉警員還告訴我們，六十六號逮捕紀錄裡頭，沒有任何的逮捕紀錄，而且桑默斯隔天一早還雙手空空地到了警局。」

威廉說：「也就是說，把拉蒙特也算進去的話，現在我們掌握住三個黑警了。但第四個目前還逍遙法外。」

蕾貝卡也開口：「或許妮基還不知道一切情況？」

然而獵鷹聲音有些狐疑地回說：「應該不大可能，萬寶路已經確認過，妮基週五是在桑默斯的住處過夜。不過，我們就姑且先對她抱持懷疑態度吧。誰還有其他問題？」

蕾貝卡問道：「如果桑默斯和拉蒙特離開佩恩的住處後沒有回到警局，那他們又去了哪裡？」

「這思路不錯。」大隊長說著的同時，又傳下了另一疊照片。

「萬寶路跟蹤他們到了吉米．透納的住處，這個人就是透納家族的首腦，住在轄區的另外一邊。當時他住處一樓的燈是亮著的，所以顯然早就在等他們；甚至在桑默斯敲門之前，大門就已經為他們敞開。」

保羅問道：「之後發生了什麼？」

「過了半小時後，他們又再次出現，這時他們手上的袋子已經沒了。雖然這沒辦法當作法庭上的證據，不過，你們知道這代表什麼吧？」

「他們把毒品交給透納家族了，但錢留在了自己手上？」

「所以我才會在今天會議一開始，強調你們得跟著錢的流向行動。現在，我們知道他們手上有我們最初的那一萬英鎊了，而且不久後恐怕還能分贓到毒品的錢。但他們不曉得的是，我們早就掌握住了每一張鈔票的序號，假如他們膽敢花任何一毛錢，我們就會逮住他們。」

威廉說：「他們不太可能馬上就大肆揮霍那筆錢，拉蒙特太精明了，不會做這麼愚蠢的事。別忘了，我們先前能討回拉蒙特在突擊搜查後得手的那一整袋現金，就是因為他沒有花袋子裡的錢。」

「但桑默斯也許不像他那麼有耐心，所以對我們來說仍然是個機會。」

這時蕾貝卡突然說：「我倒覺得桑默斯已經做了更蠢的事了。」她說完刻意停頓了好一會兒，以確保其他人都有注意到她。

獵鷹回說：「妳說說吧，潘克斯特偵緝警員。」

「週日早上，妮基從我們住處下樓來吃早餐時，我看見她手上戴著一枚鑽戒。」

獵鷹疑惑地問道：「週日早上？那可是他們得手那筆錢的五天前。」

蕾貝卡回答：「也就是說，她也許沒有涉入拉蒙特和桑默斯的突擊之中。不過大隊長，我認為還有一件事該讓您知道：妮基戴的那枚戒指是單顆鑽石的，那枚戒指如果是真貨，一個偵緝巡佐可是動用整年的收入也買不起。」

威廉說：「先前剛好有發生竊盜案，而且有戒指丟失。我猜桑默斯就是逮捕犯嫌的警察，而那枚戒指肯定就是這樁竊盜案來的。如果是這樣，那麼要查那枚戒指就不難了，我們能把他們倆都逮個正著。」

然而這時，獵鷹又把注意力轉回潘克斯特偵緝警員身上，開口問道：「妳怎麼確定那枚戒指是單鑽的？」

她有些尷尬地回說：「那戒指長得和我母親的訂婚戒指有點相似。」

大隊長說：「妳未來肯定能成為巡佐的，潘克斯特偵緝警員。不過，貝莉警員的戒指是戴在哪隻手指上？」

蕾貝卡舉出左手的無名指。

「可憐的女孩。」獵鷹的語氣聽起來帶著一絲同情，出乎眾人意料。「但是我們還是不能冒著風險行動。這件事還有其他進展嗎？」

潔琪回答：「有的。拉蒙特又要求和我見面了，我們約好週六晚上去喝一杯。」

保羅問道：「他又有什麼意圖？」

這時蕾貝卡又突然開口：「由於我先前在地鐵上的失誤，我猜他大概是想確定自己到底有沒有被跟蹤。」

潔琪問：「那麼我該怎麼對他說？」

威廉回答：「就說他想聽的吧，告訴他沒這回事。」

獵鷹說：「我得提醒你們，待時機成熟後，我會讓他知道我們正在監視他，不過還沒到那個時候。」

威廉笑了笑，潔琪則一副困惑的樣貌，不過即使獵鷹這番話再令人費解，卻沒有任何人開口問為什麼，因為他們知道自己得不到回答。

獵鷹繼續說了下去：「如果拉蒙特又給了妳牛皮信封袋，我們就能知道，他認為妳和他一樣都是黑警。」

潔琪問：「我能問問先前的那個信封袋裡有多少錢嗎？」

威廉回答：「不曉得，我直接把東西交到證物室了，但我希望妳能再弄到另外一個。」

潔琪笑了出來，面露著從容的樣貌。

＊＊＊

「布斯．華生大律師，您必須知道，我完全不曉得我的兒子是個毒販。我以為他只是在我們家的知名小型茶葉公司擔任主管罷了。先前他被逮捕時，我和許多朋友一樣，對於他有雙重身分感到很震驚。」

布斯．華生闔起雙手，像是要禱告，但什麼話都沒說。

「布斯．華生大律師，我很感謝您順利讓他擺脫了多項嚴重的指控，但我必須說，我反倒希望他能被判有罪，為他犯下的罪受到應有的懲罰。」

布斯．華生十分得宜地顯露出後悔的樣子，但眼見自己的客戶百般自責，仍沒有試圖打斷她說話。

「我相信您還記得我曾說過，我之所以不願出庭作證，是因為我一週只見阿塞姆一次，每次都是在週五下午，而且往往都只見上幾個小時。」她說完停頓了一會兒，然後又接著說：「我得承認，他的死反倒令人鬆了一口氣。」

布斯．華生低下頭。

她繼續說：「多數的朋友都棄我於不顧了，所以繼續待在這個國家也沒意義。我打算搬回法國，而且越快越好。我希望上帝別讓我繼續待在這個世上，任何多餘的一時半刻都不要。」

布斯．華生對著眼前這名客戶露出善意的微笑，樣子就像是捕食到了大型獵物一般；他一點也不想讓這個獵物跑走，而他最不希望發生的事，就是拉希迪女士的死。

「所以說，我希望您把我的事情打點好，好讓我能回到家鄉里昂。」

布斯．華生回說：「您放心好了，女士，我最近都在日以繼夜地料理您的差事，為的就是這個目的。不過我擔心的是，您交辦的事情有點複雜，但既然時間是您最重要的考量，我目前倒已經有個辦法。」

「什麼辦法，布斯．華生大律師？」

布斯．華生再次露出微笑，想設法更加牢牢抓住這名獵物。「您想要的話，隨時都能回到里昂，只要……」

「只要？」

「只要您願意賦予我代理權，好讓我趁您不在時替您處理一切事物，那麼我除了不勝榮幸之外，也絕對會傾盡全力代您打點所有事情。當然，我也非常樂意偶爾到里昂去，向您報告一切情形。」

「那麼我該怎麼做？」

「只要在這份文件上簽字就好，拉希迪女士。」他一邊說著，一邊將兩張紙推到她面前。「爾後您的問題就是我的問題，您也能夠放心，我往後絕對會以您的最大利益作為優先考量。」

他遞給拉希迪女士一枝筆，並請她瞧一眼文件上用鉛筆打上兩個叉號的地方；她很快地讀了一會兒文件內容，就簽下了字。

布華先是等墨水風乾，才繼續開口：「我會是您忠誠的僕人，女士。」接著他稍微低頭向她致意了一番。

「快別這麼說，布斯·華生大律師，我才應該謝謝你。」

❊ ❊ ❊

四點後，妮基下了班。她決定是時候告訴大家懷孕的事了，畢竟再過不久，論誰都能輕易看出她肚子裡有孩子。她看了一眼自己的戒指，然後露出微笑。身為女警員，她打算好好利用保有全薪的這三個月產假，之後，她便要決定究竟應該回到工作崗位，還是索性直接辭職。她心想，一個家裡有一名警察就夠了。

她走進公寓，發現裡頭一團混亂，但一點也不意外。上個週末她並不在，所以洗碗槽堆滿了未洗的碗盤，盤裡甚至還有食物的痕跡。對傑利來說，事先稍微用水沖過碗盤，顯然不是件重要的事。她打開廚房的窗戶，準備開始動手清洗，只希望自己能在傑利下班之前完成這項工作。

妮基打點好廚房後，又來到了臥室。床鋪還沒整理好、傑利絲綢製的浴袍也散落在地上。他曾告訴過妮基，詹姆士·龐德也是這樣。她撿起浴袍，並掛在門後，之後又抖了抖枕頭，將床單拉整齊。然而，這時妮基卻看見床鋪中間有件紅色的蕾絲內褲，頓時呆立在原處，心想自己肯定是眼花了。那件內褲顯然不是她的。接著她便攤在地上，大肆哭了起來。難道對方知道她肯定會發現，是刻意將那件內褲留在那裡的？

傑利可不是早已多次一口咬定，說自己自從遇見她之後，已經脫胎換骨了？他說過一遍又一遍：我終於找到了我想共度餘生的女人。難道那枚戒指根本不算什麼？還是就像她一樣，只是個替代品？

但很快地，妮基的淚水轉為怒氣。她不禁想到，自己明明多次為傑利鋌而走險，如今他竟把她當成垃圾一般丟掉。她恨不得傑利恰好這時就回到公寓，這樣一來，她就能把心裡的話都對他說出來。

又過了一個小時，傑利仍沒有回來，於是妮基決定是時候把心中的想法化作行動了。她從地上站了起來，慢慢走向廚房，然後從抽屜挑了一把大剪刀；接著她回到臥室打開衣櫃，翻出數件西裝、外套、三件灰色的法蘭絨褲、還有許多條絲綢領帶。

她拿出第一件西裝，用剪刀剪下了西裝外套的兩邊袖子，接著輪到褲子，待她把衣褲都剪完一輪後，這些衣褲都變成了孩子才穿得下的大小。其他的西裝也接連遭殃，接著是外套、灰褲、最後則是領帶，即使是傑利鮮少用上的黑色領結，也都沒能倖免。

她看著四散在地上、殘破不堪的衣物，然後將剪刀放回廚房的抽屜內。接著，她又從洗手槽下方的工具箱中翻出一把槌子，打算毀了客廳的電視。最後，她又把腦筋動到了花瓶上，然後是碗盤、杯子、茶杯托盤。那套傑利只在特殊場合才拿出來使用的餐具，則被她留到了最後。傑利說過，那套餐具是他母親送的禮物，但如今一想，或許那更有可能是約翰・史密斯送的。妮基完事後，退了一步欣賞地上的殘局，不得不佩服自己的傑作。

妮基癱坐在地板上，全身已經筋疲力盡，卻感到欣喜若狂。她等自己完全恢復了精力後，決定起身再去為自己的傑作多添一筆。

她來到客廳，坐在傑利的桌前，從桌子的上層抽屜拿出一個大信封袋；她將那件蕾絲內褲和自己的鑽戒放進信封裡頭，然後將封口黏住。然而，當她準備關上抽屜時，卻突然瞥見了傑利的日記。

她緩慢地翻著日記，然後翻到了最近一天的內容。她看見上面寫著：公園徑、花花公子俱樂部，字的下方還畫著底線。這時她知道，傑利在午夜之前是不會回來了。她試著不去想俱樂部裡那些兔女郎的模樣。

她從前方的純銀信件架上拿出一張紙，寫下了簡短的一段話；待會晚上回家的路上，她就會把這張紙交給華威克偵緝督察，好讓他知道自己究竟是站在哪一邊的。

24

他們在和區經理碰面的幾分鐘前便到了銀行。服務台後方的年輕女子拿著登記的板子，確認了他們的姓名後，在他們的名字上做了記號。

她對兩人說：「請搭電梯到六樓，就會看到辛普森先生的私人助理戴維斯女士，她會陪同兩位到經理的辦公室。」

於是他們聽從了那名女子的指示。他們進入了擠滿人的電梯，並沒有開口說話，只是靜靜等著電梯門在抵達六樓時打開。門一打開後，便出現了一名年輕的女性對他們打上招呼。她先是開口：「早安，我是辛普森先生的私人秘書，辛普森先生非常期待見到兩位。」

她帶著兩人走過一道長廊，來到一扇門前，門上還有著辛普森區經理的鍍金字樣。她敲了一下門，但並沒有等到裡頭的人回應，就直接打開了門，並把身子側到一旁。

辛普森開口說：「很高興見到你們。」他一面說著，一面從桌子後方站了起來，前去和這兩名即將成為客戶的男子握手。

布斯．華生也有禮地回說：「也很高興認識您。」福克納則沒有說任何話。

區經理又說：「請坐。」戴維斯女士坐在他的身後，並已經把筆記本翻開，手裡握著筆做好準備。

待眼前的兩位賓客坐好後，辛普森便說：「雖然資料都已經備妥了，不過為了以防萬一，我還是事先打電話給了身在里昂的拉希迪女士，確認那邊的銀行已經得到了她的授權，願意與您合作。」

布斯．華生露出他最善意的微笑，然後回答：「這我再認同不過了。」

「拉希迪女士已經確認，她願賦予您所有事務的代理權；就我這部分，我也願意回答任何關於她兒子的遺產問題，這方面兩位請儘管對我吩咐。」

布斯．華生回說：「謝謝您。我想先瞧瞧拉希迪先生名下的私人帳戶細節、還有馬塞爾奈夫公司最新的年報。」

辛普森先生將兩疊厚厚的文件遞了過去，顯然早就知道對方會提出這些要求。

福克納將文件翻到最後一頁，從盈虧狀況開始看起；布斯．華生則繼續問著先前已經列好的問題。

「拉希迪女士的現金帳戶中，是否有任何資產是由銀行做安全保管，所以沒有顯示在帳戶內的？」

「她持有百分之五十一的馬塞爾奈夫股份，我可以向您保證，我對其他那四名股東有絕對的信心，只要他們能談到夠實際的條件，他們絕對願意放棄自己的股份。」

這時福克納終於首度開口：「公司的股價已經崩跌了，所以我得問：有什麼東西是『夠實際』到他們願意接受的？」然而，他說著時依然沒有抬起頭。

「我想，開出兩百萬英鎊來請他們讓出其餘百分之四十九的股份，應該是能談成的。」

「出一百萬吧，並表明這是最後的讓步了，沒有其餘的討論空間。」

「但是公司去年可是賺進了三十萬英鎊。」

「去年是去年，老實說，他們今年如果能達到損益平衡，就足以令人驚訝了，所以我再說一遍，一百萬是最後的底線。」

辛普森回說：「我會轉達您的話。」然而他聽上去似乎不抱太大的期望。始終扮著白臉的布斯．華生又問道：「帳戶裡還有什麼資產是我們該留意的嗎？」

辛普森回答：「那肯定有的。拉希迪先生在我們的金庫租用了七個保險箱，不過當然我並不知道裡頭的東西是什麼，您想知道的話隨時都能去查看。」

福克納站了起來，將文件放回經理的桌上，並一邊說：「那就現在吧。」

辛普森有些意外，但仍迅速反應了過來。「恐怕沒辦法，除非您有拉希迪女士的鑰匙。」

布斯．華生從身上的暗袋掏出了一把鑰匙。

辛普森說：「戴維斯女士，請妳陪同布斯．華生和他的同事到地下室一趟，我會撥電話提醒保安主管，告訴他會有人過去。」

戴維斯女士闔上筆記本，並站了起來對他們說：「請兩位跟我來。」

布斯．華生又再次和辛普森握了手，接著便跟著福克納和戴維斯女士離開房間，回到了電梯。

戴維斯女士小心翼翼地開了口：「這時節能有這樣的天氣真不錯。」同時，電梯也緩緩地向下，來到地下室。

布斯．華生附和：「一點也沒錯。」然而他根本沒有觀察到天氣，也沒有去察覺周遭的任何事物，只是靜靜等待著電梯門再次打開。

這次前來向他們打招呼的，是一名高大、穿著時髦的男子，他的手上還拿著一大串鑰匙。

「兩位早安，請跟著我來。」那名男子說完便帶著他們來到燈光昏暗的走廊，最後抵達一道鋼製的巨大門前。他用了三把鑰匙、在牆上的鍵盤輸入了六位數的密碼，才終於將那道沉甸甸的門推開，裡頭的空間，從腳邊到天花板似乎有數百個保險箱。那名保安的男子對著一本小筆記本確認了幾個數字後，抽出了相應的七個保險箱，然後把箱子放到房間中央的桌子上。

戴維斯女士這時說：「我們就把時間留給兩位了，如果您確認好後，請按下牆上的綠色按鈕，門就會自動打開，屆時我會陪同兩位回到經理的辦公室。」

「謝謝。」布斯．華生說完，戴維斯女士和那名保安主管便悄悄地離開，並關上身後的門。

布斯．華生先是不慌不忙地打開那七個箱子，接著才確認了裡頭的內容物；其中的前六個箱子都放滿了現金、鑽石、債券和股份證書，只有第七個並沒有裝滿這些貴重物品。對於眼前這些寶物，布斯．華生頓時覺得阿拉丁的洞穴恐怕也算不上什麼了，他們花了整整超過一個小時，才終於清點完保險箱內所有的東西。

布斯．華生接著又說：「這裡的現金，我猜美金共有超過兩百萬元，另外還有英鎊一百萬元。不過，雖然這些都是流通過的鈔票，警方無法追蹤，但是最近防制洗錢的法條才剛上路，所以要把大量現金脫手也有困難。」

福克納回說：「這問題好解決。有一堆貴族的成員，巴不得把珍貴的傳家之寶轉手換成現金，只要我們能偽造寶物，然後把假的寶物還給他們，他們就不必把交易的事上報給稅務人員知道。除此之外，肯定還會有許多有錢的外國人擔心自己在其他國家時，會被自己的國家當成不受歡迎人物，所以需要好轉手的資產，進而想買到珍貴的藝術品。」

「但這還是解決不了如何買下馬塞爾奈夫股份的問題，辛普森不會答應讓我們用這麼大筆的現金支付，況且所有交易都得是公開透明。」

邁爾斯又回說：「要公開透明就公開透明吧，拉希迪還有三個合法銀行帳戶，其中一個正好有超過一百萬英鎊的餘額，我們正好能用他的錢來買下那百分之四十九的股份。」

「你要我怎麼對拉希迪女士解釋？她可沒有那麼天真。」

「你可以告訴她那筆錢是髒錢，是她兒子從事非法毒品交易得來的，所以她絕對不會想要和那筆錢有關係。」

「那麼她那百分之五十一的馬塞爾奈夫股份呢？」

「我相信她肯定寧願用那些股份來買拉斐爾的《聖母與聖子》。」

「但那幅畫價值兩百萬。」

「真跡是這樣沒錯。」

「要是她之後又打算把畫賣出呢？」

「不可能的，她身為對上帝如此虔誠的女性，死也不會賣掉那幅聖母的畫作。」

「如果她拿到真跡畫可就難說了。」

「不可能的，因為真畫在我手上，但我可不打算把畫放到市場上賣掉。」

「你這偉大的計畫，對我來說又有什麼好處？可別忘了，如果沒有我，難道你能一路走到這裡？」布斯．華生說著時大動作地拂了拂自己的衣袖。

「我們成功得手馬塞爾奈夫後，接下來的事情就會交給你。你會負責擔任公司的法律顧問，每個月能拿到的聘金，絕對會高到你不必再替任何人辯護。」

「應該還有些其他好處吧？」布斯．華生一面說著，一面看向他們倆前方的桌子，上頭放了一堆又一堆的現金。

「那當然了。」福克納說完，便從其中一個箱子內拿出幾個密封好的袋子，裡頭裝滿了二十元英鎊面額的紙鈔。他將袋子遞給布斯．華生，並又說：「這些應該夠你這陣子花的了，要是你花完了，這裡還有更多。」

布斯．華生把一綑綑鈔票扔進他的格萊斯頓皮革袋，臉上再次露出了笑容，同時，他也把第七個保險箱裡的東西裝進了袋內，然後開口說：「我會把所有私人物品帶到里昂給拉希迪女士，包括照片、信件、他們家的紀念物。我猜，她會想看到這些東西的。」

福克納回說：「我們還得弄幅假的拉斐爾畫作給她，而且，我相信她看到時肯定不會拒絕的。」

「我們今天早上幹得不錯。」布斯．華生最後說完這麼一句話後，就提起了沉甸甸的袋子，福克納則按下了一旁的綠色按鈕。門打了開來，戴維斯女士和那名保安主管正在外頭等著他們。布斯．華生說：「我們的事情目前都辦妥了，不過，我以後還會不定時回來到這裡。」

❊ ❊ ❊

貝絲聽見大門發出喀的一聲時，正在忙著餵雙胞胎。她透過窗戶望出去，看見有個年輕女人把一封信投進了信箱裡。她心想，也許又是教會的傳單、又或者是他們那裡的保守黨晚餐酒會邀請函，但總而言之，不論是哪一種傳單，都同樣讓人索然無味。貝絲又仔細地瞧了那名女人一眼，看著她從家門前的小徑走了出去。貝絲發現那個女人似乎有些面熟，卻又想不起來究竟曾在何時何地見過她。

她帶著孩子們上樓，這時又聽到了第二次的大門聲；她笑了笑，心想威廉這天特別早回到家，也許是打算回來換套衣物。她將雙胞胎抱到嬰兒床內，並把他們安頓好後，便又馬上下樓，這時她發現威廉正在讀著一張紙條。

威廉盯著紙條，並沒有抬起頭，但嘴裡問道：「妳有看到是誰把這張紙條投到信箱的嗎？」

「有，但你不打算和我打聲招呼嗎？」

「抱歉。」威廉說完便挽起了貝絲的手。

「我只瞄到了一眼，她看起來很年輕、約莫二十幾歲、深色頭髮，感覺肚子裡有小孩。」

威廉點了頭，然後又讀了一遍紙條上的訊息。

今天晚上七點三十分到公園徑的花花公子俱樂部，當然，重點不是那裡的兔女郎，你的目標會在那裡狩獵。

貝絲說：「你這傢伙，晚餐我已經準備好你最愛吃的了，希望你的肚子正好餓著。」

威廉把紙條遞給貝絲，貝絲看完後又開口說：「嗯……那裡恐怕淨是些糟男人。我替你做了牧羊人派，我想那裡應該不賣這種東西吧。」

25

威廉來到了公園徑的花花公子俱樂部，這時時間正好剛過七點；他心想，自己還有大把時間能好好熟悉周圍的地形，因為他知道桑默斯八點才會下班。

他走進裡頭，簽了字後，就爬上樓梯來到二樓，接著進到了賭場。他在遊戲廳不慌不忙地轉了一會兒，瞧瞧人們究竟都是怎麼在各種遊戲中輸掉錢的。那裡有幾張二十一點的遊戲桌，還有許多輪盤賭的賭檯，一旁都有荷官負責轉動輪盤，其他的賭客則各自盯著輪盤內的白色小珠子，殷切地期望珠子會落在自己投注的號碼。不過有百分之九十三的機率不會發生。威廉在遊戲廳的後方還發現了一扇門，上面註明著私人用，他心想，或許只有豪賭的客人能夠進到裡頭，而且他永遠不會收到邀請。

威廉繼續在遊戲廳四處打量，然後坐到了吧檯最尾端的位置，等著桑默斯。

一名酒保客氣地問道：「想要喝點什麼，先生？」

威廉回答：「請給我一杯柳橙汁。」他一邊說著，一邊掏出了錢包。

那名酒保對第一次來到俱樂部的威廉說：「這杯免費，先生。」

時間過了一小時，卻還是不見桑默斯的蹤影。第二個小時又過了，這時威廉開始懷疑：

貝莉警員會不會擺了他一道，刻意告訴他這個消息，好讓她的男友桑默斯能逃過一劫，並讓他覺得自己原先應該待在家裡才對。

威廉正準備跳下吧檯的長凳時，正好有人把門推開：布魯斯・拉蒙特緩慢地走了進來。威廉見狀快步走向最近的樓梯，甚至也不曉得樓梯通往何處。他來到了樓梯最上層時，碰上了俱樂部的領班，他向威廉打了招呼。

「先生，要不要進來享用晚餐呢？」那名領班經常招待獨自用餐的顧客，於是便這麼問了威廉。

威廉回說：「不必了，謝謝。我已經吃過了。」他由露台望去，看見拉蒙特正坐在吧檯區，距離他方才坐的位置只隔了幾個座位的距離。他看向露台尾端的桌子，對領班說：「倒是可以來杯咖啡。」

「當然沒問題，您可以挑個位置坐，很快就會有服務生來替您服務。」

威廉有了這個制高點的位置，便能大範圍地看見整個賭場，同時還能讓自己躲在一個仿大理石的柱子後方。拉蒙特正一面啜飲著香檳，一面和酒保聊天，這時桑默斯也終於緩步走進賭場，朝著坐在吧檯區的拉蒙特走去。

這次換作一名年輕、穿著暴露的女性前來替威廉服務：「先生，想要喝點什麼？」

「來杯咖啡就好。」威廉說著時，試圖不去看那女人頭上戴著的大兔耳裝飾、還有她背後毛茸茸的尾巴，接著又說：「要黑咖啡。」

威廉再次把注意力轉向吧檯區，這時拉蒙特和桑默斯已經聊得起勁，於是他開始思考：難不成他們選在這個俱樂部見面，正是因為覺得自己不會撞見認得出他們的人？然而，接著他們停止了交談，桑默斯站了起來，走向離自己最近的輪盤賭檯。

他交給荷官一個塑膠袋，裡頭裝著的全都是五英鎊的鈔票，金額共有五百元。先前，威廉早就在獵鷹的辦公室見過那筆錢。荷官將鈔票攤開在賭桌的綠色檯面上，並清點完成後，才在賭客親眼見證之下，將錢放進塑膠盒裡。接著，荷官把一小堆籌碼推給了剛來到桌邊的桑默斯。

威廉是不太懂賭博，但他知道，輪盤賭是最容易輸錢的遊戲。他的父親在他很小的時候就提醒過他，賽馬和賭輪盤沒兩樣，兩者同樣容易輸錢；如果不是這樣的話，那麼破產的早就是賭場和投注站，而不是賭客了。

幾分鐘後，拉蒙特也來到了輪盤賭檯，他坐在桑默斯對面的位置，但並沒有和桑默斯打招呼。他也交給了荷官五百英鎊，並拿到了一疊籌碼。威廉一邊小口喝著咖啡，一邊盤算著他們倆的意圖。

荷官轉動了輪盤，然後說：「請下注。」

拉蒙特放了五個籌碼在黑色數字上，桑默斯則放了五個在紅色的數字上，這意味著他們其中一人肯定會贏得賭注，另一人則勢必會輸。

荷官又說：「請停止下注。」一小珠子繼續在外圍轉了好一會兒，接著在幾個數字間彈了好幾下，最後終於停在紅色二十七號。

荷官收回了輸家的籌碼，其中也包括拉蒙特的，之後，他將另外的五個籌碼推給了桑默斯。

他再次宣布：「請下注。」

有些賭客仍不假思索地選了自己最喜歡的數字，有些則跟隨著自己相信的策略，認為這樣的策略無懈可擊；然而對於賭博這檔事，早有上千本書訴說其箇中道理，但多數都不堪一讀，早已沒能流傳下來。

拉蒙特又在黑色的數字上放了五個籌碼，桑默斯也依然選擇了紅色的數字。珠子停在了紅色十一號。桑默斯再次贏下了賭注，拉蒙特又成了輸家。遊戲進行了兩輪，他們倆合計起來既算不上輸錢，也沒有實際進帳，兩人總計的資產仍維持不變。於是這時，威廉很快地便釐清了他們的意圖。

他們只不過是在利用計謀，將獵鷹那筆用來追蹤的鈔票脫手；他們打算先在遊戲上把鈔票換成籌碼，最終再以賭場支票的形式把錢拿回來。這樣一來，他們就能把贏來的錢存進任何一家銀行。假如有人問起這件事，他們只要說自己在賭桌上走了運。在其中兩輪的遊戲中，珠子落在了零號的位置，因此他們倆都各輸了五英鎊，不過這也是計謀中的一小樁插曲罷了，畢竟賭場還提供免費的香檳和煙燻鮭魚三明治，不必付帳就能讓他們好好享用。

一小時後，桑默斯和拉蒙特把自己的籌碼蒐集起來，然後走向另一個賭桌；他們又一次地交出了裝著五百英鎊的塑膠袋，繼續聯手執行他們的計謀。威廉知道自己無能為力，就算要聯繫當地的刑事小組，請他們對賭場發動突擊搜查，也必須先問問獵鷹，而獵鷹會作何反應，早已可想而知。

另外一個小時又過去，這時他們再次來到下一個賭桌，口袋早已裝著滿滿的籌碼。他們繼續執行著自己的計謀，直到終於把最後一袋現金處理完畢；最後，他們加入了一小群排隊的行列，來到了賭場收銀員的窗口。收銀員開立了兩張三千九百英鎊的支票，並收回了他們的籌碼。

桑默斯和拉蒙特離開俱樂部時，手上比原先還少了兩百英鎊。但這並不要緊。要緊的是，他們處理掉了原先那筆鈔票。

威廉不得不承認，他們倆的確找到了一個聰明的方式，能讓自己在賭場和警方的眼皮子底下正大光明地洗錢。他不禁想：在相關的法條通過，能夠防止其他人採取類似的手法之前，這種洗錢手段不知還會持續多久。

時間已經不早了，但威廉知道大隊長這時仍守在家裡的電話旁，等待著他的消息。獵鷹在電話響起第二聲打擾到妻子之前，就接起了電話。

獵鷹開了口：「有什麼消息？願聞其詳。」獵鷹很清楚，會在這個晚上撥電話給他的就只有一個人。

從傍晚來到花花公子俱樂部、到桑默斯和拉蒙特在最後一輪遊戲發生的事，威廉都一五一十地向獵鷹報告了一番。獵鷹聽到最後，只說了「真是聰明」這四個字。

威廉說：「但他們犯了一個錯，還是有可能會導致他們被拆穿。」

獵鷹又說：「願聞其詳。」

「就我看來，他們貌似沒有洗掉所有的錢，而是只處理掉約莫八千英鎊，也就是說還有兩千英鎊在他們手上。」

「別忘了，卡斯爾偵緝督察肯定也分了一杯羹。」

「這個我知道，大隊長。我正好想建議，何不我們就拿著搜索票，針對他們三人的住處搜索。假如我們在他們那裡發現了我們要追蹤的鈔票，就能把他們逮個正著。」

獵鷹回說：「卡斯爾和拉蒙特的腦袋很靈光，不會犯這種錯。不過，桑默斯那個自己為聰明的偵緝巡佐，倒值得我們碰碰運氣。」

威廉又說：「同時，我認為也能突擊吉米．透納的住處。我的猜想是，透納那幫人也許有所疏忽，認為自己收買了當地的警察，所以什麼都不怕。桑默斯先前從佩恩那裡搜刮到毒品後，把東西交給了透納他們，但也許他給透納那一家子的東西還不只有毒品。」

「這想法不錯，威廉。除了貝莉警員以外，我要其他人明天早上七點鐘都集合到我的辦公室。如果我們要全面展開行動，就得盡快才行。」

「大隊長，桑默斯週末會到馬拉加去，所以不在國內時，這會是行動的最好時機。」

「我同意，不過最好是在他踏上回程班機的那一刻。」

26

隔天早上還不到七點鐘，除了貝莉警員外的所有人都已經來到獵鷹的辦公室，坐在桌子周圍。

威廉在吃早餐時告訴了貝絲，自己依然不確定妮基是否已和桑默斯同流合汙、兩人又究竟是不是床伴。

貝絲對他說：「這兩件事是相互發生的吧。」對她來說，事情往往非黑即白。

會議上，獵鷹要威廉向小組報告案情的最新進展。貝絲的這番話，威廉並沒有在會議上表達出來。他只是解釋著自己為何會在前一晚去到花花公子俱樂部，其他的成員們則都全神貫注地聽著。

獵鷹說：「幹得好，威廉。總之，你當時沒有聯繫當地的刑事小組，是個明智的選擇。不過，現在我們不需要他們的幫忙，就有十足的機會能行動，藉此逮住桑默斯。讓我先來大致說明行動的概要，再詳細解釋任務細節。」

於是，獵鷹開始向小組成員們說明著自己的初步想法，這時，威廉很清楚獵鷹昨晚掛掉電話後，肯定沒有直接上床睡去。獵鷹終於解釋完畢後，只問了成員們一句：「有什麼想法嗎？」

蕾貝卡率先發話。

她說：「拉蒙特也許是又欠了一屁股債，但依然沒有一天不往賽馬投注站跑；他的妻子也沒有一天不去哈洛德百貨公司閒晃，伺機對各種精品『下手』。」

獵鷹看向潔琪說：「桑默斯那邊呢？」

「他把原本那輛捷豹換成最新款的車了，而且是用分期付款的方式購買，所以沒人會問他怎麼弄來一大筆錢買車。週六，他就會和一個叫作凱倫．透納的女子飛去馬拉加，這個女人也是『最新款』的，不過我覺得她大概過沒幾『期』就會和桑默斯分了。」

獵鷹皺了皺眉頭，說：「卡斯爾偵緝督察呢？」

「目前沒什麼動靜，他沒有什麼大肆揮霍的跡象，行為貌似也都很合理。」

保羅這時問道：「我們有辦法去到花花公子俱樂部，檢查那些鈔票嗎？」

「這沒有意義，因為我們永遠無法證明那些鈔票是來自誰的手裡，況且，這麼做只會驚動桑默斯和拉蒙特，讓他們知道我們正在查他們。這次我們只能認輸了，然後好好期待能趁桑默斯不在時，從這幾個人的住處找到剩下的鈔票。」獵鷹說完，又看向了蕾貝卡，然後再次問道：「貝莉警員呢？我以為會和桑默斯去馬拉加的是她？」

「顯然不是這樣，大隊長。她昨晚回到家時一副氣沖沖的樣子，更重要的是，我發現她的手指上少了那枚訂婚戒指。」

潔琪問道：「妳認為她現在是站在哪一邊？」

威廉回說：「再怎麼樣都不會是桑默斯那邊，否則她就不會到我家投進那張紙條了。」

大隊長說：「我們很快就能把事情弄個清楚，因為我還需要她來做一件事；有句話說：『遭到拋棄的女人，怒火比地獄之火更甚。』我們就期望能好好利用這點。」

威廉向後攤在椅子上，開口問道：「你們知道這句話是從哪兒來的嗎？」

獵鷹絲毫沒有遲疑地回答：「是《哀悼新娘》。」

保羅也附和：「那是威廉・康格里夫一六九七年的劇作。」

蕾貝卡說：「他是斯圖雅特王朝復辟時期的作家和劇作家，在都柏林聖三一學院受過教育。」

「一六七〇年出生、一七二九年去世。」潔琪應聲附和時一邊忍住呵欠。

威廉高舉雙手，承認自己拿其他人沒輒。

這時蕾貝卡又說：「不過，無論她有沒有在氣頭上，我認為她還是愛著桑默斯。」蕾貝卡告訴了小組成員，妮基某天吃早餐時說出的話，接著，她拿出了一個小小的皮製盒子，放到桌子正中央。「那天早上，她把這個東西放在玄關的架子上後，才出門去羅姆福德。」

「我猜大概是空的。」保羅說完後用手把蓋子彈開。

「是沒錯，但就像我剛才說的，妮基手上少了那枚戒指，所以她顯然是刻意想讓我找到這盒子的。」

威廉端詳著盒子裡的金色字樣：傑拉德珠寶，創立於一七三五年，倫敦梅費爾雅寶街二十四號。

大隊長說：「時常正是一些令人料想不到的小東西，才是抓到人的關鍵。蕾貝卡，幹得不錯。不過，我認為妳不適合繼續跟著這條線索辦事，把這項工作交給華威克偵緝督察吧。現在我們就各自回去工作。距離桑默斯從馬拉加回來就只剩幾天時間了，所以記得，不能……」

所有人異口同聲說：「不能讓壞人有休息的餘地。」

＊＊＊

四十分鐘後，威廉來到了雅寶街，站在傑拉德珠寶店的門口前，然而眼前卻只見休息中的告示。他確認著玻璃門上公告的營業時間，那黑色而整齊的字樣寫著：週一至周日，早上十點至下午五點。他不得不同意史考特．費茲傑羅說過的那句話：真正的有錢人，跟你我皆不同。

於是他決定趁珠寶店開門前，先到附近的街區晃晃，好消磨消磨時間。威廉經過英國皇家研究院時，看見了窗戶上的海報印著：一探究竟麥可．法拉第的實驗室。上面寫著活動開始的時間是九點。

他走了進去，和零星的遊客一同走下樓梯，前往法拉第的實驗室。法拉第是十九世紀的偉大科學家，他首度將電力轉變成了機械力，又將機械力變為了電力，而這些都令威廉讚嘆不已。更令他感到十分有趣的是，羅伯茲．皮爾爵士曾對法拉第問道：「法拉第，這一切有什麼用處呢？」當時法拉第回答：「首相大人，您認為一名剛出生的嬰兒，具有什麼樣的用處？」

十點過後，威廉才依依不捨地離開，回到屬於他的二十一世紀世界。他走上階梯，回到了傑拉德珠寶。早上搭著地鐵到綠園時，他已經準備了幾個想問的問題，如今這些問題又再次盤踞在他的心裡。他還記得貝絲說過，要是有人膽敢偷走她的訂婚戒指，她很樂意掐死那個竊賊。

一名穿著制服的警衛替他開門，彷彿他是一名正要揮霍個數千英鎊買件首飾的顧客。他走向其中一個櫃檯，把警察識別證拿給一名年輕女子看。

「能和經理聊聊嗎？」

那名女子拿起電話，按了一個按鈕後，便轉告了威廉的請求；她稍微停頓了一會兒，然後放下話筒對威廉說：「督察，請跟我來。」

她帶威廉走上氣派的迴旋樓梯，來到了二樓，這時經理已經正在二樓等著。

「早安，督察。我是保羅．剛布利。」

他們握了握手，接著剛布利便打開一道門，門內通往一處密室。能進到這裡的，只有國王、君主、總統，偶爾還有一些獨裁統治者，他們會受邀來到這個密室，欣賞一些平民百姓永遠無法見到的寶物。

「督察，您需要什麼樣的協助？」

威廉說：「我正在調查一枚遭竊的訂婚戒指，這枚戒指是在這裡購買的。」他一面說著，把那個有傑拉德標誌的皮製小盒子遞給對方。

然而經理說：「我能告訴您的恐怕不多，畢竟您身上應該沒有收據吧？」威廉搖了搖頭，接著剛布利繼續開口：「您知道戒指是多久以前買下來的嗎？」

威廉回應：「這我不確定。」

「說來也怪，先前也有一位您的同仁來到這裡，同樣問了珠寶被偷的事。」剛布利打開桌子的抽屜，拿出一本日記開始翻找。

威廉暗自在心中祈禱，希望對方說出的名字會是桑默斯。

剛布利翻了好幾頁後，終於開口：「找到了。是一名叫作普雷史考特的督察，他是從倫敦警察廳西區中部警察局來的。他來這裡是為了詢問遭竊的珠寶，這些珠寶是在梅費爾的一幢房子被偷的。雖然我不能告訴您那名顧客的名字，但我能確認，被偷的物品確實包含一枚訂婚戒指。」

威廉回說：「非常感謝，但我想好奇問問，那枚戒指價值多少錢？」

剛布利不經意地回說：「約三千英鎊出頭。」

威廉笑著回答：「看來我的妻子是沒辦法成為你們的顧客了。」

剛布利陪同威廉下樓，然後又開口說：「祝你們能找到偷戒指的嫌犯。」接著他替威廉打開了店門。

然而威廉回說：「我要找的人不是嫌犯。」語畢，經理只是露出了困惑的神情。

威廉一回到雅寶街後，就立刻前往了薩佛街的西區中部警察局。沿途他經過了幾個藝廊，要是他有閒情逸致，肯定會到裡頭待上個一、二個小時，但今天可不是這樣的日子。

抵達警察局後，他便直接走了進去，向局裡的警察出示自己的識別證。一名警察確認了威廉的身分後又看了威廉一眼，接著才開口詢問：「督察，請問需要什麼幫忙？」

威廉心想，自己究竟還要等到哪個歲數，其他同仁看見他的警銜時，才不會再露出一副訝異的樣貌。接著威廉開口問道：「請問普雷史考特督察在嗎？」

「我今天早上看見他上樓到辦公室去了，我來撥撥他的分機吧。」接著，那名警察便拿起了電話，開口說：「督察，櫃檯有一位華威克督察想要見您。」

電話另一頭大聲地咆哮：「請他上來！」

那名櫃檯的巡佐對威廉說：「督察，請走上樓梯，右邊第一扇門就是了。」

威廉向對方道謝後，便爬上樓梯，敲了敲那第一扇門，直到他聽見裡頭傳出了一聲「請進！」之後，他才終於開門進去。

那名督察向威廉打了招呼，看上去一副不久後就要退休的樣子。他充滿皺紋而下垂的臉龐，道盡了他一生究竟辦過了多少刑案。他親切地握握威廉的手，然後開口：「需要幫什麼忙？」

「我正在追蹤一起先前發生的竊案，這樁案子是在您的轄區發生。被偷的是一枚訂婚戒指、還有一些昂貴的珠寶。傑拉德珠寶的經理表示，您先前曾到店裡詢問過案件的事。」

普雷史考特回說：「是凡．哈夫騰那對先生女士。」接著，他便從桌子後方起身，然後走到檔案櫃前；他的手指沿著各份檔案的書背上滑過，並抽出了其中一份文件。

他一面走回桌子後方，嘴裡一面說：「這樁竊盜案是凡．哈夫騰先生去年通報的。他們夫妻倆那時才剛結婚幾個月，就我看來，凡．哈夫騰女士非常想把訂婚戒指拿回來，所以我必須擱下當時正在處理的其他案子，直到我找回戒指。」

威廉翻著那本檔案，時不時還得停下來做著筆記，一邊小口喝著那杯不怎麼樣的咖啡。最後，他開口說：「謝謝，督察。」之後就把檔案還了回去。

普雷史考特問道：「你知道嫌犯是誰嗎？」

「我不知道，但我知道是哪個警察從那個嫌犯身上偷走了戒指。」

普雷史考特督察這時貌似聽出了些什麼，知道不該再多問更多問題。他只是又說了一句：「代我替獵鷹打聲招呼。」

「您認識我的上司？」

「我們一起在亨頓的大學受訓過，他的綽號也是從那裡來的。對了，你該不會就是那個唱詩班乖乖牌吧？」

＊　＊　＊

獵鷹讀完威廉的報告後說：「幹得好，督察。」

「大隊長，下一步該怎麼做？」

「你應該還記得，我今天早上在會議上說過需要貝莉警員辦一件事。」

「大隊長，我大概知道是什麼事了。」

「願聞其詳。」

「您是想要她去查桑默斯的逮捕紀錄，確認凡・哈夫騰的珠寶被偷後，是不是由他逮捕嫌犯的。如此一來，就能知道他是怎麼得手一枚自己原本付不起的戒指。同時，根據她給我們的答案，我們也能知道她究竟是站在誰那邊。」

「要是她不是站在我們這邊的呢？」

「那麼等到桑默斯渡假回來的那天，我就會把她給一起逮捕。」

「督察，接下來一週會非常不容易，你最好也去瞭解一下，針對東尼・羅伯茲的案子，拉姆斯登法官說了什麼總結詞。」

「我父親表示審判結果只有一個可能。我告訴庭上，自己親眼看見羅伯茲在月台上和兩個男人交談，那兩個人就是把拉希迪推到鐵軌上的兇手；但即使我說出這番證詞，羅伯茲還是不認罪，我父親也非常意外。」

「也許陪審團認為這還不夠有說服力，到最後，他們可能依然覺得羅伯茲只是個無辜的平民，和當時在月台上的其他乘客一樣，只是太過於驚嚇。」

「既然這樣，他看到我為什麼要逃跑？」

「好問題。」

「另外那些證人的證詞如何？」

「很可惜，陪審團也有一些人被布斯．華生的花言巧語收買了。」

威廉又說：「假如我們連這場官司都輸了，那麼我肯定會把陪審團這制度廢了。」

獵鷹回說：「這可不行，就太專制了。」

＊＊＊

「你這傢伙還記得我的生日是什麼時候嗎？」

「是今天。」威廉一邊回答，一邊挽起了貝絲的手臂。「要不是我今天早上離開時看妳睡得正香甜，肯定會對妳說句生日快樂的。」

貝絲伸出雙手，帶著要求的語氣說：「那麼我的禮物在哪？」

「早就在妳最喜歡的那間餐廳了，正在餐桌上等妳。」

「在麗思飯店？」

「不是。要到麗思飯店吃上一頓晚餐的話，恐怕得先等我當上廳長才行，在這之前，我們只能先到艾蕾娜那裡將就一下。」

「正好是我們第一次約會的餐廳，你可真是浪漫。」

威廉繼續說：「但在那之前，我們得先去皇宮劇院。」

「去看什麼？」

「《悲慘世界》。」威廉話一出口，突然傳來了敲門聲。

「會是誰敲門？」

「大概是保母，今晚蘇西休假了。你去換件衣服吧，我來向她介紹一下孩子們。」

三十分鐘後，貝絲才走下樓，這時威廉盯向貝絲，一副渴望著什麼的樣貌。

「你這傢伙，門都沒有。要的話也得是晚餐過後，你表現得好才有機會。」

威廉笑了笑，牽了貝絲的手。「這位女士，孩子們都安安穩穩地躺在床上了，妳的馬車也已經在外頭等著。」

「一輛二手的奧斯汀小型車恐怕不能稱作是馬車吧？要說的話，充其量也只是南瓜馬車罷了。」

從演出開始，威廉和貝絲都十分享受，不過貝絲還是趁著幕間休息時撥了通電話回家，確認孩子們是否仍安穩地睡著。他們離開劇院後，貝絲在前往餐廳的路上仍不停唱著劇中的歌曲《我曾有夢》。

吉諾帶著兩人前往餐廳角落的座位，就像五年前他們第一次約會的那個晚上一樣。早已在餐桌上等著貝絲的，是一個綠色的皮製盒子。吉諾拔開香檳的軟木塞，貝絲則打開盒子，發現裡頭是條養殖珍珠的項鍊，頓時倒抽了一口氣。

「你這傢伙該不會是從傑拉德那裡偷來的吧？」

「當然不是，是我祖母留給我的，她要我把這條項鍊交給和我結婚的女人。」

「你怎麼到了這時候才拿出來？」

威廉開玩笑地說：「我得確認妳會和我一起走下去才行。」之後，他將身子向前傾，然後把手繞到貝絲的脖子後方，替她戴上項鍊。

貝絲打開粉盒，對著裡頭的小鏡子瞧了瞧自己的禮物，然後又開口說：「真是不得了，你祖母還真有品味。」

「品味好的是我祖父，他為了慶祝他們的三十週年結婚紀念，特地從東京帶回了那些珍珠。」

貝絲握住威廉的手問道：「你覺得我們能走到三十年嗎？」

威廉笑著回答：「走不到的話，我可就得把那條項鍊拿回來了。」

「想都別想。」貝絲說著的同時，吉諾再次來到桌邊，接著他翻開便條紙，開口詢問：

「兩位想吃點什麼？」

威廉回說：「和我們第一次約會時一樣。」

「當然沒問題，不過請容我把弗拉斯卡蒂白酒換成一支上等的香檳。」吉諾說完，又替兩人倒了杯酒。

吉諾離開之後，威廉又說：「我還有另一個驚喜要告訴妳，那就是再過不久後，我就會回到小組了，之後就會正式回到總部的崗位上。」

「是發生了什麼嗎？」

「是貝莉警員的事，我想她可以算是回到我們的懷抱了，這樣對我們所有人來說，辦起事來也比較容易。」

「她得接受調查嗎？」

「那倒是不用。她運氣可真好。」威廉說著時，一名服務生將一碗絲綢起司放到了他的面前。

「我第一次約會時點了湯嗎？」

「你是在吃完波隆那肉醬義大利麵後喝湯的，我當時吃的則是煙燻鮭魚和香煎米蘭小牛肉，還有配上檸檬醬和奶油菠菜。」

「妳當初怎麼還願意答應第二次約會？」

貝絲回說：「我心想你大概信得過，雖然你對我們的感情好像老是不在意似的。」

威廉不甘示弱地回擊：「妳什麼時候才要成為菲茲墨林的館長？」

「沒這麼快，不過大家都在傳，提姆好像會在新年授勳的名單裡面，可能不久後就會去追求更遠大的抱負了。」

「妳也是吧？」

一名服務生上前為他們收走了第一道菜的碗盤，這時貝絲突然抓住威廉的手說：「是克里斯蒂娜，別隨意張望。」

威廉小聲問道：「她和那個上校在一塊嗎？」這時他們的主菜也送了上桌。

「不是，和她一起的是個年輕男性，看起來挺性感的，而且我從來沒見過。」

威廉用叉子捲起一口義大利麵，一邊說：「我還以為艾蕾娜這種餐廳不合她的胃口。」

「又或者她是不想被其他朋友看到才來這裡。」

「妳不是說她對內維爾上校是認真的？」

「上一次見到她時，她給我的感覺確實是這樣，而且那也不過是幾天前而已。她還親口對我說，他們倆要搭奧爾登郵輪去紐約渡假。坦白說，我很意外她竟然這麼快就想和另一個人定下來了。」

威廉回說：「我倒不意外。」

「你覺得我們該去打聲招呼嗎？」

威廉回答：「她不會想要妳這麼做的，所以我認為待在這裡就好。」

「我真替雷夫感到抱歉，我還挺欣賞他的，雖然你認為他是看上了克里斯蒂娜的錢。」

威廉解釋道：「也不全然只是這樣，我總覺得雷夫・內維爾上校這個人有些不尋常的地方。」這時，服務生又上前收走了他們的碗盤。

一會之後，吉諾又來到桌邊，手上正端著生日蛋糕。他深吸一口氣，準備用他沙啞的聲音唱〈生日快樂歌〉，但威廉輕聲而篤定地說：「今晚就不必了，吉諾。」

「何不呢，這位紳士？我可是波特斯巴鎮的帕華洛帝。」

「這個我不質疑，但我們可不想引起那名女士的注意，她就坐在餐廳的另一邊。」

吉諾也跟著威廉壓低音量說：「啊，原來是克里斯蒂娜女士。」

威廉問道：「她是這裡的常客？」

「是的，但她身旁那名男士不是。」

貝絲笑了笑，然後問道：「有沒有辦法能讓我們離開時不被她發現？」

吉諾回答：「沒問題，我可以帶你們進到廚房，從員工入口離開。」

這時威廉一邊翻找著皮夾，一邊說：「可得先等我付完帳才行。」

「蛋糕我們招待。」吉諾說著時，一面用紙巾把蛋糕包起來。「對了，我很喜歡這條項鍊。」

❊ ❊ ❊

隔天早上，妮基來到蕾貝卡身邊，準備和她一起吃早餐，她開口說：「哈里森。他叫克雷格．哈里森。他是個不起眼的小偷，而且前科累累。」

「是桑默斯今年以竊盜為由逮捕他的嗎？」

「沒錯，就在五月二十三號，這樁是和先前其他竊盜案無關。」妮基坐到廚房的餐桌旁，但蕾貝卡發現她對眼前的早餐卻一碰也不碰。

「他後來有實際被指控嗎？」

「隔天他就上了治安法庭。他承認自己有罪，也請法官為他的其他八項罪名量刑。不過，我猜獵鷹有興趣的只有其中一項。」

「你是不是該向他報告一下？」

「我已經把報告放在他的桌上了。」

蕾貝卡握起妮基的手，一邊說：「那就好。」

「我也決定了，小孩出生後我就不回去工作了。」

蕾貝卡回說：「這件事我不會告訴任何人的，畢竟，也許幾個月後妳還會改變心意。」

妮基說：「我想那不太可能，因為孩子的父親可能得在監獄待上好一陣子，而且供出他的人會是我。」

「是桑默斯嗎？」

「少來了，妳肯定早就知道，不必繼續裝下去。」

蕾貝卡坐到妮基身旁，溫柔地把手勾在妮基肩上。

妮基問道：「小組的其他人知道嗎？」

「知道，而且知道好一陣子了，這大概都是因為我的關係。」

妮基面向室友蕾貝卡，淚水從臉頰滑了下來。

「我一看到那枚戒指，就知道那鑽戒的價格，絕非桑默斯這樣一個警察能負擔得起。」

「把戒指交到我手裡的，不該是這樣的一個男人。」

「難不成，該要是克洛敦的那個房屋仲介嗎？我可不這麼認為。」

妮基稍微提起自信說：「不過我把戒指還回去了，也把那傑拉德的盒子留在了那個妳肯定不會錯過的地方。」

「我那天早上就把盒子交給華威克偵緝督察了。」

「我就知道。」

蕾貝卡又說：「託妳的福，我們現在知道是桑默斯逮捕了那個偷戒指的哈里森，所以……」

「我會被逮捕嗎？」

蕾貝卡溫柔地說：「希望不必走到這步。我知道的是，大隊長覺得妳並沒有涉入桑默斯偵緝巡佐的犯罪行為，而且他很清楚，是妳提醒了華威克偵緝督察，要他到花花公子俱樂部去。妳做的一切是對妳有利的。」

「但對傑利來說不是。」

「他不值得妳同情。」

妮基握著蕾貝卡的手，然後說：「妳真是我一直以來的好朋友。」

「我沒妳說的那麼好。」

❊　❊　❊

「對於謀殺這項罪名，您認為此案的被告安東尼．羅伯茲有罪還無罪？」

陪審團團長緩緩站了起來，她望向法官說：「庭上，我們認為有罪。」這時威廉立刻跳了起來，並直接衝出法庭；他甚至連鞠躬致意都忘了，只是推擠著人群，穿過了門，然後逕直走向最近的電話旁。他聽到獵鷹從電話另一頭出了聲後，馬上開口說：「有罪。」

「看來你不必廢掉陪審團制度了吧？」

「暫時不必了，不過如果到時候桑默斯被判無罪，我可能又得改變心意了。」

獵鷹回說：「假如他真被判無罪，那麼你可能就連工作也要丟了。」

27

「我們出了個問題。」

邁爾斯回說：「有什麼問題都說吧。」

「不適合在電話說。」

「這麼嚴重？」

布斯．華生說：「就是這麼嚴重。你這個早上有什麼打算？」

「十點鐘在金融城有個董事會的會議。」

「取消掉吧，來我的事務所一趟，越快越好。」

「但我是會議主席……」

「你再不來，恐怕過了今晚後連主席都不是了。」

「這麼嚴重？」

＊＊＊

丹尼並沒有理會路上的雙黃線，直接將車子開過禁停區，彷彿沒有看到一旁的臨停標示。他載著大隊長來到蓋威克機場，並把車子開往一處多數民眾都不曉得的登機門外。警衛確認了霍克斯比大隊長的警察識別證，用手指向了跑道尾端；獵鷹乘著車子來到了跑道尾端後，和機場的保安主管包柏．芬頓總警司會面，一旁還有三名身穿制服的保安。

獵鷹踏出車外，和包柏握了握手，並開口說：「早安，包柏。能和我說明一下最新的情況嗎？」

芬頓回說：「從馬拉加出發的〇一六航班今天早上九點三十五分起飛了，時間誤點約十五分鐘，預計再三十分鐘左右會降落。」

獵鷹說：「很完美的時間點。」接著他回到車上，要丹尼用無線電聯繫阿達加偵緝巡佐。幾分鐘後，無線電便發出了劈啪聲響，傳來了一個熟悉的聲音。

「早安，大隊長。」

「早安，保羅。桑默斯很順利地登上飛機了，他的班機大約再半個小時就會抵達蓋威克機場，所以我不希望這時有任何人和他聯繫。我要你現在開始行動，前去逮捕卡斯爾；同時，我要羅伊克羅夫特偵緝巡佐的小組徹底搜查他的住處，找出任何看起來昂貴和不尋常的物品，能找到毒品或是我們要追蹤的那些鈔票更好。」

「桑默斯的住處呢？」

「告訴潔琪，把他的家徹底翻過一遍，如果有發現到鑽戒就立刻通知我，因為這枚鑽戒就是我們要的證據。」

保羅回說：「羅伊克羅夫特偵緝巡佐和潘克斯特偵緝警員的小組，已經守在了桑默斯的住處外，就等您下令。只要您一聲令下，搜查小組就會立即行動，我也會到那裡的警局找卡斯爾偵緝督察。」

「就馬上去辦吧。」大隊長說完，把無線電對講機還給了丹尼。

這時芬頓開口說：「〇一六班機已請求著陸許可，他們會滑行到四十三號登機門，您的同仁和我手下兩名成員也已經在那裡等待，我們最好也過去。」

丹尼說：「華茲警司打了無線電過來。」接著他再次把對講機遞給了獵鷹。

獵鷹對緝毒小組的新主管華茲說：「早安，克里斯。今天早上你和幾個成員們到吉米・透納那裡拜訪時，有沒有打攪了他的早餐時光？」

「沒有，大隊長。我突擊他的住處時他還在睡覺，之後我就逮捕了他和他的三名家族成員。」

「你指控他們犯下什麼罪名？」

「持有八公斤的古柯鹼與其他非法毒品，部分的毒品正好就在英伯瑞超市的袋子裡面。」

獵鷹笑了笑。「再過幾分鐘後就能逮捕桑默斯偵緝巡佐了，真期待告訴他這個好消息。」

華茲說：「大隊長，我們回頭警局見，希望局裡有夠多的拘留所能關他們。」

「幹得好，克里斯，我會告訴廳長這件案子你也有功。」

華茲笑著回說：「我相信您會的，大隊長。」

獵鷹把對講機還給丹尼，然後說：「我們走吧，可不能讓桑默斯偵緝巡佐等太久了。」

❊ ❊ ❊

邁爾斯給了計程車司機一張鈔票，並表示不需要找錢。之後，他便緩緩穿過中殿律師學院，心裡仍一邊思考著：布斯．華生究竟為何這麼急著碰面？這時，兩名年輕女子從他身旁走了過去，其中一名提著一個小箱子，另外一名則穿著大律師袍。邁爾斯知道她們是誰，但對方並沒有認出自己。

他走到了第一費特法庭時，絲毫不必去看那白磚牆上的一長串名字，就早已知道自己要去的事務所位在哪一個樓層。他爬上通往三樓的木樓梯時，階梯還一面發出嘎吱嘎吱的聲響；來到三樓後，他敲了敲那扇門。這已經不是第一次了。他總覺得自己像個不懂事的小男孩似的，彷彿門後方的是個校長，正準備大發雷霆，責備他沒有交出當週的作業。

事務所的秘書領導普拉姆斯特德女士上前替他開門，並帶他來到了布斯．華生事務所內部的一處私人空間。

布斯．華生見秘書還沒離開房間，先是說：「早安，內維爾上校。」邁爾斯等門關上後，便直接問道：「究竟發生了什麼重要的事，重要到我得取消董事會會議，急忙跑來這裡？」

「拉希迪女士死了。」布斯．華生說完後刻意停頓了半晌，讓邁爾斯消化一會兒這個消息。「她昨天下午很安詳地辭世了。」語畢，只見邁爾斯癱軟在身旁的椅子。

邁爾斯沉默了許久，才終於開口問道：「她把那幅拉斐爾的畫給誰了？」

布斯．華生一面看著拉希迪女士先前立好的遺囑，嘴裡唸道：「所有東西都給了布朗普頓聖堂，其中也包括那幅畫，這座聖堂正是她在肯辛頓時常去的教堂。」

邁爾斯回答：「那倒沒問題，聖堂會把畫掛在教堂裡供教徒敬拜，肯定不會有人知道那幅畫的真偽。」

「教堂不打算裝修新屋頂的話，確實是這麼回事沒錯，而裝修正好需要花上超過一百萬元。教會在這個正好需要錢的時刻，竟得到了那幅拉斐爾的聖母畫，肯定連他們自己也認為一切是個奇蹟。」

邁爾斯說：「那麼，我們就得趁有人發現那是幅假畫之前，趕緊把畫拿回來，就出價一百萬元給教會吧。」

「一百萬也許不夠。很不巧，聖堂的其中一名管理員正好是佳士得拍賣行的顧問，所以如果要賣掉那幅畫，教會肯定會請教他的意見。不過我有個辦法，也許能解決這個問題。」

這時，門突然打開，普拉姆斯特德女士端進了一個托盤，上頭有著咖啡和餅乾。

「內維爾上校，對於能去福克蘭群島這麼一趟，在您十月的重逢晚餐會上擔任演講嘉賓，我實在備感榮幸。」布斯．華生說著時絲毫沒有遲疑，這時普拉姆斯特德女士替兩人倒了咖啡。

她正準備離開房間時，邁爾斯說：「那麼，我下一次在委員會的會議上，就把這消息告訴大家，屆時在餐會上，希望您能敬成員們一杯，祝福大家身體健康；身為秘書的我，當然也會敬您一杯。」

普拉姆斯特德女士關上身後的門後，邁爾斯便又馬上問道：「你的解決辦法是什麼？」

布斯．華生說：「我們都知道，那幅拉斐爾的《聖母與聖子》是假畫，並非真跡⋯⋯不過我還有更陰險的一步：當時，我把畫交給拉希迪女士，拿到了她持有的馬塞爾奈夫股份時，她簽下的那份合約還附上了其他文件，這些文件，是用來證明那件作品的來歷都是真的。所以說，無論是聖堂或佳士得，都沒有理由懷疑畫作的真偽。」

「那麼你覺得我該怎麼做？」

「等到那幅作品被放到佳士得上拍賣時，你就得把它買回來，除此之外你別無選擇。要是聖堂發現那幅畫是假畫，肯定不久後就能發現最初是誰把畫給了拉希迪女士，同時也能知道真畫在誰的手裡。」

邁爾斯回說：「但你該不會忘了，我現在照理來說是個死去的人才對。」

「但克里斯蒂娜還活得好好的。她知道那幅真畫就掛在你蒙地卡羅的房子裡，所以手握著你的把柄。」

「真跡畫明明就在我手裡，卻還得掏出超過一百萬元買下假畫，我實在無法接受。」

「這我懂，邁爾斯，但比起坐上十年牢，這已經是最好的辦法了。」

「還是我去殺了克里斯蒂娜？」

「那可能就得坐二十年的牢了，所以這行不通；要處理克里斯蒂娜，我倒已經想到了更好的辦法。」

「什麼？」

「娶她。」

＊＊＊

丹尼緩緩將車子開到機場外圍，接著停到四十三號登機門旁，大隊長下了車，然後向同仁們介紹了芬頓。

芬頓開口說：「早安，督察，希望剛才沒有讓各位等候太久。」

威廉和芬頓總警司握了握手，一邊說：「哪裡的話，我們也只不過是等了六個月罷了。」

獵鷹說：「你們終於不必再繼續等下去了。」這時，眾人都盯著〇一六班機降落到了遠方的跑道上，接著開始朝他們的方向滑行。過了數分鐘，飛機才來到了登機門外，然後漸漸停下來；獵鷹用手壓住警帽，才免得帽子被飛機引擎的風力給吹走。

兩名地勤人員上前將登機梯推向艙門。

芬頓確認著乘客座位的表格，嘴裡一邊說：「桑默斯和他的旅伴坐在第九牌的座位A和座位B，所以會是第一批下機的乘客。」

艙門被推了開來，獵鷹走到登機梯下方，打算趁著乘客走下階梯、踏到柏油路面之前，就先掃視一遍裡頭的乘客。威廉不一會兒就開口說：「他就在那裡，六呎二吋，身穿海軍藍的西裝外套、牛仔褲、開襟襯衫。」

獵鷹說：「他身後的大概就是凱倫．透納。」

威廉問道：「大隊長，為什麼這麼覺得？」

「看看她的左手無名指。」

威廉把視線移向一個金髮女子，那女子看上去十分有魅力，膚色黝黑，彷彿過去兩週都沐浴在陽光之下。

威廉說：「這肯定會是她永生難忘的假期。兩個人通通都繩之以法嗎？」

獵鷹回答：「不，只逮捕桑默斯就好。我要把透納女士帶到一旁，想辦法摘下她的訂婚戒指。希望他們倆還沒定下結婚的日期，因為他們如果想結婚，我看也得是二〇一〇年後的事了。」

桑默斯和透納女士一踏到地面，五名警察便朝他們走去。威廉和兩名年輕警員擋下了桑默斯前方的道路，大隊長和潘克斯特警員則支開了伴在桑默斯身旁的透納女士。

威廉拿出自己的警察識別證，並開口說：「傑利．桑默斯偵緝巡佐，我是華威克偵緝督察，由於你涉嫌銷贓與瀆職，我在此將你逮捕。你不需要說任何話，但你此刻如果選擇不說話，之後卻在法庭上辯駁，可能會不利於你的辯護，而你現在所說的話，都可作為呈堂證供。」

桑默斯露出驚嚇的表情，並很快地回頭瞥向凱倫，然而只見凱倫已被一名年長的男子和一名女警員帶到一旁。接著，兩名身穿制服的警察便將桑默斯的手臂拽到背後，將他的手腕銬住。他們把桑默斯帶到了早已待命著的警車旁，而桑默斯只是全程一語不發。

＊＊＊

大隊長說：「在會議一開始，請先容我正式歡迎華威克偵緝督察回歸。以我們公務員慣用的那套來說的話，這些日子以來，華威克偵緝督察都處在停職、不得出勤、但仍保有原職位的狀態。不過正如你們所知道的，他這五個月來，事實上都在從事我指派的臥底工作，向我匯報線索。這也是為什麼我一直都比你們更先瞭解情況。對於華威克偵緝督察的臥底任務，就連他的妻子也被蒙在鼓裡，這整起行動就是如此地機密。」

威廉本想反駁，其實妻子並非完全不曉得，但終究沒有開口。

保羅也開口：「貝莉警員肯定也預判到臥底的事了，否則就不會把桑默斯的事偷偷告訴威廉，拉蒙特去花花公子俱樂部的那件事也一樣。這兩件事都表明了他們兩人當時有相互勾結。」

威廉回說：「妮基向我通風報信、要我那天晚上去花花公子俱樂部，確實是有那麼一分功勞。」

潔琪也附和道：「我同意，但也不能忘了，貝莉警員隱瞞了重要情報好一陣子，這個情報原本可是能加快調查進度。」

潘克斯特偵緝警員也回說：「還有一件事，那就是她生下孩子後，就不打算回到崗位上了。」

大隊長說：「這樣一來問題就好解決了。因為我依然不覺得她有參與桑默斯的非法行動。」

潔琪又說：「不過，她當時戴著桑默斯給她的昂貴鑽戒、大肆炫耀，肯定早就知道那枚戒指絕非桑默斯買得起的，也就是說她絕對曉得那戒指是偷的。」

蕾貝卡又對潔琪說：「但她把戒指還回去了，還把那傑拉德的盒子刻意留在我一定會發現的地方。如果真要怪罪她的話，就怪她之前做了錯誤的選擇吧，但這也是我們所有人都會犯的錯。」

傑琪回答：「假如她將來回到警察廳的話，妳願意對她的過錯睜一隻眼閉一隻眼嗎？」

大隊長直接看向潘克斯特偵緝警員，然後說：「她肯定知道，以自己犯下的過錯看來，回到這裡會是個不明智的選擇。好了，我們繼續說說桑默斯和佩恩家族的事吧，然後再解釋我們先前策畫好的計畫究竟是什麼。華威克督察，就由你來說好嗎？」

「昨天早上，我在蓋威克機場逮捕了桑默斯偵緝巡佐，並指控他涉嫌銷贓和瀆職。比較令我意外的是，竟然還有人能替他付保釋金，不過後來我發現這個人是準備替他辯護的布斯·華生，也就沒那麼意外了。」

阿達加偵緝巡佐這時說：「桑默斯沒有錢付律師費的。」

威廉回答：「但凱倫·透納的父親絕對付得起，而且他絕不希望自己女兒的未婚夫就這樣鋃鐺入獄。所以可以預料到的是，桑默斯約莫在六個月後就會到老貝利開庭，在這之前，我們應該有相當充裕的時間能為案件審判做準備。」

獵鷹說：「他肯定也會做好萬全準備。至於卡斯爾那裡的情況如何？」

潔琪先是不疾不徐地翻開文件，才開口回答：「我們沒有找到足夠的證據來指控他。」

獵鷹繼續追問：「你們在他的住處，沒有找到任何能指控他的東西？」

「有一台全新的電視和一個金色的打火機，但他宣稱那是傳家之寶。這些東西還不足以確保能將他定罪。」

大隊長又說：「但等到大家都知道他的住處為何遭到搜索後，他還是得辭職，以示負責。」

這時威廉問道：「拉蒙特呢？」

蕾貝卡坦白地回答：「我沒能逮住他。我的小組並沒有在他的住處找到那些我們想找的鈔票，也就是我們原先已經記好序號的那些。此外，也沒有找到任何能表明他涉案的證據。所以說我這裡就和潔琪一樣，無法對他提出指控。光靠假冒警察、以及和他朋友桑默斯在花花公子俱樂部賭博賭上一晚，這些指控絕對算不上能達到無合理懷疑，說服其他陪審團。」

威廉說：「那麼，難不成我們又要讓他逃過一劫？」

獵鷹回說：「除非羅伊克羅夫特偵緝巡佐上次和他碰面後，又有發現了些重要的線索。」

傑琪說：「大隊長，他正打算調查。他說自己從新聞上看見了桑默斯被捕的消息，所以他懷疑警方有可能會調查桑默斯和他的關係。」

威廉問道：「妳怎麼回答？」

他說自己還在羅姆福德擔任督察的時候，桑默斯還是一名新人，但他表示自己不記得他了。我當時一邊聽著，一邊裝出了非常訝異的表情。

獵鷹說：「看來他的記性不太好呢。妳有說出那個我們刻意想讓他知道的情報嗎？」

「有的，大隊長。」

「他有沒有好好地給妳一些獎賞？」

潔琪打開了手提包，拿出一個牛皮信封袋，並遞給大隊長。大隊長撕開信封袋，拿出一疊厚厚的五英鎊鈔票。他把鈔票發下去給小組成員，所有人拿到鈔票後，就立刻檢查起鈔票上的序號，期待有人能大聲喊出「抓到他了！」這樣的話，但絲毫未果。

「看來是我的期望太高了。」獵鷹一邊說著，一邊將錢收回信封袋，並交給威廉。「把信封袋和羅伊克羅夫特偵緝巡佐的報告一起放進證物室吧，並且確保你親眼看見東西被放進去了。」

威廉點了點頭。

「我們目前就先專注在桑默斯身上吧。羅伊克羅夫特偵緝巡佐，妳有在他的公寓找到足以指控他的東西嗎？」

潔琪回答：「並沒有，大隊長。諷刺的是，貝莉警員把他的公寓徹底給毀了，恰好讓桑默斯逃過一劫。」

獵鷹回說：「這怎麼可能？」

「所有相關證物都被她毀了，我們只在當地市政會的一處垃圾場找到了這些證物的其中一部份。」

蕾貝卡說：「但她毀掉那些東西不是因為想救桑默斯。」

傑琪回說：「也許不是，但她這麼做有可能會讓她男朋友得逞。」

「那時桑默斯已經不是她男朋友了。」

這時威廉嚴厲地說：「夠了，妳們兩個。別忘了，到時候桑默斯開庭時，我們還需要貝莉警員出庭擔任辯方證人。」接著，威廉又看向潔琪說：「羅伊克羅夫特偵緝巡佐，總而言之，妳沒有在公寓裡找到任何能當作證物的東西對吧？」

「只找到了一個銀製的信件架、幾只名錶、幾英鎊的現金，但這些錢的序號也不吻合我們原先想找的鈔票。」

獵鷹說：「桑默斯這個人，可說是自視甚高、貪得無厭、又得意忘形，隨你們怎麼說他都好。不過也是因為這樣，我們才能得手那枚鑽戒，把他送進牢裡，並為拉蒙特設下圈套。你們所有人都做得很好，也恭喜你們。但別忘了，直到開庭的那刻，桑默斯肯定會用盡千方百計，為那枚戒指、那些名錶、那銀製信件架等證物，想出他的託辭。所以我們全都不能鬆懈下來，好確保這次他不再是開著最新的捷豹溜走，我們得親眼看見他在老貝利坐上囚車。」

＊　＊　＊

「妳想抱抱他嗎？」妮基一面說著，一面把孩子交到蕾貝卡手上。

蕾貝卡把孩子抱在懷裡，說：「這孩子真是幸運。」

然而妮基坦承地回說：「我倒不這麼認為，傑可也許直到長大變成青少年之前，都見不到他的爸爸。」

「妳還是隨時能去監獄探視的。」

「他和別的女人訂了婚，所以我絕不會這麼做。無論如何，我永遠不會讓我的兒子見到監獄裡的模樣，那會讓他耳濡目染的。」

「所以說，妳同意出庭作證，指控桑默斯嗎？」

「獵鷹也沒有給我太多選擇，除非我想和桑默斯一起坐在被告席上。」

蕾貝卡把懷裡的小男孩交還給妮基，然後說：「妳的證詞很重要。」

妮基輕聲回答：「這我知道，這次我不會讓妳失望的。」

「妳還愛著他對吧？」

貝莉警員停頓了好一陣子，才終於回答：「是沒錯，但儘管如此，我還是會說出我的證詞，把傑利送進監獄，即使我得一起被關在牢裡一輩子也願意。」

※　※　※

貝絲聽見有人輕輕地敲了辦公室的門，但她還沒回應，門就打了開來。克里斯蒂娜溜進門。她穿著亞曼尼的衣服、愛馬仕的絲綢圍巾，並提著古馳的手提包，宛如王室某個次要成員，舉手投足間都散發著一股高人一等的氣息。

貝絲發現克里斯蒂娜來到畫廊拜訪，從不事先和她安排會面，如此一想，貝絲不禁發笑了起來。克里斯蒂娜總是認為貝絲隨時都能接起她的電話，彷彿貝絲總能騰出時間似的。她那些才華橫溢的夥伴倫勃朗、魯本斯和維梅爾，也讓她的拜訪更加名正言順。

貝絲先是開口：「能見到妳真好。」除了說出這句話，她也沒什麼好做的了。她親親克里斯蒂娜的雙頰，然後又說：「是什麼風把妳吹來這裡？可讓我太開心了。」

「我只是正好經過，進來見見妳。」

貝絲很清楚，克里斯蒂娜絕非只是經過。舉凡像這樣突如其來的拜訪，克里斯蒂娜背後往往有其理由。克里斯蒂娜坐到了辦公室裡一把舒適的椅子上，顯然打算和貝絲聊上好一陣子。

「我有幾件事想和妳說。」

貝絲坐到了這名對菲茲墨林來說最具貢獻的客人面前，十分好奇克里斯蒂娜究竟為何起了個大早來拜訪。

「不過在這之前，不如先聊聊親愛的督察最近過得如何？」

「他多數時間都在準備開庭，那是一起重大的貪腐案，會在老貝利審判。這次他又得和布斯・華生打對台了，所以說他必須全心投入才行。」

「我從來都看那個人不順眼，妳的公公討喜多了。」

「朱利安爵士確實也會代表皇家檢控署，不過這對威廉來說也算不上什麼輕鬆的事。但妳說說吧，怎麼會突然來見我？」

「雷夫要我嫁給他。」

「那麼妳的回應是？」

「我當然說了好！我愛著那個男人。」

「恭喜妳。」貝絲見狀刻意表現出雀躍的樣子，然而實際上，她仍在心底回想起上次在艾蕾娜餐廳見到的畫面。當時，克里斯蒂娜把手放在男人的大腿上，但那個人可不是雷夫。

克里斯蒂娜伸出左手，露出手上那簡約的單鑽戒指，比起她其他手指上更華麗的戒指，看上去稍微黯然失色了一些，但貝絲依然回說：「看著真美。」

「婚期定了嗎？」

「八月二十二日。」

「那陣子妳不是打算坐奧爾登郵輪到紐約？」

「是沒錯，但林普頓的教堂一路到九月下旬，都有人預訂好要舉辦婚禮，八月二十二日是唯一可以舉行婚禮的週六了。所以與其一直空等到九月下旬，我們決定不如捨棄那趟旅行，因為更重要的是我們的大日子。我今天來見妳就是為了這件事，你們倆願不願意代替我們去紐約？」

貝絲回說：「別說笑了，我們哪負擔得起奧爾登郵輪的房間費用！」

克里斯蒂娜放聲笑了出來。「我的意思是，就把我們的房間交給你們吧，畢竟，我們也已經沒辦法在這麼短的期限內取消訂房。老實說，如果你們願意去的話，反倒是幫了我們大忙。」克里斯蒂娜說完後刻意停了一會兒，讓貝絲緩一緩心情，才繼續說：「當然，威廉有可能會拒絕對吧？」

貝絲回答：「要是他拒絕的話，我就自己去。」

「太好了，那麼這件事就這麼決定了。不過，我還有一件更重要的事要和妳商量。」

貝絲心想，究竟還會有什麼事比結婚重要？

「為了慶祝我和雷夫的婚約，我們決定送給菲茲墨林一個合適的禮物，以紀念這一刻。」

貝絲回說：「你們實在太大方了。」然而，貝絲不禁想：克里斯蒂娜所謂的「合適」，指的又是什麼意思？

「親愛的，我相信妳已經聽說了一件事，那就是秋季的拍賣會上會有一幅拉斐爾的畫作出售，我和雷夫都認為菲茲墨林是那幅聖母畫像最合適的落腳處。」

貝絲問道：「妳指的該不會是那幅《聖母與聖子》？」然而她的話中絲毫藏不住興奮。

「一點也沒錯。」

「但那幅畫原先不是邁爾斯的收藏嗎？」

「沒錯，但他生前把那幅畫留給一名友人了。不過，我知道他原先也有打算把畫給菲茲墨林。」

貝絲幾乎驚訝得說不出話來，但終於還是開了口：「妳實在是太慷慨了。」

「不過，倒還是有一個小小的條件。」

貝絲心想果真如此，但依舊保持沉默。

「到時候拍賣時，我和雷夫人會在蒙地卡羅，所以需要有人代替我去競標那幅畫。我認為這個工作，沒有誰比妳更適合了。」

「妳太過獎了，不過，這件事交給提姆．諾克斯不是更適合嗎？畢竟他是畫廊的館長。」貝絲一邊說著，一邊翻找著桌子底層的抽屜，想找出最新一期的拍賣圖錄，好確認確認那幅畫的高估價和低估價。

貝絲還沒翻找到那幅畫在圖錄上的頁數，克里斯蒂娜便直接開口說：「約莫會落在八十萬元到一百萬元。」那幅畫是編號第二十五號拍賣品。拉斐爾的《聖母與聖子》。持有者是一名女士。

「最高價妳能出到多少？」

「一百萬應該就能得標了。」

「這筆錢超過了我們畫廊的負荷範圍，所以我恐怕需要妳拿些東西來作抵押。」

克里斯蒂娜回說：「我就知道妳會這麼說。」接著，她便打開了手提包，拿出一張支票遞給貝絲。

貝絲看見支票上的數字時，手止不住地顫抖了起來：上面寫著一百萬英鎊。

「當然，假如有人開出了更高價，妳就不必拿出這張支票，不過我想不大可能出現這個情形。」

貝絲說：「我真不知道該怎麼謝謝妳。」

克里斯蒂娜回答：「就算要謝，也等那幅聖母畫像掛到菲茲墨林的牆上後再來謝吧，也別忘了，這件事是我們之間的小秘密。」

貝絲回說：「那當然。」然而，貝絲知道必須把這件事告訴一個人，而克里斯蒂娜也早已知道貝絲會將這件事告訴誰。

※　※　※

獵鷹提醒著眾人：「別忘了，桑默斯的案件審判是在週一。不過，在陪審團的成員選定前，我們還有一些工作要處理。」

威廉和潔琪翻開了筆記本。

「羅伊克羅夫特偵緝巡佐，我要妳再安排和拉蒙特見面一次。告訴他出了些情況，這件事必須立即告訴他。」

潔琪問道：「什麼事？」

「我要妳事先提醒他，桑默斯的案件審判進行時，會有一批人二十四小時尾隨監視他。」

「如果他問我為何要監視他，我該怎麼回答？」

獵鷹回說：「他自己心知肚明。」

潔琪闔上了筆記本。

然而威廉坦承地說：「但我沒有足夠的人力能全天候監視他。」

「你不需要人力。只要拉蒙特認為自己正在被監視、不會任意輕舉妄動，這對我們來說就夠了。說到這個，我還得提到一個從來不怕輕舉妄動的人，這個人就是柏恩斯．透納。」

那是吉米．透納最小的兒子。威廉聽見他的名字時，不禁皺了皺眉頭。柏恩斯．透納這個人存在的唯一目的，就是確保自家的人碰上麻煩時，不會有人被判有罪。賄賂、勒索等手段對他來說都太過於費事，他認為打碎對方的骨頭、駕車衝撞對方，這些用威脅來解決事情的方法對他來說更為有效。

保羅說：「他因為犯下嚴重身體傷害罪被判四年，現在已經服刑兩年了，目前獲處緩刑，人正在外頭。」

「那就設法再把他關回監獄裡幾個月，直到案件審判結束為止。」

「眾所周知的是，他每週和緩刑監督官會面時總是遲到。下次我會找兩個監督官等他，直接把他送回彭頓維爾監獄，把他關到案件審判結束為止。」

「很好。既然我們都提到審判了，威廉，我想你這次面對布斯．華生的交互詰問，準備應該已經相當充分了吧？」

威廉直截了當地說：「我簡直等不及了。到時在法庭上，只要一有機會，我絕對會一遍又一遍地提起那枚高貴、華美、又昂貴的鑽戒。」

28

「是否能請被告起立？」

桑默斯從被告席上站了起來。他身穿全新的西裝、白襯衫、藍色的絲綢領帶。

「傑瑞米・理查・桑默斯，你被指控銷贓和瀆職，你認為自己有罪還無罪？」

「無罪。」桑默斯一邊說著，眼神直接盯向了法庭的書記官。

「請坐下。」

拉姆斯登法官從座位上望下去，發現朱利安爵士正渾身顫抖，有如一頭準備向前衝出的野犬，迫不及待想發表自己的開庭陳述。相反地，布斯・華生大律師則無精打采地坐在另一側的律師席，看上去昏昏欲睡，如同一隻睡鼠。布斯・華生知道還得過上好一會兒，才需要把自己的眼睛打開。

拉姆斯登看向德高望重的大律師朱利安爵士，然後說：「朱利安爵士，您可以進行開庭陳述了。」

朱利安爵士從座位上站了起來。一如往常，他拉了拉自己的黑長袍，並調整了頭上的灰色假髮後，才把身子轉過去面向陪審團。他向陪審團的八名男性和四名女性打了個招呼，露出善意的微笑，他知道這些人會是法庭上最重要的十二個人。

他低頭瞥了一眼自己事先準備好的稿子。雖然他原本預期桑默斯會承認自己有罪，所以絲毫不必花大把時間做這些多餘的準備，來換得那區區「有罪」兩字；不過多年的經驗告訴他，一名大律師可不能冒著這樣的風險。

他望向法官席，然後開口說：「庭上，敝人代表皇家檢控署，身旁的是我的律師下屬，葛蕾絲．華威克女士，而我學識淵博的朋友，布斯．華生御用大律師則代表被告。」朱利安爵士說完後，不情願地給了布斯．華生一個鞠躬，但對方並沒有回應。

接著朱利安爵士又回過頭向陪審團說：「在一開始，我必須先提醒各位，這次您要審判的，是對一名公務人員來說，所能犯下的最為不恥的犯行。根據國會訂下的法律，倘若您最終認為被告有罪……」他說到這裡先是停頓了一會兒，並直接看著陪審團，然後才繼續開口：「刑期會是無期徒刑。」

「當所有的公民面對官員，無論對方是德高望重的法官、或是在轄區巡邏的員警，都有理由相信這名官員是正直的，這點無須質疑。不過，假如公民這樣的信任被打破了，勢必得對這名官員處以嚴厲的刑罰，正義才得以被伸張。以本案來說，公民的信任不僅僅是被打破了，公民破碎的信任，甚至將難以彌補。」

「桑默斯偵緝巡佐看似是相當傑出的警察，有著十分漂亮的逮捕紀錄，也獲得許多嘉獎，未來一片光明。不過，他並沒有善用自己的才幹，而是選擇將腦筋動到了違法的事情上。」

「每一名警察都會碰上利慾薰心的情況，這種事情都是家常便飯，而多數的警察都不曾想過越過那條底線。可惜的是，部分警察卻肆無忌憚，不過令人感到萬幸的，是這樣的警察只有一小部分。傑利·桑默斯偵緝巡佐正是這樣的一名警察，關於這部分，待案件審判一步步進行後，各位就能明瞭。」

「各位陪審團的先生女士，桑默斯偵緝巡佐在警界有著值得讚賞的逮捕紀錄，若偶爾判斷時出了差錯，在所難免，能予以忽略；但各位要審判的案件，並非是這樣一起單一的失誤。桑默斯偵緝巡佐暗中建立了一個犯罪網絡，其規畫之縝密、手法之俐落，堪比各種犯罪集團中的專業幫派。」

「各位陪審團成員，您在接下來的幾次開庭審判中，將會陸續瞭解到：桑默斯曾經多次逮捕竊盜或強盜犯後，並沒有把那些最值錢的贓物上繳到警局、登記在拘留紀錄底下，而是把東西都帶回自己的家裡，或是分送給友人或熟識。」

朱利安爵士又直接看向了陪審團，一邊說：「桑默斯偵緝巡佐如果想要得到一台新電視、最新的音響、或甚至是一輛捷豹，他不必像你我一樣，到商店街上東挑西選。由於他在執勤時有管道能碰到那些贓物，所以他輕輕鬆鬆就能把贓物弄到手。您也許會問：為什麼那些被他抓到的小偷不把這件事透漏給當局知道呢？很簡單，假如他們遭控偷竊的物品數減少了，也就代表他們能得到較輕的刑罰，如此一來，他們何必費心做這件事呢？」

「但是，這樣還不能滿足桑默斯偵緝巡佐止不住的貪慾。數年以來，他負責的當地轄區羅姆福德，始終都被兩個相互競爭的犯罪家族當作獵場，也就是佩恩家族和透納家族。他選擇向這其中一夥無法無天的幫派伸出援手，而有了他來攪局，其中一個家族得到了更多利益，但更重要的是，他自己也得到了更多好處。」

「他一手試圖逮捕佩恩家族的成員，另一手卻讓身為他金主的透納家族逍遙法外。同時，他將透納家族的非法所獲中飽私囊，卻也一面坐收各種讚賞、警方給與的嘉獎，得到了表現傑出的表揚。這樣的行為有如《化身博士》的翻版，桑默斯就是現代版的哲基爾博士和海德博士。」

「不過他也和許多罪犯一樣，當倫敦警察廳總部設下了陷阱，試圖誘惑他的時候，他忍不住遭到利誘，掉進了無法脫身的圈套。」

布斯．華生這時寫下了設下陷阱四個字，打算待會把這個陷阱化為自己的招數。

「皇家檢控署將傳喚證人，在宣誓之下作證，藉此證明桑默斯涉嫌從某幫派手上偷取毒品，再將毒品販賣給和此幫派對立的犯罪家族。這個犯罪家族正是他攜手合作的對象，藉此，他更將販毒獲取的利益收到自己的口袋。他的行為所賺得的錢財，在短短一個月內的獲利就比他擔任偵緝巡佐一年的薪資還多。不過，他就是在此時犯了一個致命的錯誤：他試圖拉另外一名誠實的警員陪他淌這灘渾水，不料這名警員絲毫沒有猶豫，就把他的行為上報給她的長官。」

布斯．華生又在黃色的筆記本上寫下了絲毫沒有猶豫這幾個字。

「屆時這名警員作證時，您就會理解到桑默斯偵緝巡佐的犯行是何等嚴重，並做出最為合理的判決。如此一來，才能保護所有正直的市井小民，免於受到黑警的危害。這名黑警擔任著最為人敬重的職務，卻已經徹底背叛了警察的聲譽。」

朱利安爵士說完便坐了下來。他的陳述並沒有迎來一陣激烈的鼓掌，但更重要的是，所有陪審團成員都聚精會神地聽著他的一字一句。就連布斯．華生也不得不暗自承認，自己從未見過比朱利安爵士更傑出的對手，而且，這還只不過是朱利安爵士的第一波攻擊罷了。

拉姆斯登法官開口說：「朱利安爵士，您可以傳喚第一位證人了。」

「謝謝庭上，我要傳喚的是威廉．華威克偵緝督察。」

❊ ❊ ❊

拉蒙特從旁聽區的後排座位上，向下望著那八名男子和四名女子。他知道自己不能冒險接近這些人的其中之一，尤其先前潔琪才警告過，警方正在全天候監視著他。

他心想，柏恩斯．透納大概會負責收買他們其中至少三人，這樣一來陪審團就無法得到一致的判決。不過，既然案件審判開始了，他就得避免接觸透納家族的成員、或者是布斯．華生。

但他並沒有什麼好抱怨的。布斯・華生擔心的那一項證物已經交由他處理掉了，也因此收到了優渥的報酬。

※　※　※

威廉右手拿著聖經，嘴裡唸著宣誓詞，聽起來相當有自信的樣子。

朱利安爵士透過他半月形的眼鏡瞄向威廉，一邊說：「為了法庭紀錄，請您說出自己的姓名和警銜。」

「我是威廉・華威克偵緝督察。」

「華威克督察，能否請你向陪審團解釋一下，你目前在倫敦警察廳從事什麼工作？」

「我目前為總部一個特別小組的一員，負責調查黑警，現在正好就鎖定了其中一名警察。」

「那名警察的姓名和警銜是？」

「傑利・桑默斯偵緝巡佐。」

「他是否人在現場？」

「是的。他是被告方，目前就坐在被告席上。」

「你的小組為何會對桑默斯偵緝巡佐展開調查？」

「艾塞克斯的警察局分局長通知過總部，他懷疑手下的一名警察有銷贓嫌疑，並與轄區內其中一個主要的毒品團夥有掛鉤。」

「你們接手調查時的情況如何？」

「我們當時已經知道，在羅姆福德的轄區有兩大毒品世家相當活躍，其中一方的成員不斷遭到逮捕，但另一個勢力仍持續為非作歹，絲毫沒有受到阻撓，因此引發了當地某個隊長的懷疑。」

「偵緝督察，你得到了這個情報後的下一步是什麼？」

「我把小組內部的貝莉警員調到羅姆福德的警局，同時，我則繼續展開臥底工作。」

布斯．華生寫下：貝莉警員？

「我們就直截了當一點說吧，桑默斯偵緝巡佐的行為有被你當場抓包過嗎？」

「有的。」這時威廉一邊翻開了筆記本，繼續說：「五月二十九日，週五午夜時，我們有一名臥底的成員看見了桑默斯進到雷格．佩恩先生的住處，這名雷格．佩恩就是當地兩個主要毒品團夥中，其中一個團夥的首腦。桑默斯身旁還有另外一名男子陪同，所以我們的臥底成員認為桑默斯當時應該是準備上門逮人。」

布斯．華生快速動筆在黃色筆記紙上寫下：這名臥底會作證嗎？

「約莫二十分鐘後，這兩個人走出了房子，這時我們的臥底成員拍下了一張照片，照片中桑默斯正提著一袋英伯瑞超市的袋子，袋子看起來鼓鼓的。」

「督察，請問這名臥底有繼續上前跟蹤嫌犯嗎？」

「有，這時桑默斯就駕車到了吉米・透納的住處，位置就在羅姆福德的維斯特菲爾德路。」

「吉米・透納？」

「也就是另一個毒品世家的首腦，我們懷疑桑默斯和他有勾結。」

「他在透納的家中待了多久？」

「大約三十分鐘。」

「是在午夜一點三十分嗎？」

「是的。」

「這次桑默斯踏出門外時，手上還提著那個鼓鼓的袋子嗎？」

「沒有了。」

「接下來呢？」

「接著我們的臥底就跟蹤桑默斯回到他的公寓，之後，他就返回到總部，在我們大隊長的桌上留下了一份書面報告，裡頭記錄了所有他在這個午夜見到的事，並附上了一些照片。」

布斯・華生又寫下筆記：傑克・霍克斯比大隊長？

「你讀完這份報告後怎麼做？」

「我取得了搜索票，然後開始搜索桑默斯的公寓，這次搜索任務是在羅伊克羅夫特偵緝巡佐的指揮下執行，執行的當下桑默斯並不在場。」

布斯．華生寫下：桑默斯有收到通知嗎？

朱利安爵士又問道：「他們找到了什麼？」

「一個銀製的信件架、兩只名錶、一些現金，另外還有一輛新的捷豹停在房子的車道。」

布斯．華生刻意用著對方聽得見的音量說：「就這麼點能耐嗎？」

朱利安爵士沒有看向布斯．華生，只是冷冷地回說：「別急。」

拉姆斯登法官從座位上望下看，然後說：「您說什麼，朱利安爵士？」

「不好意思，庭上，我剛才只是稍微回覆了一下被告律師的意見。」朱利安爵士說完後，又將身子轉回去面向證人席。

「督察，請問羅伊克羅夫特偵緝巡佐和小組成員搜查公寓時，有特定要找的物品嗎？」

「有一枚價值不斐的鑽戒，這枚戒指我的同仁貝莉警員也曾在公寓見到過。」

布斯．華生又記下筆記：第一次見到是何時？這時他的筆記已經累積了一長串的問題。

「那麼他們有找到戒指嗎？」

「並沒有。不過就在桑默斯偵緝巡佐從馬拉加渡假回國後，我們看見了他身旁的凱倫．透納女士，她的左手無名指上正戴著那枚戒指。」

這次布斯・華生特別將威廉的一字一句完整寫下，還在透納兩個字底下畫上底線，並加上報仇？兩字。

「你有辦法確認桑默斯偵緝巡佐當初是如何得到這枚戒指的嗎？」

這時布斯・華生突然站了起來，並開口反駁：「庭上，檢方沒有證據能指出被告確實知道這枚戒指的存在，更不用說他是否真持有這枚戒指。」

朱利安爵士嘆了口氣，然後說：「難道被告方律師的意思是，那枚戒指是透納女士所偷的？又或者，難不成這名年輕女性早已另有訂婚對象，但桑默斯偵緝巡佐依然和她去渡假？」

布斯・華生只好又一屁股坐回座位上。

「你逮捕桑默斯偵緝巡佐後，有質問他偷竊戒指的事嗎？」

「有的，但他拒絕回答問題，這我倒不意外。」

布斯・華生再度站了起來，開口說：「庭上，我有異議。嫌犯在他的法律代理人抵達現場前，有絕對的權利選擇不回答警方提出的問題。」

拉姆斯登法官回說：「布斯・華生大律師說得有道理。」接著他轉而面向證人說：「督察，請把重點放在事實之上，您的意見並非眾人應該關注的事。」

威廉故作出愧疚的模樣，但心裡很清楚父親的下一個問題會是什麼。

「這倒是。督察，就讓我們把重點放在事實之上吧。桑默斯的法律代理人出現後，桑默斯有變得比較配合嗎？」

「並沒有。」威廉說完忍不住又想補上一句：我還是不意外。但還是忍了下來。

「請容我再問一遍被告律師剛才質疑的問題：你有查出桑默斯當初是如何得到這枚戒指的嗎？」

威廉回答：「有的。我們已經確認，那枚戒指，原先是由梅費爾的傑拉德珠寶商賣給一名叫凡．哈夫騰的男子，價格是三千三百英鎊。」

朱利安爵士話鋒一轉，突然換了話題。

「一個偵緝巡佐一週能賺多少？」

「稅後、扣除國民保險後，大約是一百二十五英鎊。」

接著朱利安爵士又把話題轉回到戒指上：「也就是說，桑默斯偵緝巡佐從凡．哈夫騰先生身上偷走了戒指？」

「並不是的，偷走戒指的是一名竊盜犯，名叫克雷格．哈里森。他偷走戒指的幾週後，遭到桑默斯偵緝巡佐逮捕，這起竊案也被視為與他起竊案無關的獨立案件。哈里森遭到定罪後，請求為他的其他八項罪名量刑，其中的罪狀就包含偷取梅費爾一棟公寓內的珠寶和貴重物品，而凡．哈夫騰女士的訂婚戒指也包含在其中。」

朱利安爵士聽完先是停了一會兒，好讓陪審團消化消化這番訊息。

「也就是說，桑默斯和透納女士從馬拉加渡假回國後，你逮捕了桑默斯，並指控他銷贓，贓物包括這枚哈里森偷來、價值三千三百英鎊的戒指。」

「沒錯。」

「庭上，皇家檢控署希望能展示這枚戒指供證人確認。」

拉姆斯登法官朝書記官點了點頭，於是書記官便從座位上站了起來，走向檢方與被告方先前已確認過的證物堆。書記官確認了自己的寫字板。證物第十一號。那是一枚裝在傑拉德皮製盒子內的鑽戒。

他取下證物，走向證人席，並將那小小的皮製盒子遞給了威廉督察。

「這個盒子就如你剛才說的，來自傑拉德珠寶商對嗎？」

「沒錯。」

朱利安爵士繼續問道：「華威克督察，更重要的是，裡面裝著的那枚戒指，是否就是凱倫．透納女士和桑默斯偵緝巡佐從馬拉加渡假回到英格蘭後，手上戴著的那一枚？」

布斯．華生聽見這番話後，臉上露出了一抹微笑。

威廉翻開盒子，朝下盯著那枚鑽戒，過了好一會兒才開了口：「是的。」

布斯．華生趕緊抬頭望向旁聽區的拉蒙特，拉蒙特露出了驚慌的表情，這才知道自己顯然被華威克設計了。朱利安爵士身子向前一傾，對著布斯．華生輕聲說：「我之前中計過一次……」

拉姆斯登法官突然說：「朱利安爵士，或許也該讓陪審團看看證物。」

朱利安爵士回說：「我非常同意，不過，被告律師是否也願意呢？」

布斯．華生只是隨意地點了點頭，於是威廉便把證物交還給書記官；書記官也讓法官看了一眼證物後，便走向陪審團席，把證物交給團長。

陪審團團長花了一段時間端詳了那枚戒指，接著才將戒指一一傳遞給其他成員確認。最後，終於輪到了布斯．華生確認那看似罪證確鑿的證物，但布斯．華生只是揮一揮手，表示自己並不需要。

朱利安爵士說：「謝謝你，華威克督察，你的配合相當有幫助。但請你繼續留在證人席，因為我想布斯．華生大律師也會對你進行交互詰問。」

法庭頓時掀起騷動，人人引頸期盼著雙方接下來的交鋒。

拉姆斯登法官問道：「布斯．華生大律師，您要對這位證人進行交互詰問嗎？」

布斯．華生緩緩站了起來，絲毫沒有朝華威克的方向瞥一眼，便直接對著坐在上方的法官回說：「我不需要，庭上。」

原先騷動著的眾人這時都困惑不已，然而這些疑惑卻始終得不到解答。布斯．華生只是依然留在自己的座位。至於先前早已花了大把時間準備的威廉，這回又再度感覺自己失去了和布斯．華生交手的機會。朱利安爵士看起來倒一點也不意外，然而葛蕾絲只是一臉困惑。

葛蕾絲在父親耳邊輕聲說：「他想做什麼？」

「我們將了他一軍，所以就算他現在想對威廉進行交互詰問，也已經沒輒了。布斯．華生原先以為那傑拉德的盒子內會是空的，但獵鷹可不會讓那種事發生第二次。」

「所以對方會改口認罪嗎？」

「不大可能。只要還有一絲讓被告逃過一劫的機會，布斯．華生就不會這麼輕易認輸。不過他現在肯定知道，貝莉警員是他唯一的救命稻草，所以妳待會一刻都不能放鬆戒心，布斯．華生正期待著她坐上證人席。」

這時拉姆斯登法官突然說：「朱利安爵士，您準備好要傳喚下一位證人了嗎？」

「準備好了，庭上。不過若您允許的話，我會讓我皇家檢控署的下屬來對下一位證人進行交互詰問。」

「您請便，朱利安爵士。」

葛蕾絲站了起來，來到了父親的位置。她從眼角餘光中，隱約能看見布斯．華生正殷殷期盼地抿著自己的嘴唇。他或許放了威廉那個唱詩班乖乖牌男孩一馬，但女孩他可是不會輕易放過。

葛蕾絲先是自信地望向拉姆斯登法官，接著又看向了陪審團，然後才開口：「我方傳喚妮可拉．貝莉警員。」

29

邁爾斯問道：「妳確定她上鉤了嗎？」

克里斯蒂娜回答：「千真萬確。一說到菲茲墨林能拿到那幅拉斐爾的畫作，她的眼睛都亮了起來。」

「真可惜，他們不會如願以償的，她只不過是我們為了顧全大局、必須利用的一顆棋子罷了，她很快就會被踢出棋局之外。」

克里斯蒂娜對於自己的朋友被如此利用，不禁感到愧疚，但如果不這麼做，會有什麼後果，邁爾斯也已經說得很清楚。

「妳把競標的事全權交給她了吧？替妳出價競標時，最多只能出價一百萬英鎊。妳有沒有明確提到不能出更高價？還有一件事也很重要，那就是她不能告訴任何人自己是代替妳競標。」

「就連對提姆．諾克斯也沒有說。她絕對不知道，那張支票是絕不可能兌現的，因為你會出更高價得標。」

邁爾斯又問道：「妳把搭奧爾登郵輪的機會讓給她時，她的反應如何？」

「她樂得不得了，只是對於參加不了我們的婚禮感到有些失望。」

「我們不能冒險被看見一起出現在郵輪上，至於原因，希望她永遠都不會知道。」

❊　❊　❊

書記官重複喊著：「傳喚妮可拉・貝莉警員。」一聲音迴盪了整個法庭。

這時一名年輕女子走了進來，她身穿著簡單的白襯衫和海軍藍百褶裙，長度約莫及膝。她的身上並無穿戴任何珠寶飾品，看上去僅僅是在嘴唇上塗了一些唇膏。先前她和蕾貝卡討論了許久，究竟應該在法庭上展現出什麼模樣，這一切都是為了讓陪審團對她留下好印象。

妮基緩緩步向證人席。她坐在被告席的前任男友眼神從未從她身上移開，但妮基絲毫沒有朝他的方向瞥過去一眼。書記官遞給了妮基一本聖經，接著她便唸出宣誓詞，過程中一眼也沒瞧那附在聖經內的誓詞字卡。

葛蕾絲確認著先前和克萊兒準備了好幾天的一長串問題，好確認桑默斯毫無挽回局面的餘地，同時，她還必須慎防布斯・華生待會可能會設下的陷阱。

克萊兒早已事先指導妮基一切實話實說，並且承認自己犯下的過錯；除此之外，無論如何她絕對不能動怒，要是她這麼做，布斯・華生肯定會趁機抓住她的小辮子。

葛蕾絲對著證人露出微笑，心裡很清楚妮基此刻緊張不已。

葛蕾絲先是開口說：「為了法庭紀錄，請說出妳的姓名和警銜。」

「我是妮可拉．貝莉警員。」

「妳先前還在倫敦警察廳任職時，在什麼科別工作？」

「我先前是總部裡一個特別小組的成員，負責調查黑警。之後，我就到了羅姆福德擔任警員，這也是最後一個任務。」

布斯．華生在黃色的筆記紙寫下：最後一個？

「為什麼是羅姆福德呢？」

「當時小組正在調查傑利．桑默斯偵緝巡佐。他是羅姆福德的警察，我們認為他涉及重大的犯罪行為，而我當時的任務就是在那裡蒐集各種情報，同時，我的主管華威克偵緝督察則繼續他的臥底工作。」

威廉這時已坐到了法庭的後排座位，他心想，目前為止妮基的表現都還不錯。

「妳的任務執行得如何？」

「一開始我非常提防，因為要是讓桑默斯偵緝巡佐懷疑我是總部的人，讓行動告吹，我就得負起責任。」

「關於桑默斯的犯罪行為，妳蒐集到了哪些情報？」

「我先是察看了他每天的報告，老實說，我認為他的表現確實相當令人敬佩。不過雖然他的逮捕紀錄無人能及，我還是找到了一些難以解釋的異狀。」

「像是？」

「當地有兩個非常知名的家族是販毒集團，但只有其中一方的佩恩家族時常遭到桑默斯偵緝巡佐逮捕，和他們對立的透納家族明明也同樣為非作歹，卻經常只是受到警告，或者最多也只是偶爾會被警方口頭告誡。」

「對於這種明顯異常的情況，妳有想出原因是什麼嗎？」

「有的。桑默斯很常大方吹噓自己有個非常可靠的線人，這個人正是透納家族的一員，負責提供情報給他，所以他才能查獲大量毒品和逮捕多名嫌犯。」

「妳有將這些情報回報給總部嗎？」

「有的。我正好和內部小組的一名成員住在同一處公寓，所以要回報情況絕不是問題。」

布斯．華生又在黃色的筆記紙寫下：這名室友的姓名和警銜是？

「執行任務的過程中，妳有試圖接觸桑默斯嗎？」

妮基回答：「有，但一開始並不容易，因為我不能讓自己的意圖太過明顯。畢竟桑默斯也是名偵緝巡佐，就當時的他看來，我也只不過是個在轄區巡邏、仍在受訓的警員罷了。不過有次在警局的餐廳，他上前找我攀談；後來我發現他結束勤務後經常去一間酒吧，於是我也時常和另一位女警員到那裡去，希望能在那裡碰見他。」

「這個計畫有成功嗎？」

「一開始並沒有，但某次晚上，我的朋友離開去執行夜晚的勤務後，桑默斯偵緝巡佐表示想請我喝一杯。我接受了，但依舊十分提防他，當時還和他保持著一定的距離。」

布斯．華生寫下：當時、和他保持一定的距離。

「後來在相同一週，他邀請我去看場電影，接著我又到他的公寓喝了一杯，然後才回家。」

「為什麼妳會同意到他的公寓去呢？這樣一來，不是得冒著不必要的風險，危及整個行動？」

「我想到他的住處看看是否有些不尋常的東西，好比他身為偵緝巡佐，是否擁有一些薪水不應該負擔得起的物品。」

「結果有發現這樣的物品嗎？」

「可多著了。雖然那層公寓所在的樓房有些破舊，看上去需要重新粉刷，花園裡的雜草也比花朵還多，但一走進他的房間，就宛如進到了一個完全不同的世界。他有最新款的電器、最頂級的家具，看起來像是從西區的高檔商店買來的，只有窗簾是例外。那窗簾既老舊又殘破，所以反倒特別引人注目。」

葛蕾絲有些困惑地問道：「為什麼會這樣？」

「這樣一來，他的房間看起來才會和其他層公寓的房間一致，不至於吸引路人的注意。我當時很驚訝的是，他的房間物品竟如此齊全，因為我知道桑默斯和我一樣，都來自工人階級的家庭，他甚至為此感到非常驕傲；也就是說，他理應不可能是拿了家裡的錢，才能過上這麼安逸的生活。」

「妳有把這個發現報告給負責這起行動的上司嗎？」

「隔天早上，我就立即把情況告知了我的室友潘克斯特偵緝警員，她也是小組的一員。」

布斯．華生又在筆記紙上寫下：立即？日期是？

「桑默斯是否有解釋，自己明明只是個偵緝巡佐，為何有錢能得到這麼多昂貴的奢侈品？」

「他並沒有對我說過，但有次晚上，他正好又在酒吧慶祝自己完成了一樁逮捕案；我偷聽到他告訴一名年輕警員，每當他逮住一個小偷，那名小偷得手的物品，總歸要有一、兩項『不翼而飛』。他說：『就當作是給自己的獎賞。』而且彷彿毫不在意被別人聽到。」

遠邊的布斯．華生正準備從座位上起身，甚至還沒完全站起，嘴裡就一面開口說：「庭上，請問證人是說自己『偷聽到』是嗎？這簡直是在公然道聽塗說了。」

拉姆斯登法官說：「我同意，布斯．華生大律師。」接著，他轉而向陪審團說：「陪審團應忽略證人剛才的陳述。」

葛蕾絲繼續問了下去：「既然妳有充足的證據能逮捕桑默斯偵緝巡佐了，為什麼妳沒有回到總部獲取搜索票？」

妮基回說：「我知道我應該這麼做，但我承認自己做了不恥的事，那就是和之前的許多女性一樣，和他墜入了愛河，所以心想著暫且相信他一次。」

「也就是說妳不再把情報告訴潘克斯特偵緝警員了？」

「並不是，我雖然沒有立即告訴她，但之後……」

布斯．華生在紙上寫下：之後是多久之後？接著他把筆放下，但隨即又拿起了筆。

這回葛蕾絲問道：「妳是否有和桑默斯偵緝巡佐上床？」這個直率的問題吸引了法庭所有人員的注意，眾人都倒抽一口氣，無不露出驚訝的樣貌，但葛蕾絲知道，自己必須趁布斯．華生對妮基進行交互詰問之前，趕緊先拋出這個問題。

「我有，而且是在已經找到一項證據、能讓案子結案的情況下。」

葛蕾絲接著迅速問道：「那項證據是？」

「我在桑默斯的床邊找到一個小的皮製盒子，裡面有一枚鑽戒。這枚戒指看起來實在太過昂貴，我一眼就看出來，他要得手這枚戒指只有一個辦法。」

「妳有沒有拿走那枚戒指作為證物？」

「沒有。桑默斯後來把戒指套進了我的無名指，隔天早上我回到住處後，我告訴蕾貝卡……」

「蕾貝卡？」

「就是潘克斯特偵緝警員。我告訴她我訂婚了。」

「對象是桑默斯偵緝巡佐？」

「不，我告訴她對象是一名克洛敦的房屋仲介。」

「她聽到後反應如何？」

「我發現她看見了我手上的戒指，我知道她不相信我。」

「為什麼不對她說實話？」

「我當時認為傑利是真心想和我結婚，所以希望自己有辦法勸他改邪歸正，並讓小組停止調查他。」

「也就是說妳就姑且對他的行為視而不見了嗎？」

妮基坦白地回說：「是的，但不久後我又改變心意了。」

「為什麼？」

「我告訴傑利自己懷孕後，他就毫無掩飾地直接告訴我應該去墮胎。」

「妳的回應是？」

「我告訴他絕不可能，我打算生下我和他的孩子。不過我也很快就發現，那枚訂婚戒指只不過又是他的幌子，我甚至懷疑，那枚戒指或許之前早有更多女人戴過。」

「但他不想要孩子這件事本身，不就能證明他對妳不再有感覺了嗎？」

「一週過後，我趁著值完下午的勤務時回到了他的公寓，並掌握了所有需要的證據。我一進門，就發現他又一如往常地把屋子弄得一團亂，所以我開始打掃了起來。我先是在廚房清洗碗盤，接著又打掃起臥室。整理床鋪時，我在床單發現了其他女人的內褲。這時我終於明白，他是刻意想讓我知道他另結新歡了。」

「接下來妳怎麼做？」

「我實在太過生氣，所以從衣櫃拿出了他所有衣服，把外套和襯衫的袖子都剪了下來，然後也把褲子的褲襠部位剪掉。」

陪審團的一名女子笑了出來。

「之後妳就離開了嗎？」

「並沒有，我先是走回廚房，找到了一把槌子後，用槌子毀掉他所有得意洋洋弄到手的物品，現在我才瞭解到這是我做過最愚蠢的事了。」

「怎麼說？」

「這麼做等同於也毀掉了能將他定罪的證據。」

「但妳把那枚鑽戒留在了自己手裡嗎？」

「沒有，我摘下了戒指，然後放回到他的床頭櫃。我知道警方搜索時肯定會發現。」

布斯．華生依然振筆疾書地寫著。

「那個妳一開始看見、裡面放著戒指的皮製盒子呢？」

「我當晚離開公寓時帶走了。」

「為什麼這麼做？」

「盒子裡有珠寶商的店名和地址，所以我心想，總部的同仁大概能夠用來追查一些情報。」

「妳還有從公寓拿走什麼東西嗎？」

「只有一些我自己的私人物品。不過，我倒是找到了桑默斯的日記，我一面撕毀著著日記時，發現了他那個晚上正好和人有約，地點是梅費爾的花花公子俱樂部。」

「是和誰約的？」

「我不曉得，因為日記裡並沒有提及對方的名字。不過我寫了張紙條，打算交給華威克偵緝督察，好讓他知道傑利的動向。回家的路上，我就把紙條投進了督察住處外的信箱。」

「之後，由於妳發現了那項重要證物，所以才能讓小組成功逮捕桑默斯偵緝督察，還有另外一名最近剛辭職的警察，對吧？」

「是的，但這個小組本來就十分專業，所有人都非常盡心盡力，我只不過是其中一員罷了。」

葛蕾絲說：「回想這段時間，妳有什麼後悔的事嗎？」

這時，布斯．華生又刻意用葛蕾絲聽得見的音量碎語著：「就算妳現在不後悔，等我把妳處理完後妳也會後悔的。」

妮基回答：「我確實有後悔的事。」她說的同時，終於首次朝桑默斯望了過去，但這次她不再畏懼桑默斯咄咄逼人的眼神。「我絕不該和嫌疑人有如此緊密的關係，而且當我發現他的犯罪情節是如此重大時，就應該立即將自己的發現通報給華威克偵緝督察，交由他接手下一步的行動。但是，我卻讓自己的私情蒙蔽了判斷。」

「這是生而為人再正常不過的過錯。」葛蕾絲一邊說著，一邊正眼看向陪審團。「在這樣的情況之下，我們都有可能犯下這樣的錯誤。」

威廉面露微笑。妮基的行為雖然讓人覺得天真、愚蠢，但威廉看向陪審團時，發現陪審團似乎相當同情妮基的際遇、能夠理解她的處境。

葛蕾絲笑著說：「貝莉警員，謝謝妳說出這般坦白又老實的證詞，我相信屆時陪審團判決時，一定會銘記妳的證詞。請繼續留在證人席，我想被告律師可能會想對妳進行交互詰問。」

拉姆斯登法官朝被告律師的方向望去，一邊問道：「布斯．華生大律師，您要對這位證人進行交互詰問嗎？」

早已坐著等待許久的布斯．華生緩緩站了起來，然後回說：「庭上，我簡單問一、兩個問題就好。」他先是給予妮基一個親切的微笑，接著才開口：「貝莉女士，我不會耽擱您太久，但我必須問您一個問題：您是否聽過一句話，叫作『遭到拋棄的女人，怒火比地獄之火更甚？』」

妮基小心翼翼地回答：「有。」

「我認為比起『坦白又老實』，『遭到拋棄的女人』這個形容更適合您。」布斯．華生語調中摻雜著些許嘲諷。

妮基回說：「你大可有自己的意見。」

葛蕾絲面露出微笑。

「那當然，貝莉女士。所以說，我希望您審慎回答下一個問題，因為我相信您知道作偽證是個嚴重的罪刑，這不需要我提醒，尤其對一名警察來說，作偽證更是事關重大。」接著布斯・華生先是注視了陪審團，才繼續問道：「您和桑默斯偵緝巡佐的親密關係持續了多久，才……」

葛蕾絲迅即站了起來說：「庭上，難道這個問題和本案有關？貝莉警員已經承認自己犯有疏失，這樣難道還不夠？」

拉姆斯登法官還來不及回應，布斯・華生便直接說：「庭上，我認為絕對不夠。假如我們要知道誰說的是實話，誰又在公然說謊，那麼貝莉女士的行為將涉及本案的核心。」

拉姆斯登法官嚴厲地說：「布斯・華生大律師，請您有話直說。」

「好的，庭上。由於貝莉警員一個月前才生下了公子，因此我只是很難相信，貝莉女士和桑默斯偵緝巡佐的關係，竟有她宣稱的如此短暫和隨便？就時間線上看來，口徑並不吻合。」布斯・華生說著的時候，重重地加強每個字的力道。「所以貝莉女士，我想再問您一遍，您兩人的關係持續了多久？」

「數週左右。」

「我想是數個月才對吧，貝莉警員。」

妮基果斷地說：「是數週。」

「現在，我們已經確定您和被告曾有一段長期的親密關係，接下來，我們也許能接著談談您剛才的說詞，也就是您是怎麼在和桑默斯偵緝巡佐第一次上床的隔天早上，就發現了那枚您宣稱在公寓找到的鑽戒。我會這麼說，是因為事發日期不一致。」布斯．華生伸出一隻手，一旁的下屬見狀便將一張紙放到他的手中。

「也許您能解釋解釋這張留給保羅．阿達加偵緝巡佐的備忘錄。這張備忘錄是您的室友蕾貝卡．潘克斯特偵緝警員交給他的，他們兩人都是小組的成員，而且您剛才對法庭上的所有人表示，自己以身為組內一員為傲。」布斯．華生低頭看著那張備忘錄，然後開始朗讀出上面的內容：「『五月三十日早上，貝莉警員和我一塊吃了早餐，這時她手上戴著一枚我從沒見過的鑽戒，看起來價值不斐。』」

妮基緊握住證人席講台的桌緣，身子開始不受控地發顫。

「貝莉女士，也許您忘了，在犯罪案件的審判上，只要證據和案情有關，無論是檢方或被告方都能依法公開任何掌握到的證據。在呈交給法庭的兩百二十三個證物中，我發現這個證物似乎有些特別，吸引到我的注意。」

妮基試圖挽回顏面，於是說：「但這改變不了一個事實：那個傑拉德的盒子依然能證明，那枚戒指是小偷偷來的贓物，而且這名小偷之後就遭桑默斯偵緝巡佐逮捕。」

「不過貝莉女士，這張備忘錄的內容，恐怕也牽涉到您怎麼得到那枚戒指的對吧？您之後肯定是發現這枚戒指有點不好處理，所以放回了您愛人的公寓栽贓他。」

妮基用接近咆哮的音量回說：「你的說法簡直荒唐至極。」

「那麼您也許能解釋解釋，潘克斯特偵緝警員在妳們位於匹黎可的公寓，第一次看見您戴那枚戒指時，是在什麼時候？」

「就在傑利對我求婚的隔天。」

「貝莉女士，他真有對您求婚嗎？」

「他沒有直說，但他把戒指套進了我的手指。」

布斯・華生回說：「那是您單方面的說詞吧。」

「但總而言之我把戒指還回去了，並把那傑拉德的盒子交給了潘克斯特偵緝警員；我心想她大概會把那盒子給阿達加偵緝巡佐，而事實也確實是如此。」

「這個我不懷疑，貝莉女士。不過令我好奇的是：您的室友先在您的手指上看見了那枚戒指，之後您才給了她那個傑拉德的盒子，這兩者之間的時間差是多久？畢竟這次同樣非常不巧，其中的時間線和您的口徑並不一致。」這時布斯・華生又高舉著另一張備忘錄，然後說：「您似乎是先把戒指留在手上好一會兒，才把戒指放回到公寓的床頭櫃，您表示『警方搜索時肯定會發現。』」這樣的證詞，恐怕會導致陪審團難以辨別，有罪的究竟是誰？又到底是誰，想處心積慮想陷害一個無辜的人？

「有罪的是桑默斯，而我唯一想要的，只不過就是利用充分的證據，將他繩之以法。」

布斯．華生突然用低沉的聲音說：「可真是終於啊。」他還沒等妮基把情緒平復下來，就繼續開口：「貝莉女士，我開始有了這樣的想法：其實，應該是您先偷走了戒指，但桑默斯偵緝巡佐見狀替您隱瞞了下來，因為他不想要看到您遭逮捕、到監獄裡頭服刑。」

「戒指是我認識桑默斯之前就被偷的，你覺得你說的有可能嗎？」

朱利安爵士露出了微笑。

「您和他究竟是什麼時候認識，也只有你單方面的說詞。」

妮基大聲喊道：「這些只不過是你一面根據我的回答，一面自行捏造的！」

「您自從坐上證人席後，可不也是一直在捏造嗎？」

「你接下來大概就要這麼說：我是為了報仇，才刻意把戒指放在他床邊栽贓他。」

葛蕾絲露出了苦惱的神情，朱利安爵士則低下了頭。

「貝莉女士，恭喜您料中了我的下一個問題。如同您承認的，是被告了結了你們倆的關係。」布斯．華生說完後先是停頓了一會兒，看向陪審團好一陣子，接著又繼續說：「也許這都是因為他發現了您是個黑警。他唯一稱得上是犯罪的行為，充其量就是對您的作為視而不見罷了。」

這時檢方的朱利安爵士迅速站了起來。

拉姆斯登法官客氣地說：「朱利安爵士，應該不需要我提醒，現在代表檢方對證人進行詰問的並不是您。」

朱利安爵士又緩緩地坐回座位，葛蕾絲則不斷猶豫是否要跟著站起來，事實上她並不確定父親究竟打算說些什麼。她語氣有些躊躇，但仍說：「庭上，本案審判的對象並不是貝莉警員……」

依然站在一邊的布斯．華生低聲說：「那也只是妳的看法。」

這時妮基突然脫口而出一句：「我已經承認和傑利有過一段關係，而且這是我後悔終生的事。」

布斯．華生回說：「您確實是承認了，貝莉女士。但您顯然並不後悔剪掉他的衣物、毀壞他的家具、摧毀他的電器、砸碎他母親送的餐具，接著您又把鑽戒放到他的床邊栽贓他，根據您的說法，這一切都是『為了報仇』。」

媒體席上的記者不斷振筆疾書，一刻都沒有停下。

妮基大喊：「我並沒有！」

「您被拋棄後，沒有大肆破壞他的公寓？」

「我是說我並沒有用那枚戒指來栽贓他。」

「但您確實毀壞了您前任男友的住處。」

「他罪有應得，而且我做的根本算不上什麼。」

「還是您破壞一切，是為了毀掉證據呢？」

「我想毀掉的只有他！」

威廉低下了頭。

布斯・華生回說：「貝莉女士，感謝您坦白又老實的答覆，我想證明的都從您的答覆中得到了。請容我再向陪審團提起一遍威廉・康格里夫的那句話：『遭到拋棄的女人，怒火比地獄之火更甚。』貝莉女士，請問您知不知道這位劇作家所說的這句話，下一句接的是什麼？」

妮基面無表情地盯著布斯・華生。

「那麼就讓我來提醒您，下一句是：『因為愛經常化作最惡之仇恨。』」

朱利安爵士正打算站起身子，然而還未站穩腳步，便突然意識到正在對證人進行詰問的不是自己；倘若現在和布斯・華生交手的是自己，他肯定會糾正對方，指稱他刻意曲解康格里夫的原話。布斯・華生給了驚慌失措的妮基一個挑釁的眼神，然後轉向法官說：「庭上，我沒有其他問題了。」

※　※　※

法官當天宣布休庭後，朱利安爵士和葛蕾絲與克萊兒一同走回了林肯律師學院，他對葛蕾絲說：「就當時的情況來說，妳已經發揮了預期之內的表現了。」

克萊兒說：「妮基應該要知道不該對布斯．華生動氣，讓事情被牽往私人情仇的方向去。」

朱利安爵士說：「我想對她來說，事情確實是帶有私人情仇的。」

葛蕾絲也附和：「天知道她在想什麼，我已經提醒過她好幾次，無論布斯．華生抓住她什麼小辮子，都必須冷靜以對。」

朱利安爵士又說：「更糟的是，現在貝莉警員的證詞多了些不確定性，可以料到布斯．華生會告訴他的被告，沒有坐上證人席的必要了。」

葛蕾絲回說：「我也這麼覺得，不過究竟誰是有罪的一方，陪審團應該心裡有數吧？」

朱利安爵士說：「妳我都知道有罪的是誰，就連布華也知道，但到最後，還是得由陪審團來決定要相信誰。」

克萊兒也說：「我還是認為我們有一半的勝算，畢竟陪審團面臨的選擇，一邊是個受到傷害的年輕女子，另一邊則是欺騙這個女子的男人，而且他連坐上證人席替自己辯護都省了。」

然而朱利安提醒了兩人：「但法官肯定會說這是他的權利。我們還是得把希望寄託在威廉的證詞，期盼能在陪審團心中留下印象；威廉會證實，桑默斯把毒品交給了自己認識的罪犯，並換取現金，在這之後，布華肯定就會放棄對威廉進行交互詰問，這點必須好好利用。」

葛蕾絲回說：「但我們手上沒有那批要追蹤的鈔票，所以沒有證據；要是有的話，拉蒙特早就和桑默斯一起坐在被告席上了。」

然而克萊兒又說：「可是我們也掌握了那枚他偷來的鑽戒，現在桑默斯把戒指交給他的新一任女友了，而這個女友又恰好是毒販的女兒。」

朱利安爵士回說：「我們只能期望陪審團有注意到這件事了。」

葛蕾絲說：「但這也是布斯．華生不會讓桑默斯坐上證人席的另一個原因。」

朱利安爵士附和：「布斯．華生甚至刻意曲解康格里夫的話來幫自己助陣。」

葛蕾絲問道：「所以您才想站起來打斷布華嗎？」

朱利安回答：「妳自己去查查那句話吧。」

三人抵達了艾塞克斯園大律師事務所。這時克萊兒又說：「至少您最後發表結辯時，能夠好好糾正他一下了。」

「糾正他曲解康格里夫的話也改變不了陪審團的立場，因為布華最後發表結辯時，肯定只會不斷提及桑默斯優秀的『逮捕紀錄』，說他『屢獲嘉獎』，要眾人思考判決時必須『達到無合理懷疑』；同時，他對那枚戒指以及妮基恰巧破壞掉的那些贓物，肯定會絕口不提。」

克萊兒回說：「那麼輪到您總結時，就得一遍又一遍地重提那些贓物才行。」

「我會的，但可惜最後一個說話的人會是布華。」

然而葛蕾絲提醒了父親：「不，法官才是最後說話的人。」這時三人正爬著樓梯，準備來到資深合夥律師的事務所。

「他得沉著處理雙方的說詞，然後提醒陪審團必須達成一致的判決，更重要的是還得達到無合理懷疑。」

克萊兒又說了一次：「我還是認為我們握有一半的勝算。」

30

朱利安爵士隔天起了個大早，這不只是因為他絲毫無法成眠，也是因為他得再演練一遍結辯。他望向窗外，發現鳥兒也才剛開始啁啾起來，對著牠們練習著自己的陳述，彷彿能從牠們身上得到些認同。

他打開床頭旁的燈，披上浴衣，放輕腳步走到了書桌旁。他拿起筆記，對著鏡子說：「法官大人、陪審團成員，這次案件顯然成了一樁不凡的案件，我認為審判走到最後，勢必還是得交由您決定該相信誰。一方面來說，……」

四十分鐘後，朱利安爵士終於演練到了最後幾句話：「我相信陪審團會按常理來作出判決，並且知曉誰才是有罪的一方。」

但結果真會如此嗎？他把稿子放到一旁時，不禁這麼想。他依然不確定陪審團會靠向哪一方，況且他總結完後，還得先輪到布斯．華生總結，最後才會交由法官給出最後的總結詞。朱利安爵士決定先泡杯茶、做好衣裝打扮，接著再到另一處事務所找葛蕾絲或克萊兒，確定兩人是否有打算對總結的陳述做最後調整。

他走到廚房時，順道拾起了門墊上的早報。他看見了《每日電訊報》的新聞標題，突然大聲咒罵起來；接著他讀完了頭版文章，又更大聲地爆出了粗話。

＊＊＊

「你覺得他會被判有罪嗎？」貝絲嘴裡問著，一邊從平底鍋裡鏟起第二顆荷包蛋，然後放到威廉的盤子內。

威廉回說：「結果很難說，要將他定罪的話，他們也許會覺得證據不夠充分，尤其布斯・華生還揑造了康格里夫從沒說過的一句話來指控妮基報復的事。」

「你父親怎麼沒有當場糾正他？」

「當時代表檢方的是葛蕾絲，所以他不能這麼做。」

「但你一週前才告訴我，你覺得這樁案件的結果會一翻兩瞪眼。」

「原本確實應該是這樣，尤其我們的臥底當初看見桑默斯從佩恩的住處走出來時，應該直接逮捕他的，然後再直接從他手上拿走那個英伯瑞超市的袋子。」

「結果為什麼沒能這麼做？」

「在沒有後援的情況下，要一次逮捕兩個人並不簡單，他是詹姆士・龐德的話當然另當別論。」

「你當時在花花公子俱樂部時不是還有第二次機會嗎？」

「也是同樣的道理，不過多虧了妮基，至少我查出了桑默斯和拉蒙特的意圖。」

貝絲一面餵著雙胞胎，又一面說：「但你們還是能用那枚戒指當作證據吧？」

威廉瞥向貝絲的《每日郵報》，然後回說：「是沒錯，但妮基被問到第一次看到戒指是什麼時候時，遲疑了一會才回答出問題。」

威廉看見了頭版頁的大標題後說：「事情不能再更糟了。」

※
※
※

那天早上，葛蕾絲還沒吃過早餐，便趁著出發到事務所之前，又將父親的結辯仔細地看了一遍。

克萊兒讀了總結的陳述之後，對葛蕾絲說：「妳爸爸已經非常有說服力了。」

「我同意。」葛蕾絲說著的同時，有人將早報從門的投信口丟到門墊上，發出啪的一聲。「不過，陪審團最後會不會還是選擇相信桑默斯？」

「我們很快就會知道了。我先來弄杯咖啡，妳能不能去拿拿報紙？」

克萊兒打開水壺燒水，葛蕾絲則走出了廚房。不久後，她聽見玄關傳來了一連串粗話；葛蕾絲一邊奔向克萊兒，咒罵的音量也變得越發宏亮。就葛蕾絲這麼一個有望成為御用大律師的人來說，實在難以想像會有這般粗話從她嘴裡脫口而出。

葛蕾絲先是迅速地跑向房間，接著又回到了廚房，把那份《衛報》扔到桌上。她開口說：「這對我們非常不利。」

※
※
※

布斯．華生不疾不徐地檢查著要對陪審團發表的結論陳述，心想自己果然還是成功讓判決多了些懸念。他再次來到薩伏依燒烤餐廳，坐到了自己喜歡的位置享用全套英式早餐。他已經說服了桑默斯不必作證，為此他正洋洋得意。他對桑默斯說過好幾遍：作證必然會讓他冒上風險，但這並不值得。布斯．華生又想到，朱利安爵士或許會在結辯時，以班柯的鬼魂[24]當作例子來影射些什麼，但至少他還握有一項優勢：他的陳述是在朱利安這個老對手之後，能夠讓他好好地對朱利安的總結見招拆招；最後，才會輪到法官向陪審團說話。

布斯．華生在稿子上的一、兩處稍作修改後，就將稿子推到一旁，然後拿起他的《泰晤士報》。他再一次地讀起那頭版頁的文章，這時他的咖啡早已冷了。

一名客氣的服務生上前問道：「先生，要再來點咖啡嗎？」

布斯．華生果斷地回答：「不用了，請給我各家報紙的早報，全部都要一份。請記在我的帳上就好，現在就要。」

「好的，先生。」那名服務生說完後就立即跑開。

布斯・華生又將那篇文章讀了第三遍，然後露出了微笑。現在雙方的勝算已經不再持平了。接著，他又著手重寫了最後一段的結論陳述。

❊ ❊ ❊

法官還沒走進法庭前，法庭便早已擠滿了人群，所有人都引頸期盼著開庭，宛若最後一場好戲的序幕正要準備揭開。

朱利安已經在自己的小講台打點好一切，葛蕾絲正反覆確認著父親的稿子已依序排好。克萊兒則坐在他們身後，萬一出了什麼意料之外的狀況，便會快速寫張字條，遞給前方的兩人。

布斯・華生泰然地坐在另一邊的座位，被告就定位時，他也是全場人山人海的成員中，唯一向他致意的人；被告身旁還有兩名人員，彷彿擔心他會藉機逃跑似的。

法官出現後，所有人便起身致意，他向眾人回敬之後，才坐到了座位上；法官席位在一個高於地面的檯子上，而他的座位就在正中央，椅子有著高挺的椅背。拉姆斯登就定位後，

24 班柯（Banquo）為莎士比亞悲劇《馬克白》（Macbeth）中之角色，劇中馬克白派人暗殺班柯後，只有自己看見了班柯的鬼魂，嚇得胡言亂語。班柯的鬼魂多被視為馬克白的罪惡。

先是透過眼鏡往下看向了陪審團，並露出一抹微笑。之後，他才朝檢方首席律師的方向望去。

「朱利安爵士，請問您是否已經準備好，代表皇家檢控署做最後的結辯？」

「我準備好了，庭上。」朱利安爵士一邊說著一邊站了起來，然後拉了拉衣服，調整了頭上的假髮，彷彿無論如何，他的這些習慣永遠不會改變。

「法官大人好、陪審團成員們好，這次案件顯然成了一樁不凡的案件，我認為審判走到最後，勢必還是得交由您決定該相信誰。您也許會心想，這次案件的主角究竟是誰，畢竟被告遭到逮捕後，始終拒絕回答任何問題，即便他的律師在場依然是如此。直到最後，他明明有機會能坐上證人席提供自己的說詞，但我們連聽取他解釋的機會也被剝奪了。他就像是班柯的鬼魂；馬克白確實能看見他站在那裡，但班柯永遠都不會回答馬克白的問題。」

安然坐在遠邊座位上的布斯．華生咕噥道：「那是他法律上的權利。」

朱利安爵士轉過身子，對著他的對手露出微笑，然後說：「我們終於有點共識了。」語畢，一、兩名陪審團成員也笑了出來。

「庭上，要是被告原本能坐上證人席，我就能向他詢問，為何他要在午夜一點鐘的時候，進到一個大毒販的住處；我也能順道問問，他二十分鐘後走出門外、手上拿著英伯瑞超市的袋子時，袋裡裝的又是什麼。也許這一切都只有一個簡單的解釋，但即使是如此，我們依然沒有機會能夠聽到。」

接著朱利安爵士又轉而面向陪審團，繼續說了下去：「各位也許還會想問：為什麼被告接下來會駕車去找另一個同樣惡名昭彰的毒販，來到他的住處？而且這名毒販顯然早已在等著他，因為就如同華威克督察指出的，當時大門就敞開著，宛如正在歡迎桑默斯，而桑默斯甚至無須上前敲門。半個小時後，桑默斯走出門外，這時他手上已經沒有了那英伯瑞超市的袋子。您肯定想問：袋子裡到底裝著什麼？不過，也許他只是去送些雜貨的吧？」

數個陪審團成員聽完後又笑了出來。

「除此之外，他不知為何也去了花花公子俱樂部一趟，在這裡，他的舉動也被看得清清楚楚；他手上交出去了一大筆現金，但他究竟是真的輸了錢呢，還是只是想把這批現金換掉？會這麼說，是因為三個小時過後，他就帶著一張支票離開了俱樂部，支票上的金額幾乎就和他原先持有的現金總額一樣。這其中的原因是什麼，我想他也有個非常簡單的解釋，只是不方便對我們說。」

「更令人費解的，就是他如何得手那枚價值超過三千英鎊的鑽戒。這枚戒指是貝莉警員在他的公寓所找到，但被告律師卻以日期不合為由，試圖把罪推到貝莉警員身上，手法可謂相當嫻熟。讓我來告訴大家吧，有個日期是錯不了的，但被告律師卻絕口不提：當初那一位小偷從梅費爾的一幢房子偷走戒指、並遭逮捕、指控、拘留，這些時間點都發生在五月，也就是貝莉警員認識被告的許久以前，所以從小偷那裡偷走戒指的絕不可能是她。如此一來，我們該懷疑誰，顯然明顯許多了。」

「要是被告能坐上證人席宣誓作證，把真相如一如實說出來，那麼我也就能問問，他是如何得到了最新款的索尼電視機、全新的家用錄影設備、兩只名錶，當然，還有他那輛最新款的捷豹。他還擁有一些家具，這些家具看上去應該是屬於梅費爾的豪宅才對，而不該是羅姆福德的這樣一層小公寓能配得上。」

「不過，我和被告律師確實在某件事上能夠達成共識。」這時，朱利安爵士朝布斯．華生望了過去，只見對方低著頭，看起來像是要睡著了的樣子。「也就是說，我們都能同意，偷走這些物品和那枚戒指的，只會有一個人。」接著，朱利安爵士又再次轉過身子面向陪審團。「而且，這個人絕不會是一個純真、脆弱的年輕女子，況且這名女子還愛上了被告，甚至懷上了他的孩子——雖然說，她這樣的行為確實是有些不明智。被告更不願承認這名孩子是自己的。事實上，貝莉警員懷孕時，他還和另一名女性外出渡假；他們回國後，那名女性手裡就戴了那枚訂婚戒指。陪審團成員們，各位也許會想問：究竟是什麼樣的男人，才會做出如此背德的事，試圖把偷取戒指的罪名賴在一名無辜的年輕女子身上，好讓自己不被毀於一旦，而且這名女子甚至還是他孩子的母親。」

「各位退席討論判決之前，我還想請各位思考一件更重要的事。要是桑默斯偵緝巡佐得以公然藐視法律、明明犯下了極其嚴重的罪行，卻還逃過一劫，那麼，我國上千名正直又盡心盡力的警察會作何感想？他們無私又英勇地執行任務，日復一日，為的就只是替社會大眾服務。」

朱利安爵士又最後一次轉過身子，面對著陪審團說：「我相信您仔細評估過所有證據之後，只會得到一個結論：桑默斯偵緝巡佐既腐敗、又毫無道德，因此勢必得為他的行為承擔後果，好讓社會大眾知道，沒有人能凌駕在法律之上。」說完之後，他又輕聲地補上了一句：「也就是說，您必須給出有罪的判決才行。」

朱利安爵士坐了下來，這時法庭頓時掀起一陣騷動，所有人都低聲討論著，貌似多數人都十分同意朱利安的言論。記者依然一股腦兒地寫字，彷彿已經知道了判決的結果會是什麼，明天一早的頭版標題印著的就只會有有罪這兩個字。

拉姆斯登法官先是等待所有人再次安靜下來之後，才準備轉而對另一側的被告方說話。被告律師看上去不僅十分清醒，更是一副迫不及待想還以顏色的樣子。

他開口問道：「布斯．華生大律師，您準備好代表被告方發表結辯了嗎？」

「庭上，我早已準備好了。」布斯．華生從座位上站了起來，沒有像朱利安那樣將自己的衣服拉整齊，也無需調整頭上的假髮。他低下了頭，看著那條列在信封袋背後、用大寫字體寫成的七個重點。昨晚徹夜未眠的可不只有對方而已。

他第一次看向陪審團，然後開口說：「陪審團成員們，難道您不覺得也該聽些不一樣的說詞嗎？今天在這裡接受審判的對象，是一個有著七年經驗的警察，他一路爬上了偵緝巡佐的位階，執勤紀錄毫無汙點。」布斯．華生嘴裡說著，眼神從未由陪審團身上移開。「他代表著當地轄區，執勤時表現傑出，因此曾三度榮獲嘉獎。這樣的一個人真會如同檢方所描述的那樣嗎？我可不這麼認為。」

住處的物品

「檢方先前告訴各位，被告的住處充滿了昂貴的電器和奢侈品。不過，這些物品卻沒有任何一項成為證物，您不覺得奇怪嗎？原因我們也已經得知，那就是在警方到被告住處展開搜索之前，這些物品就已經全數遭警察廳總部自己的人破壞了，而這個警察就是貝莉警員。您也許還會想問：他們大肆翻找了被告的住處後，又找到了什麼？」布斯．華生說到這裡先是停頓了一下，才繼續下去：「他們找到一個銀製的信件架、幾只手錶、還有一輛被告以分期付款買下的捷豹。和那樁火車大劫案43相比，這些根本算不上什麼贓物。」

一名陪審團成員試圖忍住著笑意。

兩度與毒販交涉

「檢方剛才鉅細靡遺地指出，被告曾在午夜時分找上了毒販首腦的住處。不過，在疑似是毒販犯嫌最猝不及防時突擊搜查，不就是警察的工作嗎？如此一來，警方才能找到證據，將犯嫌繩之以法。這樣的工作，可不是我們凡人在大半夜時願意做的事，畢竟這時我們早已舒適地窩在被窩。我們得好好感謝桑默斯偵緝巡佐，因為他願意替我們擔起如此困難又危險的工作。」

「假如那名緊盯著他、徹夜蹲守在旁的臥底真的這麼想知道那英伯瑞超市的袋子裡裝著什麼，為什麼他不當場逮捕桑默斯偵緝巡佐，然後瞧瞧那袋子呢？還是說這名所謂的臥底，根本從同到尾都不存在？」

葛蕾絲身子傾向一旁，對著父親小聲說：「想必他應該知道臥底是不該暴露身分的吧，所以才叫臥底。」

朱利安爵士回答：「他當然知道了，可惜他現在不是對我們說話，而是對陪審團。」

花花公子俱樂部

「陪審團成員們，據檢方所說，被告在辛勤工作一整天後，到花花公子俱樂部享受一晚也是有罪的。而踏出俱樂部時，若持有一筆和一開始來到俱樂部時約莫等量的金錢，這對檢方來說貌似更是嚴重的犯行。」

布斯・華生的言論又讓另一名陪審團成員揚起了微笑。

「華威克督察想說服各位，讓各位覺得被告當時藉由輪盤賭從事了非法行為。但假如真是如此，為何他又沒有立即逮捕被告呢？同樣地，這都是因為他知道桑默斯偵緝巡佐並沒有藏著什麼。」

布斯．華生又低頭瞥了一眼他列出的重點。

戒指

「現在，再讓我們來特別談談大家最在意的那項證物，也就是在桑默斯偵緝巡佐的床頭櫃上找到的那枚鑽戒。不過各位也許會想問：戒指又是怎麼落到櫃子上的？貝莉女士告訴我們，她在分手返家之前，把戒指放到了桑默斯的床頭櫃上。但假如真是這樣，為何她當初不在隔天一早，直接把戒指交給總部的上司？這麼一來，案件不就能夠立即解決、貝莉警員自己也能因表現傑出而獲嘉獎？再者，這樣她更不會被質疑是如何得到那枚戒指、必須背起欺瞞之嫌。您也許更想問：貝莉女士會不會其實沒有檢方律師想要各位相信的那樣，如此『純真和無辜』？」

「畢竟，我們都知道戒指至少在她手裡長達一個月，或甚至更久，直到她終於弄清了些什麼之後，她就趁被告不在時回到了他的公寓，把戒指放到了床頭櫃上，暗自期盼隔天總部的搜索小組會來到公寓，如火如荼地大肆搜查。很不幸的是，他們沒有找到這枚戒指。那麼到底是誰拿走了戒指呢？各位肯定非常想問吧？」

私人關係

「檢方還祭出了傑出的一手，指稱當貝莉女士生下小孩後，桑默斯偵緝巡佐十分無情，對貝莉女士和自己的兒子不聞不問。但這同樣只是貝莉女士單方面的說詞。陪審團成員們，她有件事並沒有說出口，而且庭上也能幫忙證實：那就是法官曾下過命令，要求在開庭之前，被告無論如何都不能和貝莉女士接觸，否則保釋的機會將會被撤銷。因此，被告只不過是恪守法律規範，想不到貝莉女士卻藉此加以譴責。」布斯．華生語帶抗議，眼神從未離開過陪審團。

案件總結

「陪審團成員們，檢方剛才也提到，要是被告被判無罪、沒有遭判處一段漫長的刑期，那麼將會造成不良影響，讓其他警察同仁認為自己也能藐視法律，不會因此受到懲罰。但事實正好相反：要是桑默斯偵緝巡佐獲判無罪，那麼他的同仁就會知道，一個行得正做得直的人，無須害怕錯誤且毫無根據的指控，尤其當這樣的指控是出於一名挾怨報復的女人時更是如此。只要陪審團也都相信著正義之道，更無須為此擔心。」布斯．華生說完後停下了好一陣子，才又繼續說下去。

「從案件審判最一開始，各位就已經聽到，桑默斯偵緝巡佐是個多次受表彰的警察，前途十分光明，這點正是檢方律師自己所提到。貝莉女士作證時甚至也說過，他的逮捕紀錄『無人能及』。不過由於這次審判的緣故，哪怕桑默斯偵緝巡佐最後獲判無罪，他的形象早已受到了負面影響。到頭來，他依然只能選擇辭職，因為他再也無法發揮最大的能力，來從事這個他自小時候以來都嚮往著的工作。各位如此一想就能知道，以桑默斯微不足道的過失來說，這樣的懲罰實在是太過了頭。」

「陪審團的先生女士，最後我還想請教各位：您是否都讀過了今天的早報？如果還沒，請容我讓各位看看其中一份報紙的頭版頁。」

布斯．華生停頓了好一會兒，然後才高舉出第一份報紙。首先是《泰晤士報》，接著換成了《每日電訊報》，下一份是《每日郵報》，最後則輪到了《衛報》。每一份報紙的大標題都印著同樣的兩個字：無罪。

布斯．華生接著壓低聲音繼續說：「昨天有個罪犯剛從苦艾監獄獲釋，他在監獄裡服刑了十四年，只因為他被控犯下了他根本從未犯過的罪行。我想借用各位一點時間……」他看向坐在最前方的陪審團成員，眼神從他們身上一個一個飄過。「請各位回想一下，自己十四年前正在做些什麼？而這十四年間，又發生了些什麼？」接著，他又注視著第二排的成員，然後繼續開口：「陪審團的先生女士，現在請再想想，假如您被控犯下了莫須有的罪名，因此從今以後，必須在監獄裡被關上十四年，今晚再也無法回到家中和親人聚在一塊。我想，您一定認為這光是用想的就難以承受。不過幸虧有了各位，今天這裡有位無辜的男子，可以不必為莫須有的罪名承受如此嚴苛的刑期。」

「我建議各位，哪怕心中只是對桑默斯偵緝巡佐的罪狀有一絲懷疑，都必須審慎權衡。只要各位這麼做，最終正義自會彰顯其公道，您勢必也只會得出無罪這項判決。」

布斯・華生再次高舉著那份《泰晤士報》，希望能在陪審團退席討論判決之前，在他們心中留下無罪的印象。

布斯・華生癱坐了下來，露出一副疲憊的樣貌。朱利安爵士不得不再次承認，對方是自己在法庭上碰過最棋逢敵手的人了。

法庭再度掀起了一陣騷動，眾人低聲交頭接耳。布斯・華生小心翼翼地睜開一隻眼睛，偷偷朝陪審團的方向望去。他很確定，自己已經在他們心中種下了懷疑的種子；他們看上去的樣子，就好比狄更斯對於陪審團的那般描述：有如陷入兩難之間。

朱利安爵士對葛蕾絲輕聲說：「真是精采。即使你我都知道桑默斯有罪，就連布華自己肯定也知道。但經過他這番言論，陪審團就動搖了，他們已經不再和先前一樣，確定能得出無合理懷疑的判決。」

這時拉姆斯登法官宣布：「也許是時候讓各位休息、吃個午餐了。請各位兩點回到這裡，屆時我將開始發表我的總結詞。」

拉姆斯登法官向後推開椅子，然後站了起來；接著他朝眾人鞠躬致意後，便離開了法庭。然而當他一關上身後的門，所有人又再度竊竊私語了起來。被告究竟會是有罪還是無罪，每個人似乎都有自己的一套觀點。

唯二的例外，就只有朱利安・華威克爵士和布斯・華生大律師。

＊＊＊

威廉說：「我要牛排牛腰餡餅、還要一份薯條。」

葛蕾絲皺著眉頭回說：「我想貝絲不會同意你點那種東西的吧。」

威廉笑著回答：「那麼我們都別說點了什麼。」

朱利安爵士也開口說：「請給我同樣的。」接著他便把菜單還給服務生。葛蕾絲沒有說任何話。

克萊兒問道：「朱利安爵士，我知道這個問題很愚蠢，但如果是要您猜猜判決結果如何的話，您覺得……」

「克萊兒，妳說得對，這是個愚蠢的問題。事情就交給陪審團決定吧，我們沒人猜得到結果。」

接著沒有人再繼續開口說話，直到後來，一名女服務生又端著一盤子的食物，來到了餐桌旁。

葛蕾絲說：「我的是生菜沙拉。」

這時威廉突然開口：「是你們那位尊貴的大律師同事，別去看他……」

朱利安爵士、葛蕾絲、克萊兒都瞥向了餐廳的另一邊，瞄到了正和客戶用餐的布斯·華生。

朱利安爵士回說：「布華才不是同事，更一點也不尊貴。我們只是剛好幹同一行罷了。」

威廉說：「那倒沒錯。不過我真想聽聽他們倆在說些什麼。」

桑默斯一邊切著牛排，一邊說：「你覺得如何？」

布斯．華生回說：「現在我也左右不了陪審團，所以我什麼都不去想了。這整件事都愚蠢極了。不過，我倒有興趣知道法官會有什麼話想說，畢竟到頭來，一切結果也可能取決於他。」

「你發表完結辯、坐下來以後，陪審團有兩個女人朝我這看了過來，你說那是好兆頭。」

「華威克作證後也有兩個女人看向他，說不定是同樣兩個女人。」

桑默斯把一根薯條丟進嘴裡，一邊說：「你做的夠多了。」

但真的夠多了嗎？布斯．華生還是不禁在心裡這麼一想。這時一名女服務生匆匆上前收走了他們的盤子。

威廉確認著手錶，然後說：「你們覺得法官的總結詞會說多久？我想回總部一趟，看看收件籃內的文件有些什麼，那些文件都已經放得快生灰了。」

朱利安爵士只是回說：「他說多久就得有多久。」

這時葛蕾絲突然插話說：「爸爸，能和您談談妮基．貝莉的事嗎？」

「她怎麼了？」

「我在想，無論判決如何，我們能不能都讓她來事務所工作？她一個單親媽媽要維持生計恐怕也挺不容易。」

朱利安爵士放下手中的咖啡，然後說：「艾塞克斯園大律師事務所可不是托兒所，我們是專業的法律事務所。」

克萊兒說：「我很樂意聘用她來當調查人員，她挺精明能幹的，而且雖然她愛上了一個錯的男人，但這不代表我們不值得給她第二次機會。」

朱利安爵士回說：「要這麼說的話，那妳何不聘用桑默斯？如果真要說，他也正缺份工作。」

克萊兒輕聲對葛蕾絲說：「妳爸爸都這麼暴躁嗎？」

「有時是會這樣，都是因為他開完庭後，總會想到一些該問、卻沒問出口的問題。」

那名女服務生又走到了他們的餐桌旁。「先生，還需要點些什麼嗎？」

布斯．華生看了看手錶，然後說：「不用了，請結帳吧。」然而他顯然沒有要掏出錢的意思。

於是服務生將帳單遞給了桑默斯，桑默斯則對她露出了微笑。他看了一眼上面的數字：七點八英鎊。之後，他便拿出十英鎊給那名服務生。

「不用找了。」

「謝謝您，先生。」

接著桑默斯面露微笑地對布斯．華生說：「期待明天再見到你。」布斯．華生沒有回應，只是另外說了一句：「我們該走了，最好在法官進到法庭前先就位，否則連我都要坐上被告席了。」

他們倆離開餐廳，回到了第一法庭。桑默斯坐回到被告席上，布斯．華生則到前方的位置上坐了下來；他們已經就定位，正等著拉姆斯登法官回到法庭發表總結詞。

時間一到兩點鐘，法官便走進了法庭，他用右手臂夾著一大疊紅色的文件夾。他和被告、檢方一樣，都花了幾乎整晚的時間修飾著自己的稿子，而且他已經好一段時間沒有準備過如此難寫的總結詞。

他再次坐到了那椅背高挺的座位上，調整了他的黑長袍，對著下方的一眾人群露出微笑；然而，當他看到檢方的律師還未就座時，臉上的笑容便又頓時不見蹤影。檢方的律師下屬也還沒到。他確認了自己的懷表，發現時間已經超過原定時間三分鐘了。時間就要來到第四分鐘，這時拉姆斯登已經不耐煩地用手指敲著翻開的文件夾；第五分鐘時，他已經變得越發惱火。他認識朱利安．華威克爵士以來，從未見過他在開庭的時候遲到。

時間已經超過了六分鐘，這時布斯·華生已經藏不住臉上得意的笑容；接著，法庭的門才打了開來。朱利安爵士、葛蕾絲、克萊兒匆忙地跑進了法庭。

朱利安爵士腳步還沒停下，便先是開口：「庭上，我感到萬分抱歉。」

拉姆斯登法官不以為然地點了點頭，然後說：「朱利安爵士，既然您到了，那麼我就開始發表總結詞了。」

朱利安爵士有些上氣不接下氣地說：「庭上，在您召回陪審團之前，能否再容我提出一個要求？」

「請便。」拉姆斯登法官一邊說著，一邊不情願地闔上了文件夾，身子往椅背一靠。

「庭上，既然您同意了，那麼我希望能再傳喚一名證人，因為突然有一項重要的新證據產生了。」

「朱利安爵士，您應該知道，審判已經來到了這個階段，這麼做是相當有反常理的一件事。」

「我同意，庭上，不過如果陪審團沒能注意到這項新證據，就有違這整個審判過程的目的了。我相信您也同意，若要讓陪審團經過深思熟慮，討論出判決，那麼就必須知悉所有相關且可採信的證據。」

拉姆斯登法官轉過去對另一邊說：「朱利安爵士請求傳喚證人，被告方是否有異議？」

布斯·華生從座位上站了起來，然後回說：「庭上，我非常有異議。如同您所說，這是相當有反常理的一件事，況且審判已經即將結束，您的案件總結理應是陪審團退席前的最後程序。」

「布斯．華生大律師，我明白您的意見了，我需要一些時間來思考朱利安爵士的請求。」

法官關上身後的門，接著眾人再次大肆交談了起來。布斯．華生趕緊小小聲地和下屬討論這名證人究竟會是誰，更重要的是，檢方到底又掌握了哪項新證據？

時間來到了兩點三十六分，這時法庭的門再次打開，拉姆斯登法官終於再度出現。法庭陷入一片寂靜，所有人都等待著他宣布結果。

他開口說：「朱利安爵士，我仔細評估了您的要求，最後決定讓法庭上的成員聽聽這名證人的新證詞，之後，再交由我來進行案件總結。」

布斯．華生對著下屬低吼道：「他肯定是尋求了大法官的建議，所以我們很難有反駁的空間。」

拉姆斯登法官等待著陪審團回到座位，接著又問道：「朱利安爵士，請問您要傳喚的證人是？」

朱利安爵士回答：「法官大人，是威廉．華威克偵緝督察。」

法官點了點頭，於是書記官便大聲喊道：「傳喚威廉．華威克偵緝督察。」

不久後，威廉就進入了法庭。他走向證人席，過程中順道把一個信封袋給了克萊兒。

拉姆斯登法官說：「偵緝督察，想必應該不需要我提醒，您現在依然是處在宣誓作證的狀態。」

威廉鞠躬致意，這時克萊兒則把信封的內容物交給了朱利安爵士；朱利安爵士反覆確認了過後，才開口問出第一個問題。

「督察，能否請您告訴法庭上的成員們，剛才我們在席爾克餐廳用餐時你看到了什麼？」

「我看見被告和他的法律代理人一起吃午餐，用餐後，一名女服務生上前把帳單給了被告，然後被告拿出兩張五英鎊的鈔票給了那名服務生。」

「之後你做了什麼？」

「他們倆離開餐廳後，我從服務生那裡取得了那兩張鈔票。」

這時布斯．華生迅速站了起來說：「庭上，我必須問，華威克督察為何敢肯定那兩張鈔票和被告交給服務生的是同樣兩張？」

威廉回答：「她當時還沒有把錢放進收銀機內，而且我已向她詢問，是否有辦法指認出給她鈔票的是誰。」接著威廉翻開筆記本，繼續說了下去：「她的說詞是這樣的：『我當然有辦法，而且我絕對不會忘記他，因為他相貌英俊，還給了我一大筆小費。』」

朱利安爵士說：「庭上，能否請書記官把那兩張鈔票交給華威克督察確認？」

法官點了點頭，於是書記官便拿起那兩張鈔票，遞給了證人威廉。

拉姆斯登法官問道：「具體來說，這兩張鈔票的特別之處是？」

「如我先前宣誓作證時所說，五月二十九日午夜，桑默斯偵緝巡佐進入了雷格．佩恩先生的住處；但在這之前，我們的臥底警察把一萬英鎊的現金交給了雷格．佩恩，而這兩張鈔票就是這些現金的其中兩張。庭上，若您還記得的話，我表示過桑默斯在二十分鐘後踏出那棟房子時，正提著一袋英伯瑞超市的袋子；這個袋子裡並非如布斯．華生大律師指稱的那樣，裝著一堆雜貨，而是裝著臥底交給佩恩先生的那一萬英鎊現金，這些都是有收據證明的。」

「您為何這麼確定，那兩張五英鎊的鈔票就是源於那一萬英鎊？」

「把鈔票給佩恩之前，霍克斯比大隊長先在總部把那些鈔票的序號都記錄了下來，當時我也親眼見證過。」接著威廉再次看向了筆記本，然後說：「這些鈔票的序號範圍為AJ142001到AJ152000。」

朱利安爵士問道：「那麼華威克督察，你從服務生那裡取得的兩張鈔票序號是？」

「AJ143018和AJ143019。」

朱利安爵士說：「庭上，我沒有其他問題了。」

「布斯．華生大律師，您是否要對這名證人進行交互詰問？」

布斯．華生癱坐在座位上，嘴裡咕噥著：「要是當時由我買單就好了。」

31

大隊長說：「多虧了那兩張五英鎊的鈔票，加上華威克巡佐頭腦夠清醒，才能換得十年的判決。」這種不明言的稱讚方式，正是獵鷹的風格。「也多虧了小組其他成員，卡斯爾偵緝督察提早退休走人了。還有一件也很重要的事，那就是倫敦警察廳還有四十三名警察也接連辭職了，你們都做得很好，恭喜。」

保羅說：「但是拉蒙特逃過一劫了。」

威廉語氣直爽地回答：「再給我點時間。」

「恐怕沒辦法了，威廉。這件事得交給接手任務的人來辦，因為那聰明的廳長下令，只要是調查黑警的小組，都不能由同樣的成員調查一起以上的重大案件；這是為了避免小組成員和其他同仁產生隔閡，難以重新展開其他一般任務，這件事我已經答應廳長了。」

威廉回說：「要不我們全都提早退休算了？」

「門都沒有，偵緝督察組長。」獵鷹說完後，身子往椅背一靠，想瞧瞧第一個反應過來的人會是誰。

保羅先是用手掌拍了桌子一下，接著潔琪和蕾貝卡也馬上跟著反應了過來。

其他人紛紛為之喝采，接著獵鷹等眾人安靜下來後，才繼續說：「恭喜你了，偵緝督察組長。」一見威廉沒有回應，他又說了一句：「小組的其他成員也會和你執行新的任務，我想你會很高興的。」

華威克偵緝督察組長問道：「能問問您替我們安排了什麼任務嗎？」

「謀殺案。」大隊長說完後，刻意沉默了好一會兒，想瞧瞧眾人會如何反應。

潔琪先是開口：「我想我還是比較喜歡在藝術與古董組做事。」

獵鷹回說：「過去的事就讓它過去吧。」

保羅則說：「調查毒品也行。」

大隊長回說：「當然也行，但假如你們要當最傑出的警察，最後總得辦最困難的案子；你們的第一個任務，就是要調查五個謀殺的嫌犯，這五個嫌犯可說是還在逍遙法外。不過，你們還是能好好去放鬆個幾天，之後你們就得向我回報，好為新任務做準備。時間就訂在週一早上八點，一刻都不能遲到。」

保羅問道：「也就是說我們這週都能放假了嗎？」

「阿達加偵緝巡佐，你今天可真是機靈得不得了。沒錯，好好放個假吧，這是你們應得的。你們要是想去慶祝一下的話，每個人的第一杯酒由我來請。」

保羅又說：「大隊長，我可沒聽錯吧？」

「你沒聽錯，而且別忘了，你們要升職還是降職都是由我決定。阿達加偵緝巡佐，你可以選擇回去轄區巡邏，也可以選擇調查謀殺案，只能這兩個選項擇一。不過話就說到這裡吧，直到下週一，我都不要看到你們出現在我的辦公室。潘克斯特偵緝警員例外，其他人現在都可以消失在我眼前了。」

威廉把資料收齊，接著便和其他成員一同離開了辦公室。他沒有說出口的是，這週他可沒有假期可享受，因為他還有一件私事得去處理。

獵鷹等所有小組成員都離開後，才繼續和蕾貝卡說話。「潘克斯特偵緝警員，雖然這樁案件最後皆大歡喜，而且妳也有一大份功勞，但我想還有一個人笑不出來。雖然我不太確定為什麼，不過我懷疑貝莉警員還迷戀著桑默斯。但總而言之，我需要妳告訴她，就我看來這起案件已經結束了，我們不會進一步對她採取任何不利的行動。」

蕾貝卡回說：「想必她會鬆一口氣的，謝謝您，大隊長。」

「希望她能順利找到下一個工作吧。」

「克萊兒那裡已經答應讓她擔任調查人員了。」

霍克斯比回說：「她倒是挺夠格的。不過，我想妳或許也能找她一起去喝一杯，和她說儘管讓自己去慶祝一下，這也是她應得的。潘克斯特偵緝警員，妳是她很要好的朋友，她有妳在身邊是很幸運的一件事。」

蕾貝卡回到了外頭的辦公室，發現其他的同仁早已一副準備好要狂歡的樣子。

潔琪問道：「蕾貝卡，妳要一起來酒吧嗎？」

「我還得回家一趟，不過謝了。」蕾貝卡說完並沒有解釋原因。

威廉朝她露出了親切的微笑，心裡很清楚她得處理的事情是什麼。

蕾貝卡決定徒步走回匹黎可，讓自己多花一點時間沉澱心情。她得說服妮基，告訴她作證指控前男友是件對的事，而且現在也是時候展開下一階段的生活了。

蕾貝卡來到家門前時，已經準備好面對妮基待會的反應：或許會是淚水、或許會是自責，又或許最後她能成功讓妮基釋懷。她把鑰匙插進門鎖，帶著笑容打開家門，並聽見了嬰兒哭泣的聲音。先前妮基要她來當傑可的教母，她還為此感到十分榮幸。

她爬上樓梯，來到了二樓，這時傑可的哭聲變得越發響亮。她敲敲妮基的房門，還未等她回應，就直接打開了門；她走進房間，只見妮基蜷縮在地板上，身旁散落著兩罐巴比妥安眠藥的空瓶，而傑可只是仍在一旁放聲地哭著。

❊ ❊ ❊

邁爾斯說：「就為了一枚價值三千英鎊的戒指，要被判十年？簡直令人不敢相信。」

布斯．華生回說：「更何況還是一枚先前早就被偷過的戒指，而且那個小偷只被判兩年。」

「這怎麼可能？」

「桑默斯當時就是負責那起竊案的警察，要是那頓午餐是由我付錢……」

邁爾斯說：「要是那樣的話，可真就是你頭一遭了。每次和你吃飯，不僅僅是由我付帳而已，你甚至還會給我張單據，說那是『顧問費』。早餐算一個小時、中餐兩個小時、晚餐再三個小時。布華，你可真是改寫了『律師延聘費』這個詞的定義。」

布斯・華生反駁：「這可不是我的錯，畢竟我總是勞駕不了你來我的事務所。況且你總是有千百種理由要見我，說吧，這次又是什麼事？」說完之後，他又把一塊方糖丟進了咖啡裡。

「只是想確認，克里斯蒂娜的事你處理好了嗎？」

布斯・華生回說：「這件事牽涉到好幾個層面，你想要我從哪方面開始說？」

「她是不是真的已經說服了她的朋友貝絲・華威克，要她代表館方競標那幅拉斐爾的《聖母與聖子》？」

「克里斯蒂娜畢竟都給了她一張一百萬英鎊的支票了，而且她絕不會用上那張支票，因為我會代替你得標到那幅畫，我們可不能讓其他人知道那是幅假畫。」

「但是我們原先為何要讓克里斯蒂娜插手？她還是可能會改站到她的朋友貝絲・華威克那邊、把我們的意圖告訴她不是嗎？」

布斯・華生回說：「應該說『涉及』這件事才對。根據《一九六七年刑事司法法案》，克里斯蒂娜若這麼做，行為是屬於『幫助和教唆罪犯』。這件事我下次和克里斯蒂娜見面時也會向她解釋。這個罪名刑期最長可判六年，要讓她管住嘴巴的話，應該算是夠有力的條件了。」

邁爾斯說：「我明白了。老實說，你這次的做法總算是對得起你那高價的律師延聘費了。但我還是不懂，為什麼我就是得和那該死的女人再結一次婚？」

布斯．華生回說：「就當作是保全自己的措施吧。我會讓克里斯蒂娜知道，她可能還會面對第二項指控，那就是『藏匿逃犯』；我會警告她，以這項罪名來說，法官有可能會判處她最重的刑度。」

「即便是這樣，我還是得掏出超過一百萬英鎊來買一幅假畫。」

「你只有這個選擇，要不然就得在獄裡蹲上十年，想怎麼選是你的事。」

「好吧，布華，你說服我了。我是禁不起在奧爾登郵輪上被看到，不過，我還是得救回那些還在紐約的收藏畫。」

「那麼你就得飛到那裡去。」

「這我知道，但我還是不大明白，為什麼就是得讓克里斯蒂娜把奧爾登郵輪的船票讓給貝絲．華威克？」

「我希望到時候婚禮進行的時候，華威克夫妻檔離我們越遠越好，而且你還得搬到新家去。」

「克里斯蒂娜還不曉得巴塞隆納的事……？」

「除了你和我以外沒人曉得。」

邁爾斯繼續說：「謝天謝地，不過你還是得先寫好一份婚前協議，才能讓克里斯蒂娜知道，如果把胳膊彎向另一邊會有什麼後果。」

布斯・華生回說：「我已經完成第一份草稿了，除非你還想邀請我去當伴郎，否則我的工作都已經完成了。」

「真有意思，布華，你竟然會提到這個……」

⁂

牧師語氣肅穆地說：「死亡帶來極大的悲傷，倘若逝去的是一名有十足潛力還未發揮的年輕人，悲傷則是更為巨大。」

「妮可拉・貝莉警員正是這樣的一個人。在她所選擇的志業上，許多人認為她事業的前途將會一片光明。可惜的是，這樣的未來已經永遠不會發生。儘管如此，我們依然能一同緬懷她不可否定的才能、她無法撼動的靈魂、還有她無窮無盡的熱情。那些她所遺留下來的，會使我們一輩子銘記著她，充滿著情意，也充滿著敬意。」

接著，一小群圍在墓旁悼念的群眾，便靜靜地站在一旁，神情哀痛地看著妮可拉・安・貝莉的棺材被放進土裡。蕾貝卡毫無顧忌地哭了起來，這時牧師唸完了最後的祝福詞、畫了個十字聖號的手勢後，哀悼的人們便都散去。一群人離開墓地時，威廉上前找了蕾貝卡，但並沒有去打擾她的心情。葛蕾絲和克萊兒則陪伴妮基的母親回到小屋去，和所有人一起在那裡喝了些茶。

霍克斯比大隊長也和他們聚在一塊，並告訴了貝莉女士，妮基在小組上扮演著十分重要的角色；貝莉女士聽完深受感動，即使在一片哀傷之下，她為妮基所感到的驕傲之情依舊掩藏不住。

之後眾人紛紛散了，葛蕾絲和克萊兒是最後離開的兩人。貝莉女士上前詢問了她們能否借幾分鐘說話，表示自己有私事想和她們談談。

克萊兒回說：「那當然沒問題。」

然而貝莉女士隔了好一會兒都沒有說話，直到她開口的那刻，葛蕾絲和克萊兒才明白，那肯定是因為貝莉女士必須先經過深思熟慮，才好說出那一番話。

貝莉女士終於說出口：「妮基非常仰慕妳們。我很感激妳們為她做的一切，特別是在她最近遭遇這些問題之後，還願意給她一份工作。」

克萊兒回說：「我們一直都相信她是個有些特別的人，這也是為什麼我想要她到事務所來。」

貝莉女士又說：「如妳們所知道的，妮基很希望妳們倆成為傑可的教母，她也希望保羅・阿達加能成為傑可的教父。」

克萊兒回答：「她當時問我們的時候，我們都感到很榮幸，也非常開心。」

「但我能否再拜託妳們兩位一件更重要的事？」

葛蕾絲說：「什麼事我們都願意。」

「妳們可答應得真爽快，真不像是律師；一般的律師可是要聽完各種細節，然後至少花上一個月來考慮各種情況的。」

葛蕾絲和克萊兒終於露出這天的第一個笑容。

貝莉女士再度陷入了沉默好一會兒，然後才開口：「我想說的是，不如妳們別只是當傑可的『教父教母』吧，我希望妳們能成為他的養父母。我已經這把年紀了，再也沒有能力隻身照顧小孩，而且我相信妳們會是很棒的父母。」

葛蕾絲頓時說不出話來，然而克萊兒卻馬上回說：「那對我們來說再榮幸不過了。」

❊ ❊ ❊

貝絲說：「你到底有沒有聽見我說的話？」

威廉一邊爬上床，一邊回答：「聽得一清二楚。」

「我剛剛說什麼？」

「明天晚上，克里斯蒂娜會競標那幅拉斐爾的《聖母與聖子》，那是編號第二十五號的拍賣品。」

「滿分十分的話，這個回答我只給一分。再認真回答一遍。」

「克里斯蒂娜全權交由妳去替她競標，最高只能出價一百萬英鎊，如果妳得標，畫作就會捐給菲茲墨林博物館。」

「你這傢伙這次倒回答得不賴，不過還沒完呢。」

「她給了妳一張一百萬英鎊的支票，但如果有人出更高價，妳就得撕了那張支票，而且絕對不能對任何人說妳是代表誰去競標。」

貝絲又回說：「回答得很好。」威廉接著把手放在了她的大腿內側，然而貝絲將他的手拿了開來，彷彿兩人是第一次約會似的。

「那麼，我說我會怎麼競標？」

「從妳菲茲墨林的辦公室打電話。」

「好吧，看來我是小看你這傢伙了。」貝絲一面說著，一面挽起了威廉的手臂。「現在就祝我好運吧。」

威廉沒有理會貝絲，而是繼續說了下去：「在這之前，我想再告訴你一件事：你該想的，不是這麼做畫廊能得到什麼，而是克里斯蒂娜能為此得到什麼？」

「為什麼這麼說？」

「親愛的，我很清楚一件事：哪怕只是為了替菲茲墨林拿到一幅不怎麼重要、也不怎麼有名的荷蘭畫家所畫的作品，要妳踩過千具屍體也願意；現在妳能得到的是一幅拉斐爾的畫作，天曉得妳會願意做出什麼事？」

「這就是我的工作，難道你忘了？如果你不知道的話，我再順道提醒你一下，我已經從同一個管道，幫館方爭取到一幅林布蘭的畫、一幅魯本斯的畫。」

「我當然知道了，但無論如何，克里斯蒂娜總會有利可圖的，所以我想知道，如果她也要踩過千具屍體，一切為的會是什麼？」

「你從沒喜歡過克里斯蒂娜，對吧？」

「不，老實說我挺喜歡她的，但我只是不相信她。」

貝絲說：「我知道她算不上什麼聖人，但她這幾年來都非常慷慨，為什麼你就是不願意相信她一次？」

「因為她手上還有很多幅重要畫作，而且她一直以來只想知道這些作品究竟值多少錢。所以我不得不問：她大可直接把去世丈夫的藏畫給菲茲墨林就好，為何要大費周章，從口袋掏出一百萬英鎊來買一幅畫？」

「她說她特別想拿回那幅聖母像的畫作，然後交給菲茲墨林，以紀念邁爾斯。」

「她如果真要紀念邁爾斯，最樂意做的事就只有把他的骨灰交給館方，所以我得再問：她想買回那幅畫，真正的動機是什麼？」

「這我不知道，華威克督察組長，但為什麼你總是這麼喜歡懷疑別人的動機，特別是克里斯蒂娜？」

「沒辦法，這就是我的工作。但我再問妳一個問題：克里斯蒂娜大可自己競標就好，為何要特地請妳代替她？」

「這問題簡單，因為競標的那天晚上她人會在蒙地卡羅。」

「蒙地卡羅沒有電話嗎？」

「她不想讓別人知道她在競標。」

「不想讓誰知道？」

「好比說提姆·諾克斯。」

「這一點也不合理，他可是畫廊的館長，妳肯定得讓他知道克里斯蒂娜要妳做這件事。要是事情出了什麼差錯，他永遠都不會再相信妳的，說不定妳還會把自己的工作搞丟。」

「但要是我食言，克里斯蒂娜也永遠都不會原諒我。」

「那麼也許妳就該問問，為什麼她偏偏找妳幫忙？更重要的是，賣家到底是誰？」

貝絲回說：「是布朗普頓聖堂，他們需要一筆錢來裝修新屋頂。」

「這我倒相信，但一開始又是誰把畫給他們的？畢竟絕不可能是邁爾斯·福克納，他的唯一信仰可不是上帝，是錢。」

「根據拍賣圖錄上所寫的，那是一名女士的財產，這通常表示持有那幅畫的人不願意透漏姓名。」

「要是妳能查出這名神秘女子是誰，我猜妳大概就能知道為什麼克里斯蒂娜想要由妳來買下那幅畫了。」

貝絲又問道：「你怎麼這麼確定？」

「布朗普頓聖堂正好是拉希迪女士生前住在博爾頓街時，常去禱告的教堂。」

貝絲試圖不讓威廉多想，於是回說：「那也許只是巧合罷了。」

威廉把貝絲挽在他臂膀的手給拿開。

「那幅拉斐爾的畫作先前是在邁爾斯·福克納手裡，而阿塞姆·拉希迪生前又同時和他待在彭頓維爾監獄過，這也是巧合嗎？」

「那又能證明什麼？」

「不知道，但這也許就能解釋，為什麼克里斯蒂娜不想讓除了妳以外的人知道她是畫作的買家。」

「不過，如果我真用一百萬英鎊、或是低於這個價格得標了那幅畫，那麼你的推測就會是大錯特錯！」

「妳說得對。」

「到時候，就能證明克里斯蒂娜的確是個聖人，而你只是個無聊又疑神疑鬼的老傢伙。」

「克里斯蒂娜絕不是聖人，至於我無不無聊、是不是疑神疑鬼的老傢伙，只有一個辦法能知道。」

貝絲刻意模仿著獵鷹的口頭禪說：「願聞其詳。」

「到時候你在畫廊打電話替克里斯蒂娜競標時，我會到佳士得拍賣行去。我保證，到時候我的注意力絕不會只放在拍賣官身上。」威廉一邊說著，一邊把燈關掉，接著把手放到了貝絲的大腿內側。

「真是有趣，原來那種事能勾起你這傢伙的慾火。」

32

「我要賭什麼？」隔天一大早，威廉一邊說著一邊下床朝浴室走去。

貝絲說：「事實上，只要我能用低於一百萬得標那幅拉斐爾的畫作，你要拿什麼來賭我都不在乎，因為到時候，你這疑神疑鬼的老傢伙今就得帶我去艾蕾娜一號吃一頓晚餐，慶祝我的勝利。」

「要是有人出價超過一百萬買下那幅畫呢？」

「那麼督察組長，我就會在廚房替你準備一道內臟餡餅[25]。」

「那麼還是去艾蕾娜那裡好了。」威廉說著的同時關上浴室的門。他已經想過好幾次：對於任何情況，貝絲凡事都能抱持著樂觀的態度，這也是他喜歡貝絲的其中一點。他希望自己的確是搞錯了什麼，但這次，他深知事情恐怕沒有那麼樂觀。

他轉開熱水，看著鏡中的自己。他偶爾會懷念起從事臥底任務、不必每天刮鬍子的日子；但這時他才意識過來，今天要去做的事，的確就是臥底。

25 內臟餡餅（umble pie）與謙虛（humble）諧音，衍伸出吃謙虛餡餅（eat humble pie）此諺語，代表著「坦承過錯」。

＊＊＊

克里斯蒂娜和邁爾斯來到登機門前排隊，然後說：「你覺得布斯・華生得出多少錢才能得標？」

「最多一百一十萬或一百二十萬。」

克里斯蒂娜又說：「以假畫來說的話，這價錢還挺貴的。」

邁爾斯回答：「我別無選擇。如果有其他人得標，發現了那是一幅假畫，我不只得交出那幅真畫，那機靈的華威克督察肯定也會發現什麼，讓我們倆都鋃鐺入獄。」

邁爾斯把登機證和護照交給了櫃檯人員，櫃檯人員將護照翻到了最後一頁，確認完照片後，又將護照還給了邁爾斯。

她開口說：「內維爾上校，祝您旅途愉快。」

＊＊＊

館長專注地聽著貝絲的一言一語，貝絲說完後，他才開口回應：「妳說福克納女士給了妳一張一百萬英鎊的支票，要妳為館方競標那幅拉斐爾的畫作？」

貝絲將那張支票遞給了館長。

提姆看了支票上的數字，並露出了微笑。他的手指在桌子上敲著，意味著他正陷入沉思。接著他終於又開口：「我們目前有一百萬英鎊的基金能購入畫作，現在我再交代妳一件事：把競標的錢追加到兩百萬吧。要買下那幅畫，這筆錢應該綽綽有餘了。」

「我該讓克里斯蒂娜知道這個決定嗎？」

「那當然了，不過得先等我把事情告訴基金託管人的理事，經過他的同意後，妳再告訴她吧。」

「您在笑什麼呢？」

「我們畫廊就快要有一幅拉斐爾的畫了啊。」

❊ ❊ ❊

克里斯蒂娜拿起話筒，接著聽見了電話另一頭的聲音；這時，她很慶幸邁爾斯正好出門晨跑去了。

她仔細聽著朋友說話，但沒有立即回應。電話另一頭的貝絲心想，克里斯蒂娜會不會早已放下了話筒，畢竟是她自己食言，告訴了提姆她們倆的秘密。然而到了最後，克里斯蒂娜終於打破沉默，開口說：「也沒什麼理由不能讓妳出價兩百萬，祝妳好運。」

克里斯蒂娜露出微笑，在心裡暗忖：這下邁爾斯得出兩倍的價錢來買回那幅假畫了。這時她聽見大門甩上的聲音，於是還來不及和貝絲道聲再見，就匆匆把話筒放下。

❊　❊　❊

威廉向接任肅貪小組組長的柯爾督察交代著職務，卻始終無法專注。

柯爾一邊喝著巴斯啤酒、吃著豬肉派，一邊坦白地回說：「監視自己的同仁可真讓我一點也提不起勁。」

威廉說：「別把他們當作同仁，把他們當作黑警、想像他們和其他罪犯一樣可惡，我發現這樣會讓自己好過一些。」

柯爾走向吧檯點了第二輪酒水，然後走回餐桌，一副還是沒有被說服的樣子。「那麼，難道你就期待擔任高級調查人員，帶領謀殺小組嗎？」

威廉回說：「這取決於一切會走到什麼地步。」然而柯爾督察仍是一臉困惑。接著威廉才又回過神來說：「抱歉，我分心了。」

❊　❊　❊

布斯．華生點了杯拿破崙干邑白蘭地。

他看了看錶：六點三十七分。第一件拍賣品預計會在七點鐘拍賣。他很清楚從麗思飯店走到佳士得拍賣行需要多久，而那幅拉斐爾的畫是編號第二十五號，所以他並不著急。

「先生，這是您的干邑白蘭地。」

＊　＊　＊

貝絲猶如一頭困在籠子裡的老虎，不斷在辦公室裡來回踱步。七點鐘一到，她便鎖上辦公室的門，確保自己不會受任何人打擾。

稍早在下午時，提姆．諾克斯已經事先來到辦公室向貝絲表示，基金託管人理事已經同意，能夠出價兩百萬英鎊來買下那幅拉斐爾的畫。不過，他們依然希望貝絲能夠盡可能地用低價買下那幅畫，不必動用到館方的那一百萬。她看了看錶，然後又倒了一杯黑咖啡，繼續等候電話響起。

佳士得的人中午前就已經打了通電話向她說明情況，那個男人表示：「拍賣到編號第二十號的物件時，我就會撥這支號碼過來。在這之前，妳應該有相當充裕的時間能準備了。皮爾卡寧先生告訴過我，他會先開出五十萬英鎊，之後我會持續告訴妳拍賣的情況，等到妳想參與競標時就告訴我。更重要的是，妳得讓我知道妳的最高價能出到多少。如果妳最後得標，會有十四天能完成購買的手續，等到妳完成後，畫作就會送到博物館去。」

貝絲當時問道：「我什麼時候能等到你的電話？」

他回說：「約莫七點三十分過後。我建議妳把電話開到擴音，因為先前有客人在競標時，話筒不小心掉了，電話被掛斷，後來他沒能及時撥電話回來，於是就無法得標了。祝妳好運，我認為沒有什麼地方比菲茲墨林更值得擁有這幅《聖母與聖子》了。」

貝絲不禁想起了上一個說出這句話的那個人。

＊　＊　＊

布斯．華生喝光了干邑白蘭地，正思考著是否要點第二杯，但最後還是改變主意，打算付帳走人。他寫了一張支票，還以他客戶的名義給了一筆龐大的小費。

幾天前，他已經從麗思飯店走到佳士得拍賣行過，那只需要約莫九分鐘的一小段路程；那天他參加了一場稀有郵票的拍賣會，當時擔任主持的那位拍賣官，也會主持今晚的拍賣會。

七點四十二分，他走進拍賣會會場，坐到了他思考許久才選好的預訂座位。他的座位就在左邊倒數第三排。布斯．華生甚至已經練習好舉起號碼板的動作，他得確保自己的板子舉得夠高，能讓拍賣官看到，同時又不會被前方的人們知道是他在參與競標。

＊＊＊

桌上的電話一響起，貝絲便一把抓起話筒，彷彿那是一通救命電話似的。

佳士得的代表說：「已經拍賣到編號第二十號的物件了，華威克女士。我的聲音夠清楚嗎？」

貝絲回答：「夠清楚。」接著她按下了免提按鈕，把話筒放了回去。這時她聽見電話另一頭，有個背景聲音說：「此物件以四萬兩千英鎊出售。」然後，她又聽到了槌子重重落下的聲響。

她把拍賣圖錄翻到下一頁，確認了編號第二十一號的物件。這時在另一邊，威廉正好走進了拍賣會會場。

威廉走進會場的第一個念頭，就是現場和西區劇院的演出開始前，幾乎有著一模一樣的景象：西區劇院的晚場布幕拉起前，每個座位早已都被占滿。於是威廉選了個座位坐下，他的前方有一群買家正在交談；他從這個位置能夠清楚看見拍賣官，同時又不會讓自己太過顯眼。他掃視了整個會場，確認沒有任何認識的人。不過，他的位置只能看見多數人的後腦勺，也無法看見遠邊的座位坐了哪些人。

「編號第二十一號物件。」

布斯・華生端詳著拍賣圖錄。第二十一號是一幅荷蘭畫家彼得・克萊斯的靜物畫，然而沒有人能喊出底價，於是拍賣官再次重重揮下槌子，低聲地說了一聲「流標」，以此確認沒有人成功得標。就那幅拉斐爾的畫作來說，這樣的情形倒是不太可能發生的，就連媒體們也稱這件作品是秋季拍賣會上的一大亮點。

拍賣官又宣布：「編號第二十二號物件。」這次他的聲音聽起來多了些信心。「此物件是彼得・保羅・魯本斯的安特衛普主教座堂畫作，目前的開價是兩萬英鎊，有沒有人願意出兩萬兩千英鎊？」後來的確有人出價，最後這件作品則以三萬三千英鎊成交，正好低於最高價。

貝絲隨著每聽見一次槌子落下的聲響，她的脈搏就越發加速。

「編號第二十三號物件，是蘭畫家法蘭斯・哈爾斯的板面油畫自畫像，開價是五萬英鎊。」

威廉繼續專注地看著競標的買家。先是有一名坐在第三排的女人舉起了號碼板，接著，又有一名藉由電話競標的匿名人士打了電話進來；他的代表就站在會場右側的一張長桌後方，底下還有個高起的平台。他的手掌拱起握住話筒，為的就是確保自己的聲音只有另一頭的客戶能聽到。

威廉仔細打量眼前的多名畫廊助理，他們手握電話，等待著要競標匿名客戶先前委託好的物件。威廉看著看著，不禁猜想：是哪一個助理正在和貝絲通話？

又有另一位買家舉起了號碼板，拍賣官見狀宣布：「十二萬五千英鎊。」

「成交！」

＊＊＊

克里斯蒂娜說：「時間肯定差不多了。」這時貓跳到她的大腿上，然後趴了下來。

邁爾斯說：「畫賣出時布斯．華生就會打電話來的。」

「你怎麼一點也不緊張的樣子？」她看向自己的丈夫，知道自己禁不起和他離婚。

「我有什麼好緊張的？無論成交價是多少，那幅畫都會落到布華手上的。」

「即使價格高於一百萬也一樣嗎？」

邁爾斯一副明理地說：「沒道理那幅畫會以高於最高價售出。」

克里斯蒂娜繼續撫摸著貓，貓也滿足地發出了呼嚕的聲音。

＊＊＊

話筒傳來了聲音說：「拍賣官開始拍賣編號第二十四號的物件了，時間差不多了，妳準備好了嗎，女士？」

貝絲原本打算告訴他，自己已經做足充分的準備了，但最後依然只是謙虛地回答：「我準備好了，謝謝你。」

她聽見電話那頭的遠方傳來聲音：「此物件以九萬英鎊成交。」然而，接下來卻是一陣長長的、彷彿毫無休止的沉默；之後她終於才又聽見：「編號第二十五號，此物件為拉斐爾的《聖母與聖子》。」

這幅名畫已經擺好在講台前的畫架上，所有人都能夠清楚看見，這時，會場也頓時掀起一陣騷動，眾人紛紛交頭接耳。拍賣官等候了好一會兒，才讓全場再度安靜下來，然而貝絲卻因此感到更加緊張。

「此物件開價五十萬英鎊，是否有人願意出價六十萬？」

貝絲話筒另一邊的聲音開口問道：「妳要參與競標了嗎，女士？」

她堅定地回答：「我要。」

拍賣官把身子轉向左邊，然後宣布：「電話競標的買家出價六十萬。」

布斯．華生望向會場右側，看見那裡站了一排助理，各個似乎都正耐心地等待著什麼。但他發現只有其中一名助理拱起手掌，緊握話筒，輕聲細語地和客戶交談著。這時，他很清楚電話另一頭的人是誰。

拍賣官又問道：「是否有人願意出價七十萬？」話說完不久，布斯．華生便舉起了號碼板。

貝絲的話筒再次傳來聲音：「會場後方有位男士出價七十萬，妳要出八十萬嗎，女士？」

貝絲沒有猶豫，立刻回說：「要。」

威廉也很清楚，在那名助理電話另一頭的人是誰，但他並沒有看到和貝絲競標的是何方神聖。他不能冒險多看其他人一眼，否則自己就有可能被看見。

接著又經過一連串競標。八十萬英鎊。九十萬英鎊。一百萬英鎊。

拍賣官問道：「是否有人願意出一百一十萬英鎊？」

布斯．華生舉起了號碼板。

這時威廉終於發現了他。

＊＊＊

邁爾斯在客廳來回踱步，不耐煩地等待電話響起，然而克里斯蒂娜依然只是在沙發上撫摸著貓。

邁爾斯看了看手錶，然後說：「現在肯定拍賣到第二十五號物件了。」

克里斯蒂娜回答：「也許是這樣沒錯，但我想，等到拍賣官的槌子落下後，布斯．華生肯定就會打電話來的，畢竟他是那麼地可靠。」她說完後又繼續撫摸著貓咪。

她和貓咪都滿足地發出了低沉的聲音。

＊
＊
＊

拍賣官又宣布：「一百八十萬。」他一會兒看向助理那頭，一會兒又注意著那位坐在後排的男士；在這輪來回的競價之中，這位男士是唯一仍在持續喊價的買家了。布斯．華生越發感到困惑，心想電話另一頭的人究竟會是誰，因為這個人絕不會是華威克女士，除非……

他再次舉起號碼板。

拍賣行的代表再次輕聲地問道：「女士，那位後排的男士又出一百九十萬了，妳要出兩百萬嗎？」

貝絲終於最後一次說：「我要。」接著她闔上雙眼，一邊祈禱那名和她競價的買家也已經出完了自己的最高價，不會再次舉起號碼板。

拍賣官宣布：「電話買家出價兩百萬。」他注視著現場那位唯一的競標者，然後殷切地問道：「先生，您要出兩百二十萬嗎？」

此刻的每一秒對貝絲來說，都變得極為漫長；接著，現場那幅號碼板又舉了起來。

拍賣官又轉向了代表電話買家的助理，然後露出善意的微笑說：「兩百二十萬。」

「女士，妳要出兩百四十萬嗎？」貝絲這次感覺到那個聲音是從較遠的方向傳來的。

貝絲對話筒說：「不了，這已經是我的最高價。」

「謝謝妳，女士。」那位佳士得的代表說完後，便放下話筒。他看著拍賣官，然後搖搖頭。他並沒有告訴貝絲自己多感謝她，因為事實上，決定最終成交價的人總是那名第二高出價者。

拍賣官掃視過整個會場，然後問道：「還有人要出價嗎？」然而沒有任何人回答。最後，槌子終於又落下，發出一聲巨大的敲響。拍賣官宣布：「得標此畫作的為會場後方那名男士，成交價為兩百二十萬英鎊。」

拉斐爾畫作的價格創下了新高，會場的人們一片鼓掌叫好，然而布斯·華生絲毫沒有理會。

威廉方才只看見了他的後腦勺，因此依舊不確定得標的人是誰，但他還是不能在會場待上太久，以防自己被人認出。只要他被發現，就會馬上從狩獵的人變成獵物。

於是他快步離開會場，走下那鋪有地毯的樓梯，並從大門離開。直到他越過街道，來到那條他在前一天晚上看好的窄巷後，才終於回過頭張望；從這條巷子望去，能清楚看見拍賣行的入口。威廉站在寒風中，忍不住瑟瑟發抖了起來。他得確認那最糟的情況是否已經發生了。

❊ ❊ ❊

客廳的電話終於響起。邁爾斯一把抓過話筒，靜靜地聽了好一會兒。他嘴裡不斷重複：

「兩百二十萬？」臉上頓時變得毫無血色。

布斯．華生回答：「沒錯。我已經準備好預付那百分之十的訂金了，剩下的錢十四天內也得付清。」

邁爾斯急著問道：「第二高出價者是誰？」

「奇怪的就是這件事。當時真正和我競價的只有一名電話買家，我猜那個人大概也只能是替菲茲墨林出價的華威克女士。」

「但這怎麼可能？克里斯蒂娜只給她一張一百萬的支票。」

布斯．華生坦白地說：「我也不清楚，或許你得問問你妻子？」

「我會的。」邁爾斯說完便大力摔下話筒，嚇得克里斯蒂娜腿上的貓跳了起來，快速跑出了客廳。

克里斯蒂娜一副不知情地問道：「畫到手了嗎？」

邁爾斯回答：「到手了，但我得付兩百二十萬。」他轉過身子，發現克里斯蒂娜的臉上突然閃過一絲笑意。事情有可能是他想的那樣嗎？

＊　＊　＊

貝絲撥了通電話給提姆．諾克斯，把這令人失望的消息告訴了他，接著她便放下大衣，打開辦公室的門鎖。她打算直接回到家去，和雙胞胎共享著這份憂傷。至少他們不會對她幸災樂禍。然後她還得準備一道內臟餡餅給她那自以為預判了一切的丈夫。貝絲不禁想著，他到底還知道些什麼。

不過，至少他們還是能夠期待著一起搭上奧爾登郵輪，去到紐約。只不過他們踏上船的那一刻，她就得警告威廉，要他絕口不能再提拍賣的這件事。

＊＊＊

原先聚集在拍賣會會場的大批人群已經漸漸湧出拍賣行，來到了外面的街道。有些正在招呼計程車，有些則朝著俱樂部或時髦的餐廳走去。

威廉仔細確認著人群中的每一張臉，但沒有任何一個人特別吸引他的注意。他並沒有認出任何人，甚至因此懷疑那出價兩百二十萬英鎊的人，會不會真只是個一般的買家。他不斷地胡作猜想。不過他也知道，除非拍賣行的最後一盞燈熄滅，否則自己絕不打算回家。他知道自己可能得等上好一陣子。

＊＊＊

布斯・華生放下大廳的電話，然後轉過身子，發現背後有一名年輕的助理正等著他。

那名助理開口：「先生，恭喜您。」

事實上，成功得標的布斯・華生認為在這個時候說恭喜並不合適，但他並沒有說任何話。

「先生，如您所知道的，在取走那幅拉斐爾的畫作之前，我們需要您先預付一筆二十二萬的訂金，至於剩下的那筆錢也須在十四天內付清。」

布斯・華生從暗袋掏出一張支票，上面已經事先簽好了名、填好了日期，只有金額的欄位還空著。他先寫上了貳拾貳萬這幾個字，再用阿拉伯數字寫上兩萬英鎊，之後便把支票給了那名年輕的男子。

「先生，謝謝您，等我們收到全款後，您就能自行前來取走畫作，或者我們也非常樂意替您遞送。」

布斯・華生依然沒有說任何話，只是徒留那名畫廊的助理站在原地，兀自地從大門走出去。

威廉正準備打消念頭，承認是自己誤判了情況時，終於看見拍賣行走出了一個熟悉的身影。那是個微胖的男子，看上去並不十分開心的樣子。那個男人招呼了一輛計程車，然後就朝聖詹姆士的方向離去。

威廉緩緩走向周圍最近的地鐵站，但當他在皮卡迪利街的轉角看見一座紅色的電話亭時，卻突然停了下來。威廉一腳踏進去，拿起話筒，撥了那支沒有登記在電話簿上的號碼。另一頭的人接起了電話，話筒傳出一個熟悉的聲音，這時威廉從投幣口投進了一枚十便士的硬幣。

「晚安，大隊長。布斯．華生剛剛出現在拍賣行了，我想這件事或許該讓您知道。雖然我的妻子出兩百萬競標那幅拉斐爾的畫作，但她出的價格不是成交價。」

獵鷹回說：「那麼我們就確定了一件事。布斯．華生應該不會是替克里斯蒂娜．福克納女士競標才對，因為她不是想得到畫的人，而是想把畫脫手的人。」

威廉又說：「這樣一來事情就好辦多了。事實上，我開始懷疑一件事了：邁爾斯．福克納會不會還活著？」

大隊長回說：「我從不覺得他死了。」

黑暗中的真相 / 傑佛瑞 . 亞契 (Jeffrey Archer) 著 ;
吳育旻譯 . -- 初版 . -- 新北市 : 惑星文化 , 遠足文化
事業股份有限公司 , 2024.11
面 ; 公分 . -- (威廉華威克警探系列 ; 3)
譯自 : Turn a blind eye

ISBN 978-626-98987-6-3(平裝)

873.57 113016148

威廉華威克警探 III

黑暗中的真相

Turn a Blind Eye

作　　者　傑佛瑞・亞契（Jeffrey Archer）
譯　　者　吳育旻
副總編輯　黃少璋
特約行銷　黃冠寧
封面設計　張巖
排　　版　宸遠彩藝工作室

出　　版　惑星文化／遠足文化事業股份有限公司
發　　行　遠足文化事業股份有限公司（讀書共和國出版集團）
地　　址　231 新北市新店區民權路 108 之 2 號 9 樓
郵撥帳號　19504465　遠足文化事業股份有限公司
電　　話　(02)2218-1417
信　　箱　service@bookrep.com.tw

法律顧問　華洋法律事務所 蘇文生律師
印　　製　成陽印刷股份有限公司
出版日期　2024 年 11 月初版一刷
定　　價　500 元
I S B N　9786269898763